當代名家

廣播小說

多情累美人

袁瓊瓊
潘寧東
◎合著

楔子

一九四〇年，第二次世界大戰正方興未艾，全世界烽煙四起，但是日軍占領的南洋卻反常的十分平靜。習慣了占領軍之後，新加坡人民又依舊過起家常日子來。才是五月，卻已經熱的不像話。熱帶特有的又烈又亮的太陽，正頂頭直射著，地面給曬得炎炎生煙。紅燈碼頭上擠滿了遠行的人潮，在熱騰騰的地氣裡浮沈著，一個個鬼影一般。港口裡停著的大油輪在煙塵裡反射著陽光，白亮白亮，幾乎看不清楚。

王映霞擠在人潮裡，昨天一個晚上沒睡，現在人昏昏的，尤其有一種遊魂似的感覺。空氣又熱又濕，烘烘的漫著各式各樣人的汗臭和體味，這些氣味薰得她頭暈。她覺得渾身黏黏的，巴在她身上的，好像不但是她自己的汗水，還有這些無以名之的氣味。在新加坡住了一年多，無論是氣候還是人，她仍然不習慣。擠在人潮中，她覺得茫然，然而，現在一切只能靠自己了。

她不懂馬來話，又看不懂馬來文，只好緊跟著前面的人行動。看到前頭的婦人掏出了船票，她也忙忙掏出船票來。通過了票閘之後，她隨著人潮，到了三等艙。三等艙是通鋪，一群人擠在一塊，地面上散散放著行李衣物。映霞什麼都沒帶，她就是身上一套衣裳，和口袋裡兩塊錢。等船到了香港要怎麼辦，她現在還無暇去想，反正船到橋頭自然直吧，她現在什麼事也經過了，沒什麼好怕的了。

她坐在自己的鋪位上，聽著四周嘰嘰喳喳的馬來話，忽然聽到了一句中文，有個男人在喊：「王映霞！王映霞！請問這裡有沒有一個王映霞？」

映霞尋聲看過去，在艙門口邊走邊問的是個穿西服的男人，映霞並不認識。可是她還是站了起來，揚聲喊：「這位先生，你找王映霞是不是？我就是。」

那個人走過來了，遠遠的邊走邊打量她，到了面前，連忙堆起笑來：「王女士，我是星洲日報的人。」

聽了他這句話，映霞猛地心頭一緊。郁達夫是星洲日報的主編，該不會是他派人來吧？

這人說：「是我們胡總經理叫我送東西來給你的。」他掏口袋，掏出個信封袋來，小心翼翼的遞給映霞。「總經理說，請王女士一定要收下。」

映霞接過信封，打開來一看，裡面是一疊星洲叻幣。她忙推回去：「我不能收……」

對方沒讓信封推到自己面前，他略退兩步：「王女士，我也只是奉命行事，你不收，我回去沒法交代。再說，你往後，會有需要的。」

映霞沒說話，這個人的末兩句話打動了她，她眼眶裡開始熱熱的。想不到，倒是不相干的人在關心她，照應她。

對方又說：「總經理說，你往後一切要靠自己了，請您要多保重。」

映霞苦笑，吁了口長氣，對他說：「我會的。麻煩你幫我謝謝胡總經理，就說……就說……」她覺得嗓子裡哽著些什麼：「……我很感激他，我這輩子不會忘記他幫的忙。」

星洲日報的人笑了。他說：「我會轉達的。」

他轉身走開。

映霞坐到鋪位上，打開信封袋點了點，兩百元叻幣。不是大錢，但是這代表著船到了香港之後，她有餘裕替自己安排一些事情。她把錢拿出來，包在手絹裡，捲緊了塞在旗袍襟口。

對面鋪位上的年輕女人正在奶她的小嬰兒，她眼瞪瞪的看著映霞。映霞對她笑笑。年輕女人突然說：「你是王映霞？」

她說的是中國話。映霞有些詫異，那女人又說：「我是華僑，我看過報上登你們那些事的文章。」

映霞隨即心一涼，不知道對方是善意還是惡意。

這女人又說：「我是同情你的，王映霞。我覺得郁達夫不對。一個男人囉，怎麼可以對老婆這樣子咧！」

映霞不知道該如何回答，只好禮貌的微笑。這女人問：「你們是怎麼搞的？不是自由戀愛嗎？郁達夫寫你們的那些書我都看了。他不是很愛你嗎？怎麼會變成這樣呢？」

映霞沒哼聲，半天，才苦笑著說：「這些事不大愉快……對不起，我不大想談……」

這女人同情的看她，過一會問：「你就一個人嗎？怎麼都沒人來送你呢？」

映霞哦了一聲，聲音哽在嗓眼裡了。她死命憋住要傾眶而出的淚，盡量把聲量放平緩說：

「我不想麻煩別人……」

艙門口又進來了一堆人。婦人注意力隨即轉了過去，對映霞的關心就到這裡結束，映霞趁機住口。婦人望著進入艙內的男人，隨即哇啦啦用馬來話喊了一堆。這名黧黑壯實的中年男人牽了兩個男孩，一進來便挨到了對面鋪位上坐下。

女人露出微笑，用中文對映霞說：「這是我先生。」她又轉頭跟丈夫用馬來話說了一串。

映霞從那作丈夫的閃爍神情裡，猜出他們在說自己。她不想待在艙房裡，於是站起來，說：「我出去透透氣。」那女人沒理她，想必有不少閒話要跟她丈夫分享。

映霞出了艙門。甲板上一堆人和行李。她從人腿和雜物中間擠過，站到了欄杆邊。乘客仍在上船，岸邊黑壓壓一群人，但是那裡頭沒有她熟識的，也沒有她關心的。

想起剛才報社的人來，她還以為是達夫派來的。為什麼會這樣想呢？難道她還希望他找人來求自己回去嗎？還是她對達夫仍有餘情，無法想像十二年的感情就這樣說了便了？

這幾年，跟達夫好好壞壞，但是，到哪裡去，他那個人總掛在身上，氣他也罷，恨他也罷，似乎自己跟他是無可割捨的。十二年來，這是第一次，映霞明白自己去的地方沒有達夫在等她，她不用再為他氣惱，為他心煩。

但是她對自己這種自由，一點喜悅的感覺也沒有。

回想與達夫的這十二年生活，現在只覺得是夢一場，但是，不是值得回味的好夢，卻是一團糾纏混亂的惡夢。到現在她仍然不懂為什麼會變成了這樣。

■第一章

最初知道郁達夫這個名字，是在女子師範學校的課堂上。

這年是映霞在學校的最後一年，學校裡來了個新的語文老師，姓楊，他剛從北京大學畢業，常常在課堂上介紹一些新文學作家和他們的書。像胡適啊、郁達夫啊、徐志摩、林語堂、冰心、魯迅、周作人、郭沫若……

楊老師的課很快風靡了女師範的學生，大家紛紛在課後看起新文學來。跟映霞最要好的劉懷瑜更是一頭栽了進去，滿口的新文學名詞，什麼「新月派」，「白話詩」，不時念著：「山風吹亂了窗紙上的松痕，卻吹不散我心頭的人影。」念完之後，還猛點頭，讚嘆不已的說：「強！眞強！映霞，你說是不，胡適這首詩太美了，美的不得了！簡直叫人心痛呢。」

映霞看她這模樣，總忍不住發笑。這時候懷瑜就撞她一把，「笑什麼笑！你等著瞧！等我畢了業，我就上北京去找他們。」

懷瑜的志願是作新文學作家，她是千金大小姐，不愁吃不愁穿的，念書純當好玩。映霞不一樣，她父親在兩年前過世，一家人現在依著外祖父過日子。她母親早就念叨著等她畢了業要找份工作養家活口。映霞知道自己的責任，素來對這些功課之外的閒書不沾不碰的。但是天天聽著懷瑜在她耳邊東一句西一句的，到底也還是聽進了一些東西。

這天，正在上枯燥的教育概論，看著懷瑜十分專注的托著腦袋看課本，映霞就知道她準是又在看閒書。她看得神迷，連老師走到了她背後都沒發現，映霞死跟她丟眼色也沒用。等老師從她桌上一把抄起了她看的書來，懷瑜這才一震，回過神來。

老師把書抓在手裡，翻了兩翻，臉色沈下去。他問：「劉懷瑜，你這書哪兒來的？」

懷瑜囁囁嚅嚅道：「我……我買來的。」

老師說：「女孩兒家不學好，看這書幹什麼？」

懷瑜道：「報……報告老師，人家他是名作家嘜！」

「什麼名作家？傷風敗俗！寫的東西不像話！」老師把那本薄薄的書三兩下就給拆了：「你要再看這種書，我報到校長去，讓你退學！」

懷瑜嘟著嘴，看著老師把她的書給撕成了碎片，大氣也不敢哼一聲。

等放了學，懷瑜要映霞跟她一塊去買書，就是那本給老師撕了的。映霞問：「你不怕老師再發現了報你退學？」

懷瑜做個鬼臉：「我怕他？退學！退了正好！我上北京去唸！」

映霞搖頭：「你呀！」

懷瑜開始纏她：「跟我去買嘛！人家還沒看完，不知道結局怎麼回事，我晚上會睡不著覺的。」

「好吧。」

到了書店門口，懷瑜倒又不進去了，她塞了錢給映霞：「你去幫我買，就說是要郁達夫的《沈淪》。」

「你怎麼不自己去買？」

「唉呀，我買過一次了嘛，我怕那老闆認得我。」

「那又有什麼關係呢？」

懷瑜不回答，瞪起大眼睛來：「王映霞，你算不算我朋友？古人爲朋友兩肋插刀都肯，讓你幫忙買本書，你就這麼拖拖拉拉的？」

映霞無奈：「好吧好吧。」

她進了書店，在櫃臺前掏出錢來，跟掌櫃的說：「我要買郁達夫的《沈淪》。」

那掌櫃一聽，抬起臉來，注意的上上下下打量她，看得映霞渾身發毛。

他問：「你買這書，是自己要看的？」

映霞不想跟他囉唆，回了個「是。」

這掌櫃的慢條斯理把身子靠到櫃臺上：「我們這也有別的書，你要不要看？有徐志摩的《自剖》，郭沫若的《女神》，魯迅的《吶喊》，都是些好書，挺不錯的。」

映霞搖頭：「我只要買郁達夫的《沈淪》。別的書我不要。」

那掌櫃怪模怪樣的看了她一眼，搖搖頭，沈痛的嘆口氣。進到店子後頭去。半天，拿了書出來。臉色陰沈的交給了映霞。

映霞付了錢，拿了書走出來，一頭霧水。只覺得這一切好怪。

懷瑜在街邊看人家捏小麵人，見映霞出來，忙過來問：「買到了沒有？」

映霞說買到了，又說：「那掌櫃的好怪。」

懷瑜說：「就是嘛！所以我才叫你幫我去買啊！」

「是不是這書有什麼問題？」

懷瑜把書當胸抱在懷裡，直瞪瞪看她：「會有什麼問題？嗳，王小姐，這可是名著啊，郁達夫就是寫這本書出名的。」

「那給我看看。」

「你沒興趣的。」

「誰說，我也想見識一下名著是怎麼回事啊。」

懷瑜忽然笑了：「好吧，你要看就看。可是不要在這兒看？」

「為什麼不要？」

懷瑜跟她做個鬼臉：「我是為你好啊，大小姐。」

這天晚上，臨睡前，映霞把這本《沈淪》翻開來看。最初兩句話就扣住了她的視線：

他近來覺得孤冷得可憐。

他早熟的性情，竟把他擠到與世人絕不相容的境地去，世人與他的中間存在那一道屏障，愈築愈高了。

故事裡的主角，作者沒給名字，就只用了個「他」字。「他」是日本留學生，也不知道是不是作者的夫子自道，文章裡寫他三歲就死了父親，家裡頭日子過得很苦，一直到他大哥從日本留學回來，在政府裡謀了官職，家中生活才得到改善。

映霞覺得「他」的景況跟自己有點彷彿。她自己是十四歲上頭失去了父親，自此家道中落，不得不一家人傍著外祖父過活。外祖父很喜歡映霞，在父親生前要了她過繼爲孫女，映霞因此由姓金改成了姓王。但是老人家已經上六十了，還得拖著老骨頭爲著一家人的生計奔忙，映霞總覺得心中歉疚不忍。比較上，「他」是由年富力壯的長兄扶養，似乎又要比映霞的情況好得多。「他」的大哥在「他」成年後，把「他」帶到了日本去。文章裡描寫的這段時期，「他」是十九歲，正在上日本的高等學校。

一路看下去，映霞臉紅起來了。

映霞下頭有個弟弟，跟她差了五歲。一來年歲相差太遠，二來男女有別，一向並不十分親近，所以她是完全不了解年輕男孩子會有些什麼煩惱。而《沉淪》裡的「他」，在日本生活，最大的苦惱，不是學業或生活上的，卻是因爲得不著愛情。

得不著一個知心知意的伴侶，這寂寞的心情，映霞能了解。但是，「他」的問題又還不是這樣。

書裡頭寫著：

薰風日夜的吹來，草兒漸漸兒的綠起來。旅館近傍麥田裡的麥穗，也一寸一寸的長起來了。草木蟲魚都化育起來，他的從始祖傳來的苦悶也一日一日的增長起來，他每天早晨，在被窩裡犯的罪惡，也一次一次的加起來了。

映霞並不知道他「在被窩裡犯的罪惡」是怎麼回事，但是隱隱明白那多半是見不得人的。但是，再下去，郁達夫寫得越發露骨了。

在「他」住宿的旅館裡，主人有個成年女兒。這女兒姿色不惡，因此就成爲了「他」暗中戀慕的對象。有一天，旅館裡只有「他」一個人在，他在屋子裡看書的時候，聽到了隔壁傳來了潑啦潑啦的水聲。

他靜靜兒的聽了一聲，呼吸又一霎時的急了起來，面色也漲紅了。遲疑了一會，他就輕輕的開了房門，拖鞋也不穿，幽手幽腳的走下扶梯去。輕輕的開了便所的門，他儘兀自的站在便所的玻璃窗口偷看。原來他旅館裡的浴室，就在便所的隔壁，從便所的玻璃窗看去，浴室裡的動靜了了可見。他起初以爲看一看就可以走的，然而到了一看之後，他竟同被釘子釘住的一樣，動也不能動了。

那一雙深邃的乳峰！

那一雙肥白的大腿！

這全身的曲線！

映霞覺得臉發熱。她沒想到這個郁達夫寫得這麼大膽。她有些怕看，又有點難爲情，但是又覺得書裡頭有一些什麼在吸引她，使得她很想看下去。

她心虛的抬起頭來，四下看看，生怕母親或是祖父會突然出現在自己背後。她忽然了解懷瑜在課堂上被老師發現時，爲什麼會臉色灰白像見了鬼似的。

她繼續看下去。

有一天，「他」帶了本詩集到野外去讀。正對著平原的秋色在胡思亂想的時候，「他」忽然聽到了旁邊有人在說話。

「今天晚上你一定要來的哩！」

這分明是男子的聲音。

「我是非常想來，但是恐怕……」

他聽了這嬌滴滴的女子聲音之後，好像是被電氣貫穿了的樣子，覺得自己的血液循環都停止了。原來身邊有一叢高大的蘆葦生在那裡，他立在葦草的右面，那一對男女，大約是在葦草的左面，所以他們兩個還不曉得隔著葦草，有人站在那裡。那男人又說：

「你心好好，請你今天晚上來罷，我們到如今還沒在被窩裡睡過覺。」

「……」

他忽然聽見兩人的嘴唇，灼灼的好像在那裡吮吸的樣子。他和偷了食的野狗一樣，就驚心吊膽的把身子屈倒去聽了。

「你去死罷，你去死罷，你怎會下流到這樣的地步！」

他心裡雖然如此的在那裡痛罵自己，然而他那一雙尖著的耳朵，卻一言半語也不願遺漏，用了全副精神在那裡聽著。

地上的落葉索息索息的響了一下。

解衣帶的聲音。

男人嘶嘶的吐了幾口氣。

舌尖吮吸的聲音。

女人半輕半重，斷斷續續的說：

「你……你！……你快……快點罷。……別……別被人……被人看見了。」

映霞「啪」地合上了書！這下都明白了。難怪老師要對懷瑜發火，難怪書店掌櫃一再勸她買別的書……她想到自己那時候還懵懵懂懂的對書店掌櫃說，這書是自己要看的，立刻臉上火一般的燒起來了。怪道懷瑜不肯自己去買呢，她眞是個呆子！

第二天，在學校裡，懷瑜見了她，先伸出手來：「拿來！」

映霞裝不懂：「拿什麼來？」

「我那本郁達夫的書啊！」

「哦，那本書啊，我還沒看呢，等我看過了我就還你。」

「你還沒看？」懷瑜有些洩氣：「我本來還想跟你談談你的看法呢。算了算了，我看你也不會有興趣，你還是把書還給我吧。」

映霞愍了愍，還是忍不住開了口：「懷瑜，老師也說過這本書不好，我看你還是別看它了。」

「嗄，那老頭懂什麼！人家郁達夫很有才華的！再說，」懷瑜做個鬼臉：「他自己都在看，憑什麼不許我看！」

映霞愣住：「你從哪兒聽說，老師在看這東西？」

「他要是自己沒看，他怎麼會知道裡頭寫了什麼！」

映霞想了想，問：「書裡頭，寫的眞是他自己的事嗎？」

「當然是眞的啊。郁達夫是留學日本的，日本人有這種寫自己私事的傳統，就叫做『私小說』。郁達夫要是寫的不是眞事，那就沒意義了。」

映霞回想起自己看到的情節，臉上又燒起來：「可是……可是……怎麼連那種事情……」

「什麼事情？」懷瑜忽然恍然大悟：「嗐，小姐，你看過了嘛，還騙我說沒看！好啊，可給我逮中了。」懷瑜邊搥她邊嚷：「你趕快給我從實招來，看了多少？還有，王大小姐有沒有看得春心大動哇！」

映霞不服氣，「那怎麼可能！他的書我根本看不下去！」她死命搖頭。

「喲！那可怪了！看不下去還把書押著不還我？」

「我是想叫妳也別看了！我覺得看他的書沒什麼好處，這個人怪不正派的。而且，我覺得他有點陰陽怪氣。」

這是映霞對於郁達夫的第一印象。

第二章

正是夏末秋初，從上海往北京的夜車上，已經稍有涼意。郁達夫獨自傍窗坐著，把張臉偏側著朝向窗外。他並不是在看風景，只是不希望讓旁人看到他的臉。在這段漫漫車程裡，他臉上的淚，濕了又乾，乾了又濕，已經好幾番了。

就在上個禮拜，他人還在廣州，有人帶訊，說他老婆拍了許多電報到上海，要他趕緊回家，兒子病了。達夫當時並不在意，因為他明白，他的妻一向沈不住氣，往往一點小事就要鬧得雞飛狗跳。再加上達夫為了衣食，長年奔波於上海廣州之間，已有兩三個月無暇返家，他以為這不過是妻子敦促他返家的手段而已。他依舊悠閒的辦完了廣州的事，才返回上海。

回了上海，他慣例先去「創造社」。這地方原來是他的住處，當年他跟郭沫若幾個人決定辦雜誌，找不到地點，幾個人裡，只有達夫的家眷不在身邊，形同孤家寡人，於是衆人就不客氣的把這裡當了據點，連編帶寫，辦起雜誌來。

雜誌定名叫《創造》，這裡也就順理成章，成了「創造社」。而達夫則像游牧民族似的，在朋友家或旅館裡隨處安身。直到去上海藝術大學教書之後，有了宿舍，才算是安定下來。然而他大多數的書籍文稿，都還留在創造社。他依舊是待在「創造社」的時間，比宿舍多。

這天回到了「創造社」，看見一屋子人。往常社裡雖然也不時有些文人朋友來串門子，但是這天的氣氛完全不一樣。他一在門口露了臉，所有人都安靜下來。達夫放下行李，脫了帽子，又脫外袍。一屋子的人一聲不出，都垂著眼。

看到這凝重的氣氛，達夫還開玩笑：「怎麼啦！該不會是雜誌又被禁了吧！」

沒有人回答，大家你看看我，我看看你，半天，成仿吾才開了口：「達夫，我們正商議著要派個人到廣州去找你，」他把桌上的電報遞過來：「你家裡來了一封電報。」

可笑他竟然到那時仍然一無感覺，他還笑著：「又是我老婆催我回北京了是不？」

一片沈默，沒有人反應。達夫慢慢的展開了電報，那幾個字映進眼簾的時候，他一下子還不大辨得出意思，腦子一團混亂，忽然不認得字了。

有人在旁邊開口：「達夫，我看你先休息一下，我讓小朋友去訂車票，訂到了你就趕緊回北京去。」

達夫沒作聲。茫茫的別過臉看去，看到的是郭沫若、成仿吾、倪華林、潘翰年、葉雫鳳，之後又看到另一張熟悉的臉，那是大家都喊他「小朋友」的李默天。默天的臉全蹙擠在一塊，難看得很，達夫半天才反應出來，他在哭。剎那間，電報上的字歷歷在目，他懂得了那是個什麼訊息。他伸手去拍「小朋友」的肩膀：「哭什麼！不過……不過是我死了個兒子。」

說完了這話，一股極大的悲痛湧過來，把他的心塞得滿滿的，達夫突然感到心如刀割。到了這時，他才當真接收到了北京傳來的信息，明白了他失去了什麼。他的龍兒死了，才病了那麼幾天，居然就死了。

他的孩子裡，龍兒是他唯一守著他出生，又守著他滿週歲的。老二熊兒就沒有這麼幸運。年初他回家過年，還是第一次見到熊兒，而孩子已經好幾個月大了，裹在襁褓裡，紅通通的一團，跟年畫上那些粉團娃兒沒什麼兩樣，很可愛，可是達夫沒什麼特別感覺。回到了上海，他竟想不大起熊兒的模樣。

但是龍兒不同。養龍兒的時候，他還跟妻子住在一起，生活也較有餘裕，有許多的閒暇跟龍兒逗著玩。他最喜歡在龍兒剛睡醒的時候，搔他的小腳心，龍兒總會笑得不可自抑。那天使似的嬰兒笑，不知撫慰了多少他自己的滄桑悲涼。

達夫三歲時死了父親。小時候，他娘心情比較好的時候，她會告訴達夫，父親曾經怎麼的把他扛在肩上，帶他去逛街。在他二歲時，達夫生那場差點就救不回來的病時，父親怎麼徹夜拿冰塊摩擦他高燒的額頭。但是，在達夫記憶裡，這些都沒有，他完全不記得。有時候他懷疑這可能是母親編出來哄他的。

那所謂的父親，於他完全是空白的存在。有了龍兒之後，他在現實裡做著父親，卻在心態上，他似乎又成了孩子，跟自己的兒子一起享受著他從未得到過的父愛。他總想：他自己沒有的，他都要給龍兒。等他大些，他也要把他扛在肩上逛天橋，要在街邊給他買糖葫蘆串，給他買小麵人玩。

但是沒等龍兒上三歲，就為了生計，他不得不跟妻兒分手。孫荃跟他大哥曼陀一家住在北京，他自己則在上海教書賣文維生。每隔一陣子回家，總見到龍兒更大了，他是個脾氣好的孩子，沒事總是嘻嘻哈哈的。他那種愉快的童稚笑聲，讓人聞之忘憂。誰想得到這樣一個活蹦亂跳的孩子，竟然活不到五歲就死了。

列車一路駛來，窗外天色漸漸暗了，再看不清楚景色。那一片漆黑，做了窗玻璃的襯底，正映著他的臉。那哀慘的臉，沒在廣大的夜色中，就像一個死了又活回來的幽魂。

等達夫到了北京，已是半夜。他沿路走去，等見到了自家門上貼著的白紙條子，心裡又是一陣悽慘。這白紙條兒落實了一切已經無可改變。他在夜車上還妄想著這一切只是場玩笑，說不定等他回了家，會看到龍兒在睡夢裡，揉著惺忪的眼，半睡半醒的喊著：「爸爸！爸爸！」

達夫在門口站住，平伏了一下心頭翻騰的思緒，才開始敲門。

他的嫂子提了燈來開門。見著是他，就朝屋裡喊：「曼陀，是達夫，是達夫回來了。」她讓達夫進門，一邊告訴他：「你媳婦已經躺了好幾天了。從龍兒下了葬，她就這樣，也不吃也不睡的，成天哭。我們都不知道得怎麼辦才好呢。」

達夫沒應。他這嫂子素來跟他老婆不大投合，孫荃在家書上埋怨過。但是出了這種事，到底是一家人，他嫂子語氣裡還是充滿了同情。

她說：「三叔，你回來就好了，你回來勸勸她，不能這樣，還有熊兒啊，為了這孩子，她也要打起勁來啊。」

「熊兒呢？」

「在我們房裡睡著。我看三嬸最近也沒心思帶他，就讓他在我屋裡跟孩子們一塊。」

「大嫂，要謝謝你哪。」

「講什麼話，一家人呢。」

這時他大哥郁曼陀出來。達夫見了大哥，忽然有一種要哭的衝動，卻又忍著。曼陀大他許多，父親死了之後就開始當家，早早養成了老成持重的個性，再加上一直就在政府機關裡做事，人很有些威儀。達夫向來有些怕他。

曼陀先問：「吃過沒有？」

達夫搖頭。曼陀吩咐妻子下廚去弄點吃的，看著達夫，彷彿很難啓齒似的，半天才說：「你先進去看看你媳婦吧，問她要不要也跟著吃點。」

他大哥一向教訓他，要有規矩，沒道理一進門就往老婆屋子裡鑽。沒想到今天卻主動破了這個禁。達夫應了是。提了行囊進房裡去。

屋裡頭暗乎乎的，孫荃沒開燈。達夫在黑裡站了站，適應了光線，這才走到床邊，他的妻縮在床角，比上次見面時更瘦了。達夫坐到了床邊，就著那昏暗不明的光線，打量他的妻子。

孫荃把臉埋在手彎裡，像還抱著什麼，那姿態讓達夫心酸。他用手輕觸妻子的臉，聽見孫荃在夢裡發出笑聲，她邊輕聲發笑，邊含糊說話：「別鬧了！龍，你再不乖，娘就要打了！」

就在說著話的時候，她醒過來。看到了坐在床邊的達夫。她發出了又像哭又像笑的一聲喊，嚷著：「我夢到了龍兒……他摟著我，小胳膊纏著我這兒……」她指著自己的脖頸，用手比畫著：「纏著，要我帶他去買冰糖葫蘆……」她哭起來：「就跟眞的一樣，他那兩個肥胳膊兒……我現在都還覺得著……」

她哭了半天，達夫也被引出了淚來，兩個人輕聲的哭，不願意讓外頭聽到。半天，他嫂子在門外喊：「三叔，麵下好了。出來吃吧。」

達夫這才輕聲跟孫荃說：「一起來吃點東西吧……」

「你自己吃，我沒胃口。」

「我又何嘗有這個胃口？可是大嫂忙了半天，不吃點過意不去。荃，你就算是陪我，好不好？」孫荃這才應了聲好。

達夫扶著她下床。孫荃渾身是一種昏糊而黏稠的氣味，像在陳年的淚水裡泡久了，那幾乎就是哀傷的氣味。想到了他的妻這幾天過的是一種怎樣的日子，達夫默然了。他幫著孫荃換了件清爽點的衣裳，又幫她攏了攏頭髮。他這女人一向沒有什麼姿色，現在這模樣，尤其醜怪了。她面容枯瘁，身子寒薄的像張紙似的。但是在一種共同的傷懷裡，達夫只覺得憐惜。

夫妻倆出了房來，他大哥和嫂子已經坐在桌旁。桌上是兩付碗筷，顯然就純是陪他們的。

桌上是四色小菜，配兩碗白水湯麵。他嫂子說：

「三嬸，你幾天沒進東西了，先喝點湯涮涮胃。怕你要一下子吃得太多，腸胃受不了的。」

孫荃道：「我知道。」

達夫道：「大嫂，麻煩你了。」

兩口子坐下，達夫喝了口麵湯，原以爲會食不知味，沒想到自己的胃就像忽然甦醒了一樣，突然餓的不得了。他想起自己已經有一整天沒有吃東西。看著孫荃三兩口也喝完了面前的麵湯，想來也該是同樣的情形。自己的身體和心竟然是完全分離的，他一邊心碎著兒子的傷逝，另一邊卻又飢渴的吃喝著，並且完全可以感受到食物的美味。

他沒有抬頭看妻子，對於自己感到的滿足覺得慚愧。

看他們兩人都吃完了，曼陀才開始說話。

致龍兒於死的，原來是腦膜炎。「最近城裡正在流行，我們也沒注意。龍兒是在學校裡得的。這說起來都要怪我，是我作主，要他提早入學。可是，達夫，你當年也是五歲上頭就進學堂啦！」曼陀嘆了口氣：「原是想要他早一點學懂事，哪想得到會有這種病發生呢？」

達夫說：「大哥，這不是你的錯，只能說我跟孫荃命不好，竟連個兒子也保不了。」

孫荃小聲的抽泣起來。

曼陀說：「病了有一個多月，誰也沒想到竟會不治。最初我們也沒告訴你，以為只是小病，是後來嚴重了，我才拍發電報到上海去，結果你也沒回訊。」

「我那時人在廣州。仿吾託人帶了話給我。我也不知道會這麼嚴重，還想著等我回了上海再說……」他說不下去。

他大嫂在一旁嘆氣：「就這麼陰錯陽差的……，只能說龍兒命不好，他要能再撐幾天，三叔，你就能見著他最後一面了。」這話說出來，孫荃立時在一旁嗚嗚的哭了起來。

他大哥繼續講：「本來該讓他放著讓你看一眼，是我作主，叫你媳婦先下葬了。天熱，放久了不好。你也不要怪你媳婦。」

達夫點頭：「我知道。」他問：「龍兒他葬在哪裡？」

「在妙光閣的廣誼園。」

孫荃這時候細聲說：「墳地是大哥買的。」

達夫問：「大哥，多少錢？等我回上海去就匯過來。」

「這事不急，往後再談吧。」

第二天，達夫就和他的妻一起去了廣誼園。

龍兒的墳地極小，在墓園的邊緣，離那些富麗堂皇的大墓很有些距離。原來死亡也還是有貧富之分的。看得出他大哥沒為這塊墳地花多少錢，可是就這樣，他也還不知道還不還得出來。他和孫荃在園門口的南紙鋪買了些冥紙鈔票，到了龍兒的墳頭上，孫荃忽然叫起來：「達夫，他還是個孩子，這鈔票他不知道會不會用哇？」

人死如燈滅，達夫根本就不信龍兒還能在另一個世界存在，更別提還能花用這些貼了金箔的紙。可是他一聲不哼，喚洋車伕把車子掉頭，開到琉璃廠去，買了一串有孔的紙錢，在冥間，那應當就是銅仔兒了。他的妻燒著那些冥錢，一邊念叨著：

「龍，這錢給你買冰糖葫蘆的，這錢給你買山楂的，你可不要貪嘴，吃多了鬧肚子，可沒有娘在旁邊照顧你……」她把那疊紙鈔票也燒了：「這些錢你好好留著，等你長大了，給自己娶媳婦，買房子的時候用。下次娘會幫你燒幾本小書來，你爹跟我雖然不在身邊，你還是要自己念書，識字，長大了，才有用處。要還缺什麼，你就托夢來告訴娘。要是有人欺負你，你也托夢來告訴我，也讓我看看……你長成什麼樣了……」

達夫在一旁什麼話也不說。妻子仿彿龍兒眞聽得見似的絮絮叨叨著，似乎有一種催眠似的安撫效果，她後來就不哭了。兩個人坐了洋車回去的時候，孫荃一聲不哼。呆呆的看著前方。兩人默默的回到了什剎海的家裡。

龍兒過世後，怕孫荃受不了打擊，曼陀叫人把他們母子接到自己家裡照顧。現在達夫回來，便又帶了妻兒搬回什剎海來。一推門，就看到院落裡地磚上，幾堆紙錢灰。

孫荃看了低聲說：「這是他下殮的時候，在家裡燒給他的。」

她轉過臉來，看著達夫，「達夫，你信嗎？你相信龍兒聽得見我跟他說話，收得到我們燒給他的錢嗎？」

達夫不相信，可是他只說：「我當然信。」

孫荃別開臉去，看著院子，過一會兒，她說：「剛才在龍兒墳上的時候，我覺得我是信的，可是這下子，我又覺得這是假的了。龍兒死了就是死了，什麼都沒有了……」她又哭了：「不過十來天前，他人還在，躺在病院裡，沒歇口的直在喊：爸爸！爸爸！喊了好多天。他知道你是最疼他的。他還問：娘，等我病好了，我可不可以穿爸爸從上海給我帶回來的小鞋兒呢……」

達夫聽得心都碎了。他一方面懊悔自己沒有及時趕回來，一方面卻也無奈的想：自己回來難道就能阻止龍兒不死嗎？就算他回來，除了陪著妻子眼睜睜的看著兒子斷氣之外，他還能有什麼作為呢？但是，就算是這樣，能夠看到孩子的最後一面，也還是好的啊。

他開始感覺自己的無能。若不是他這樣沒本事，何至於非得在外奔波飄泊。他沈痛的說：「荃，是我害了你跟孩子。我不該寫文章的，弄得現在不上不下。要是我一開始安分在家裡作個小本生意，怕不早發了。龍兒生病的時候，我也許就有能力送他去上海看醫生，也許能把他救回來。」

孫荃幽幽的說：「現在說這些又有什麼用呢？」

兩人向屋裡去。看到了院裡的葡萄架和棗樹，他不由得想到去年秋天採葡萄和棗子的時候，龍兒站在樹下，兜起了大掛，滿臉笑等著。等達夫從樹上把棗子和葡萄扔進了他的大掛裡，龍兒便哄然笑起來，總要笑個一兩分鐘，邊嚷著：「好大的棗兒！好大棗兒啊！」然後又是一串歡極了的哄笑。

孫荃忽然低下頭來，達夫知道妻子想著跟他同樣的事情。兩夫妻加快了腳步，逃也似的離開了那又可愛又悲傷的庭院。但是，這家裡，龍兒的影子無所不在。在家裡住了三天，達夫便受不了家中那種陰慘的氣氛，想走，卻苦於找不到合適的藉口。

這天，他在書房裡寫稿，他的妻在他書桌旁的床榻上午睡。忽然，她從床上坐起來，鞋也沒穿，光著腳就跑了出去。達夫忙跟著追出去，看見她像在找什麼似的，在上房裡東張西望，後來更光了腳跑到院子裡去。她在院子裡四處找了一頓，沒找著她要的東西，於是又開了院門要朝外頭去。達夫忙把她拉住：「你怎麼了？你看你！連鞋都沒穿呢，你想出去？」

「我要找龍兒？」

「龍兒？龍兒他已經……」

她沒讓達夫說完，哭起來了：「你有沒有聽見啊？達夫。龍兒回來啦！他在喊我呢。你有沒有聽見呢？」

「我什麼都沒聽見。你是作夢了吧。」

「不是夢不是夢。」孫荃使力搖頭：「我聽的眞眞切切的。龍兒在喊我，他在叫：娘！

娘！」她哭著：「我一聽就知道是龍兒回來了。那聲音，一點不假，就是我的龍兒。」她忽然又停了哭，抓著達夫的手，左右張望著：「別是我們嚇了他，達夫，會不會是我們這樣找來找去，倒嚇跑了他！」

達夫生起氣來，他甩開了孫荃的手：「我受不了啦！你這樣弄神弄鬼的！我們還要不要過日子！」

孫荃呆住。半天，抖著嘴唇說：「你就……你就這麼快不想龍兒了，那孩子一向最愛你的，你這就要把他給忘了？」

達夫也哭了：「我受不了這樣，日子好像再也好不了啦，要是往後都是這種日子……我情願現在去死！」

兩夫妻抱頭痛哭，達夫說：「荃，我要回上海去了。我沒法在這兒呆下去，我受不了！」

孫荃喊起來：「不！你不能走！達夫你走了我怎麼受啊！你要走，我就去死！」她哭的很厲害：「我沒辦法！我太苦了，你要不陪著我，我撐不下去的！你不能走啊！達夫！」

他因此在家裡又呆了幾個月，直到孫荃又有了身孕。這件事使得她情緒開始安定，達夫和她都當作這孩子是龍兒轉回來投胎的。在孫荃逐漸恢復之後，達夫回到了上海。

離開上海的時候是還初秋，返來的時候，天候已經轉寒。

■第三章

一回到上海，達夫立刻感覺到與北京完全兩樣的空氣。

三個月前，「創造社」同仁在社裡送他北上的凝重氣氛，早已煙消雲散。雜誌正要出刊，人人都忙得很，社裡擠了一堆人，有校稿的，有寫稿的。幾乎人人都叼著紙煙，屋裡頭煙氣蒸騰，倒像澡堂的光景。仿吾正埋在一堆稿件裡，看得頭昏腦脹。達夫過去，往他桌前站著，他頭也不抬，只問：「稿子拿來了沒有？」

達夫笑道：「我人來了不成嗎？」

仿吾抬頭，見了是他，大喜：「達夫，你來了正好！這些稿子看得我快瘋了，沒幾篇能用的。我眞怕這期沒法出刊呢！」

他站起來喊：「嗨！達夫回來啦！」

大家都圍過來了。有的抓他肩膀，有的拍他的背，有人握他的手。達夫看著眼前這些熟悉的臉：獨清、仿吾、勤豪、華林、翰年、零鳳、光次。一路上來的孤單和愁慘之情，剎時煙消雲散。

仿吾問：「家裡還好吧？」

達夫應：「過得去！」

仿吾體己的拍了拍他的肩，道：「日子總得要過下去。晚上，一塊上飯館，我請你喝小酒去。」

達夫應：「先不忙吧。我還得回學校宿舍去看看，三個月不在，擱在那裡的書和衣物，恐怕都發霉了。」

「是有可能，這陣子雨多，霉得厲害。我找幾個人去幫你打掃打掃！」

仿吾這一說，華林就舉起手來：「仿吾兄，就我跟翰年、零鳳去吧！」

達夫有些遲疑：「現在社裡頭正忙，還是我自己慢慢弄吧！」

「你讓他們去！」仿吾道：「也悶了好一陣子了！就當是活動活動筋骨！再說，要是運氣好，說不定還會在路上撞上幾枝花呢。」小伙子們聽了都有點不好意思，訕訕的摸起頭來。

達夫笑了：「好罷！」他掏出鑰匙來，交給華林。幾個人就興沖沖的出去了。

仿吾喊：「給我早點回來！一大堆的事呢！」

外頭隱隱的應了聲：「是！」人已走遠了。

達夫在屋子裡找了找：「咦，怎麼沒看到默天？」

小伙子裡頭，達夫和默天最親近。當初還沒搬進藝術大學宿舍的時候，默天邀達夫去住在他家裡，每天晚上喝酒論文，喝出了兄弟感情。他也是小伙子裡頭唯一能逕呼達夫名諱的。

仿吾神秘的一笑：「他呀！人家最近忙的很哪！」

「忙？聽你這口氣，大概跟創造社的事無關吧？」

「幸而無關！默天這人毛毛躁躁的，做事粗枝大葉。他一個人做事，倒要三個人替他收拾善後。他只要不管事，這就算幫忙了！」正說著，一聲大笑從門口傳進來。

仿吾眉頭一皺：「你聽聽！這小子，又不知道在樂什麼了？」

達夫也聽出了是默天，許久沒聽到他那種開懷的大笑，這時聽起來有一種振奮刺激之感。默天的笑聲是有感染力的，達夫覺得自己的嘴角也莫名其妙的咧了開來。仿吾雖然是很不贊成的皺著眉頭，也一樣帶著笑。

默天進了門來，手上抓著「晨報」，邊抖著報紙，邊嚷著：「你們看到了沒有哇！頭條喽！」他看見了達夫，忙過來兜頭一抱：「達夫，什麼時候回來的啊？家裡還好嗎？」

達夫掙開他的手：「才剛到！」

默天退後打量他：「你瘦好多啊，怎麼你女人不替你補一補呢？」

達夫聽了苦笑：「我女人自己都瘦得跟猴子似的！哪有這個心情，能吃得下就不錯了！」

仿吾見氣氛有些沈，忙道：「默天，你剛才在樂什麼？」

默天這才想起。他抓起「晨報」來：「你們看到了沒有？梁啓超在志摩婚禮上說的話，太精彩了！」

達夫一愣：「志摩的婚禮？徐志摩嗎？」

仿吾笑：「這世界上還會有第二個志摩嗎？」

「你看看你看看！」默天把「晨報」攤在了達夫面前。報頭上好大一篇，都是徐志摩與陸小曼成婚的消息。

達夫問：「什麼時候的事？」

「十月三號。」默天不以爲然的：「唷！你人在北京，怎麼連這麼大的事都不知道呢？」

他的確是完全不知道。他有整整三個月幾乎與外界完全失了聯繫，什刹海的家就像是另一個世界，直到現在，呼吸著創造社裡活躍的，飛揚的氣息，他第一次感到，在家裡那段日子，他簡直是半窒息的。

他問：「報上怎麼說？」

「唷！這志摩眞有他的！」默天既像讚嘆，又像取笑的說：「報上這裡寫，他請梁啓超證婚的時候，梁啓超告訴他：我是要罵人的！結果志摩還是請他證婚，梁老頭呢，也就不客氣的在婚禮上罵了他一頓。」

仿吾不贊成的哼了一聲：「志摩就是愛標新立異。還難講，這是不是他跟梁老頭串通好了演的一場戲。」仿吾跟志摩打過筆仗。這之後就有點看他不大順眼，達夫不想跟他爭辯。心思倒是被志摩這件事繞住了。

春天他跟志摩見面的時候，問起他跟小曼的事，志摩還說：「難！王家不肯放人，陸老太又難纏的很。跟小曼總還有一段日子要努力吧！」沒想到這麼快兩個人就有了結果。

達夫道：「這麼說，倒要去跟志摩道賀一下。」

「不忙，人家現在度蜜月，我們這些俗物還是別去吵了人家。」仿吾說著，把一堆稿子往達夫面前一送：「你既然送上門來了，就坐下來幹活吧！」

達夫接過稿子，回到自己辦公室裡，坐下來看稿。他點了支煙，擱在煙灰缸上，那裊裊的，向上昇起的白煙，不一會兒，就把他帶離了悲傷的北京，達夫覺得自己又活過來了。

晚上仿吾替他接風，上酒樓吃飯。酒醉飯飽之後，照例又上日本澡堂泡澡。這是達夫在日本留學的時候養成的習慣，後來帶默天去了幾次，連他也上癮了。三個人泡在滾熱的水池裡，腦門上擱著冷毛巾。煙氣瀰漫裡，默天跟仿吾又談起了志摩。

仿吾說：「梁老罵得好！他要不罵兩句，人人都學志摩，那不是天下大亂了嗎？」

「可是他身爲證婚人，在禮堂上罵新人，好像也太不通人情！再說，兆頭也不好！」

仿吾笑默天：「你不是自命新青年，怎麼也迷信起這個了？」

「其實我倒是同意志摩的。舊式婚姻的痛苦，不是當事人，是沒法了解的。」達夫說。他自己的婚姻也是舊式的。當時他在日本唸書，用盡各種托詞，結果還是躲不過，硬被家裡逼著回國來完了婚。他對他的妻原本也沒有感情，但是養了孩子，也見到了她持家的辛苦，也就逐漸起了不忍之心。他說：「我不同意他停妻再娶，可是倒很敬佩他敢向舊禮教挑戰。」

仿吾嗤之以鼻：「志摩這種新派人，你以爲舊禮教管得住他嗎？」

「一定還是有影響的。」達夫說：「另外，離婚也是要有勇氣的，一個女人，跟著你那麼多年，幫你養孩子，照顧家，奉養父母，又沒犯什麼大錯，你說不要就不要她了，這種事，要是我，我做不出來。」

「達夫，那是你沒遇到眞正的尤物！等你遇到的時候，只怕你就要做徐志摩第二啦！」默天忽地神采飛揚：「說起尤物，達夫，你可知道孫百剛家裡來了個女客！那可眞是尤物！」

這一提，仿吾也是滿臉笑意：「的確是少見。不管是身段、臉蛋，都是上選。」

「尤其她那身皮膚，白得像雪花冰似的，讓人看了，恨不能咬上一口！」默天做了個吸食的表情：「包準是入口即化。」

達夫看著他們那副饞涎欲滴的表情，忍不住失笑：「那百剛家裡最近一定很熱鬧了？」

「那還用說！門限爲之穿哪！大約方圓百里以內，沒娶親的大柱子、小柱子都去尙賢坊四十號瞻仰過啦！百剛煩的不得了！就差沒搬家啦！」

「眞有這麼好？我看是大家世面見得太少了吧！」

「達夫。這裡可是上海！我們什麼人沒見過？創造社諸君子也不是省油的燈啊！」

「你要去看看！達夫！你眞的要去看看！這王小姐不但人漂亮，更要緊的是風度好，爲人落落大方，一點沒有一般女孩子那種彆彆拗拗的小家子氣！」

聽到連仿吾都這麼五體投地的讚賞，達夫倒當眞好奇起來。

他問：「這位王小姐，到底跟百剛是什麼關係？怎麼會住在他家裡呢？」

「嗳，你這問題問我就對了！」默天隨即如數家珍的跟達夫報了起來。

「她是杭州人，姓王，名旭，字映霞。剛從杭州女子師範畢業來著。」

「達夫你知道吧？這王小姐是王二南的孫女兒。」

「王二南嗎？他可是我們杭州的名人，出了名的才子啊！」

「就是啊！所以，達夫你說，這王小姐氣質能不好嗎？她原本姓金，聽說是王二南特別喜歡這個外孫女兒，所以跟他父親要來了過繼到王家，這才姓了王。」

默天又油嘴了：「待她下一回改姓，姓的就是李了！」

仿吾瞪他一眼：「李默天！你也秤秤自己的斤兩罷！」

默天從澡池裡划到達夫身邊來：「達夫，怎麼樣，過兩天上百剛家去坐坐，順便幫我觀察觀察，看看王小姐對我是不是也有那麼點意思？」

「先不急。等這陣子忙完了再說罷。」達夫身子沈了沈，讓自己整個沒到了池底。

映霞之所以來到上海，完全是意料之外的事情。

她從女師範畢業之後，透過祖父的關係，有人介紹她去溫州教書。教的是幼兒園，名義是冠冕堂皇的音樂老師兼園主任。其實幼兒園由上到下，由裡到外，什麼都管。準備上任的時候，介紹人建議她找個助手。映霞就找了同班同學孫秀蘭。也給了她一個冠冕堂皇的職稱，叫副主任。這兩個不滿二十的女孩兒，就千里迢迢，到溫州上任去了。

這幼兒園附屬於浙江省立第十中學，規模很小，只有四五十個學生，卻有一間大教室，差不多幾百尺大小。映霞會彈琴，就由她彈風琴教小孩子們唱歌，秀蘭則負責跟他們玩遊戲。兩個人搭配得有板有眼，家長們都很喜歡她們。

兩個人雖然離鄉背井，卻過得很快活。溫州靠海，映霞往往一早就起來，到海邊去散步。學生上課分兩個時段，上午是九點到十一點，下午是一點半到三點半，等家長把孩子接回去之後，就沒有事了。每個月薪水二十四塊大洋，算是相當輕鬆的工作。

在溫州待了半年。年底的時候，軍閥鬧起來，局勢不穩，校方表示幼兒園可能要停辦，映霞面臨失業，又想家，就決定回杭州老家去。這時候，秀蘭在溫州另外找到了工作，不想回杭州。祖父知道了以後，特地捎信給映霞，要她去找一位也在溫州教書的父執輩孫百剛先生，叫映霞跟著孫家一起行動。

映霞找到了孫家，發現百剛雖然是祖父的朋友，但是年紀並不大，孫師母更是年輕得很。映霞一見就覺得很投緣。她告訴百剛祖父的意思，百剛欣然答應。他們一家正好也要回杭州，於是映霞就跟著他們一起離開了溫州，換船到上海。

原先的打算是坐火車回杭州，但是時局非常混亂，蔣介石已經在南京誓師，決心北伐。眼看一場戰事免不了。來往滬杭的鐵路也讓軍隊給占據了，正常班次早已停開，整天只看見火車載著穿軍服，打綁腿的軍爺，一車車駛過去。火車站根本就不賣票了。

孫家於是帶了映霞在旅館裡安置下來。百剛成天出門打聽消息，終究找不到回杭州的門路。這時映霞收到了祖父的來信，祖父說鐵路一帶都是亂糟糟的，很不平靜，要映霞別回去了，暫且隨著孫家夫婦留在上海。映霞把祖父的這層意思跟百剛夫婦商議，他們也同意。因爲住旅館開銷太大，於是便租了尙賢坊四十號的前樓，讓映霞跟著，一道住了下來。

百剛雖然年紀不是很大，由於跟映霞祖父是朋友，當然也是長輩，在映霞面前總是十分嚴肅，映霞對他也很恭敬。倒是孫師母跟映霞很有話講。兩個人歲數接近，孫師母性情溫和，映霞也不是難相與的人物，所以倒也處得水乳交融，像一家人一樣。但是再相處得好，久居他人籬下，到底不是辦法。映霞還是想家。她一得了空就到市面上亂逛，到處打聽消息！

這天，她在路上走著，忽然有人從背後追過來，邊喊著：「王映霞！王映霞！」映霞站住了轉頭一看，一個年輕女人，面生得很。頭髮燙出一個個大花捲，穿了流行的白色洋服，腰束得小小的。一張臉搽的粉白，眉毛描得又細又黑，嘴唇上只點了三點紅，是當前最流行的櫻桃小口。映霞看傻了眼，實在不記得自己什麼時候認識這種摩登人物。這人看到映霞對著她發楞，笑起來：「是我啦！王映霞，你不認得我啦？」

聽到她說話的腔調，映霞才從回憶裡扯回了一張臉來：「陳西嫻！是你！你怎麼變成了這樣？」西嫻也是她在女師範的同學。在學校的時候，兩人往來不多，現在他鄉遇見，忽然覺得親的不得了。

「這樣不好看嗎？」西嫻問，轉著腦袋，頭上的大捲小捲就跟著一起晃蕩著：「花了我八個鐘頭燙的，差點沒死人。」

原來西嫻燙了上海正流行的「電棒燙」。映霞在理髮店外頭看別人燙過，滿頭鐵棒子，鐵夾子，還接著電線，看著就怕。她沒那膽子去試，現在看西嫻的模樣，她慶幸自己沒去試過。

她當然不能說真話：「好看啊。」

西嫻對她那模樣顯然是得意得很的。她顧盼自雄的又晃了兩下腦袋，才抓住映霞的手，親親熱熱的說：「你什麼時候到上海來的？怎麼都不來找我！我在這裡悶死了，一個熟人也沒有。」

西嫻在上海坤範小學教書，已經教了一年。

映霞忙跟她說了自己的近況，西嫻知道了她回不去杭州，先開口罵她：「你怎麼不來找我呢？我在上海待這麼久，也算半個地頭蛇了。你想回杭州，那還不簡單！你想什麼時候走哇？」

「當然是越早越好啊。我已經半年沒回家了。我天天出來打聽，可是鐵路局不賣票，根本就沒辦法。」

「誰說鐵路局不賣票？你沒那個門路罷了！」

西嫻說她正好有個朋友在鐵路局裡，於是跟映霞約了第二天見面，請那個人幫映霞找張車票。懸在心裡多時的難題，沒想到這麼輕鬆就解決了，映霞覺得很開心。返回孫家的時候，看見又是一屋子人，大多是認識的。有默天，也有仿吾。映霞因爲心情好，堆了一臉笑進了門。

默天看到了她，先嚷起來：「密斯王，你到哪裡去了，害我們等得好苦啊！」

映霞道：「你還說呢！李先生！我不要跟你講話了！」

「怎麼了，我又是哪一點做錯了？」

「你跟我說現在火車站不賣票，害我以爲我回不了杭州，我今天才知道，不是人家不賣票，是你買不到。」

「密斯王，你聽不出我的苦心嗎？我就是不想你回杭州，所以才告訴你買不到票哇！」

默天這一說，衆人哄堂大笑。

映霞哼一聲：「反正，你沒跟我說實話，這輩子別想我理你了。」她話雖說得認眞，嘴角卻依舊帶著笑。

默天挨過來，伸出手掌心給她：「密斯王，我認錯，你打我兩下讓你消氣。」

映霞看著那伸到面前的手心，舉起手來，做出要打的模樣，卻看到默天臉上笑得嘻嘻的。再看左右，一屋子人，全盯著她，帶著看好戲的神情。她有點疑心自己被捉弄了，於是收回手來：

「算了，我今天不打你！這筆帳記著！總有一天跟你算。」

默天立刻油嘴起來：「要不要加利息？既然要掛帳，就得算利息。密斯王，你多打幾下，我經得起的。」映霞忽然發惱，覺得受了輕薄。默天還把他的手伸著，映霞突然啪地打下去。那一聲清脆讓整屋子人都一震。默天沒料到這一招，臉色一白，收回了手去。

映霞嫣然一笑：「從此銀貨兩訖，互不相欠。」一屋子的人都笑開來了。

達夫坐在角落裡，看著這一切。映霞那白白的胳膊一揚的時候，他受到很大的撼動。他從前喜歡過一個女孩子，是三姊妹裡的老二，映霞讓他想起那個二妹。

那三姊妹都生得很美，但是老二的個性特別活潑。達夫那時候常常上她們的家裡打牌，老二愛笑，每次聽了或是看到了什麼好笑的事，總也不管有沒有陌生人在場，笑得彎腰捧肚，歪倒在別人的身上。不知道為什麼，她當時挑中了達夫，每次總是特意坐到達夫身邊，聽到了有趣的事情，就把她那柔軟而嬌俏的身軀靠到了達夫身上，她隨著笑聲而震盪的肉體總讓達夫感到一種特別的悸動。但是她其實又不是愛他。要正確說起來，她似乎只是在利用他。

她時常指使他拿東拿西的，達夫只要露出點猶豫的神情，她立刻就一個耳巴子打下來。打牌的時候，又往往逼他餵牌給她。他只要不依，老二那雙穿了細高跟的腳立刻踢上來。達夫往往打了一夜牌回去，拉起褲腿來一看，小腿上坑坑疤疤，全是發了紫的瘀青。不知道是不是他自己有一點被虐的劣根性，老二這樣對他，他卻有一種異樣的滿足。有時還故意去惹她的氣，好挨受她的凌虐。

映霞那活潑爽朗的模樣很像老二，但是論相貌體裁，卻又比老二更動人。果然如默天所說，確是個「尤物」。從十月份聽默天說起，到現在親眼得見，已是三個月過去了。他現在後悔沒有早些來尚賢坊。他盯著映霞直看，映霞也察覺了，帶著笑容看過來。

只見角落裡坐著個瘦小的男人，穿著件灰布長袍，兩手扶膝，端端正正坐著。那模樣很有些氣派，引得映霞多看了兩眼。他的頭髮留得比一般人略長，直直往後倒去，看來是忙得忘了修剪了。一副大額頭，濃眉，兩眼卻生的細小，嘴唇薄薄的抿著。見映霞看他，他也回了個笑，有點像個男學生，帶點羞怯的。

孫百剛喊：「映霞，你過來，我給你介紹個大人物。」

映霞不知怎麼的，憑直覺，就知道是他。果然，百剛走到那人身邊，跟映霞說：「這是郁達夫。創造社的大將，你一定聽過他的名字！」映霞不好說是，也不好說不是。她其實對這名字沒什麼印象。這時百剛又說：「你一定也看過他的《沈淪》吧。」

映霞忽然電光石火的想起了在女師範看過的這本書。裡面的情節一起從腦海裡湧上來。沒想到眼前這個男人就是那一肚子不正經的作家。但是，面對面看來，他又完全不是那個感覺。郁達夫顯得很文雅，甚至還有點木木的。

他說：「百剛，別提了，我那也不是什麼了不起的東西，王女士沒看過也是應該的。」

映霞說：「我看過。」

達夫轉頭看她。映霞臉紅紅的，他不知道她是想起了書裡的情節，禁不住害臊起來，只當她是見到自己害羞。那薄薄的羞紅映在白皙的臉龐上，非常美。

映霞對達夫略欠了欠身，算是致意，轉身回屋後頭去了。

孫師母正在後頭張羅吃的。映霞進入，看到她正用粗鹽在炒花生米，大鍋鏟在鍋子裡划來划去，她滿臉的汗。映霞忙過去：「師母，我來！」師母把鏟子交給她，抓起毛巾擦汗，邊道：「炒花生米就是這一點費力，你不能停！我手都酸了。」

「師母，下次弄點別的吧。免得累垮了自己。」

「花生米便宜啊，又好吃。誰也不會嫌。」孫師母說：「這群人像蝗蟲一樣，不餵飽了不走的。」

映霞揮著大鏟子，在鍋裡鏟過來又鏟過去。看著花生米逐漸由粉紅色變成了饞人的褐黃。她問：「師母，今天家裡來了新客。」

「你是說達夫吧。」師母嘆氣：「可憐啊。他兒子才過世，他回去料理喪事。才剛回來。」

「他兒子過世了，多大啊？」

「才五歲，害腦膜炎。這期《創造》上，達夫寫了一篇文章紀念他兒子，你可以看看。」

「師母，老師怎麼會認識郁達夫呢？從來也沒聽他提過。」

「咦，我沒跟你說過嗎？他們在日本是同學。他們一批同學裡，就是達夫天分最高，也是他最不用功。他本來念醫科，後來嫌醫科太苦，就又轉回文科去。」師母看看映霞，笑起來：「怎麼，你好像還挺關心他的。」

「沒有，我只是對他有點好奇。」

「還是不要好奇的好。達夫結過婚的，你知道。」

「我知道啊，你說過的。」

「他老婆跟他吃了不少苦。我跟你說，達夫這個人挺重情的，像徐志摩那樣硬要停妻再娶，我看達夫做不出來。」

映霞忍不住詫笑：「你跟我說這些幹什麼啊！我根本就不認識這個人呢。」

孫師母看著鍋裡的花生，叫起來：「夠了夠了！趕快端起鍋子離火！」

鍋裡的花生已經炒的黃澄澄的。映霞忙把炒鍋提起來，放在灶台上。孫師母則手腳俐快的端了鍋生水放上去繼續燒。她沒看映霞，語重心長的說：「達夫是好人，就是感情太豐富。結了婚的人，照道理該克制一些，他又並不。不瞞你說，他在這上頭，有點不清不楚的。」

「眞的嗎？」映霞興趣倒大起來：「怎麼個不清不楚法？」

「你別說是從我這兒聽來的。」孫師母聲量放低了：「我聽人說他在東門外有個相好的，他用一百大洋包著。」

「相好的？」

「就是做那種營生的啊。他另外還跟些女人不明不白的，這我就不方便講了。」

「講嘛講嘛！」映霞央著：「我不會告訴別人的。」

孫師母兩眼閃了閃，終是遏不住那種想吐露秘密的慾望，她湊到映霞耳邊，說了幾個熟人的名字。映霞大驚失色：「不會吧。」

「總之，你別說是我這裡出去的。」

這時候，映霞回憶裡，郁達夫在《沈淪》裡的描寫，一句句回來了，再加上方才看到他的模樣，在映霞心頭奇妙的混合一塊。她覺得達夫和他的作品是完全湊不攏的，又覺得他跟他的作品之間有種微妙的調和。

她想了想，好奇的問：「孫師母，他怎麼會有那種本事？我看他長相很老實的！」

「我告訴你！就是老實人，才會做這些不老實的事情。倒是那種跟你嘻嘻哈哈打情罵俏的，反倒可靠的多，你沒聽過，咬人的狗不叫！會叫的狗不咬人，就像那個李默天。對了，映霞，我看李默天對你很有意思，你自己呢？」

映霞避而不答：「我是要回杭州的。」

這時忽聽到百剛探頭進來：「你們別忙了。達夫要請大家吃飯呢。」

■第四章

吃飯的地點是四馬路上的一家飯館。達夫顯然是熟客，堂倌殷勤得很。飯局中間，衆人喝酒喧鬧，達夫卻很安靜，沒說什麼話。映霞猜他是為了兒子的事，心情還沒恢復過來，很有些同情他。卻有一件怪事，她偶爾眼風掃過去的時候，總發現達夫在看她。兩人視線接上了，他就傻傻的一笑，忙忙閃開眼神，裝作喝酒。

這一頓飯吃下來，他說的話不到三句。到了末了，付帳的是他。映霞覺得他有些吃虧似的。臨分手的時候，特地上了前去道謝：「郁先生，不好意思，讓你破費了。」

「沒什麼沒什麼。」達夫邊說著，眼神又閃開去，也不知道是避嫌，還是害羞，他始終就沒有跟她正眼對上過。

這天回了家，映霞心頭始終留著達夫那奇怪的眼神。說不清自己是什麼感覺。但並不是不愉快的。映霞不是沒有腦子，那種對她有好感有慾望的眼神，她不是沒有經歷過，可是達夫看她的狀況不同，裡頭似乎含有更深沈的什麼。她想了半天，覺得不能了解，過一會，也就丟到了九霄雲外。

吃過了飯，喝過了酒，達夫讓一群小伙子簇擁著回到了雜誌社。爲了續方才的酒興，默天跟華林在路上買了酒回來。在桌上鋪上了報紙，以茶杯代酒杯，繼續邊喝邊聊。

這天是默天硬押著達夫要他去看映霞的。現在就給達夫在杯子裡斟上酒，雙手捧上，學武俠小說裡的架勢說：「師父，您看看徒兒的眼光如何啊？」

達夫一口飲下，笑道：「果然是個紅顏禍水啊！默天，你要追得上，將來你結婚酒席的錢，師父替你墊了！」

默天一聽，從椅子上跳起來，站到達夫面前，雙手握拳對著他一拜：「師父此話當眞？」

達夫說：「師無戲言！」他這一句話讓情勢頓時明朗。

創造社裡單身的不少。自從在孫家發現了映霞之後，幾乎每個人對她都是蠢蠢欲動，卻都沒什麼膽子表態，默天最大膽，一直以來也不過說兩句風言風語取樂而已。另一個對映霞有意的是仿吾，可是他老實，從來沒有什麼明顯的舉動。達夫說這話，等於當場把映霞配給了默天。仿吾立刻白了臉。

默天偏還不知好歹，他挨過去，拍了下仿吾：「仿吾，你多觀察觀察，看看我是怎麼追密斯王的！給我學著點！」

仿吾哼一聲，甩開了默天的手，回編輯房去。氣氛不對，酒喝不下去了，衆人也就散去了。

達夫卻依然有種微醺的感覺。他叫了洋車回宿舍，一路上很有一種衝動，想叫車伕掉頭往尚賢坊去。拚了命才按捺住。他雖是有點醉了，卻也明白這件事絕不可造次。

但是他卻管不住渾身那種懶洋洋的甜美感覺。想起了映霞的模樣的時候，他覺得人像化了似的。她說話的聲音，她笑起來那種活潑明朗，還有她由下巴頦到肩膀的那一片柔美的線條，她那白白的，修長的手臂，活脫脫一管凍凝了的脂玉。達夫總算知道了「膚如凝脂」並不是書本裡不著邊際的形容。

他有太久沒看過這麼美的人，一時竟有些不習慣。他覺得映霞太美，太白，太耀目。而見著她對自己的美彷彿毫無自覺，那麼自在天眞的跟衆人談笑，又有點小小的妒忌。他心裡想：「王映霞，王映霞，你難道不知道他們那些都是俗物嗎？你跟他們來往，簡直是玷辱了你的美。」

但是在這樣想著的同時，他又有一絲羞愧浮了上來。他想起了在家鄉的妻，現在只剩下她一個人孤單單的承受喪子的悲戚。他忽然心痛起來，發現了映霞的美與他並不相干。他沒有權力，也不夠資格。他是有家室的男人。

這天回了家，他在日記裡寫下：「今天在同鄉孫君的家裡，遇見了杭州的王映霞女士。我的心被她攪亂了。中午我請客，請大家痛飲了一場，我也醉了，醉了，啊，可愛的映霞，我在這裡想她，不知她可能也在那裡想著我？」

但是他沒辦法割捨那種想與映霞有所牽連的慾望，掙扎半天，他認眞的寫下：「我只求得和她做一個永久的朋友。此事當竭力的進行。」下了這樣的決定之後，達夫覺得自己也清朗了起來。第二天，他又上了尙賢坊。

到孫家的時候是早上。他在門口叩門，外邊亮，屋裡暗，隔了紗門，只看見內屋裡探出張模糊的白臉來，垂著長長的頭髮，一忽而就又收了回去。達夫立刻知道那是映霞。他站在門口等著，心頭噗通噗通的跳。他擔心自己不要臉紅或者冒出汗來，那就丟醜了。

他站著等，那簡直是此生最美妙的經驗，晨初微熱的陽光，暖暖的在身上拂著，天光水洗似的又清又亮。他的美人就隔著紗窗，馬上就要出現。想起映霞垂落的長髮，猜想她可能才剛起床，尚未梳洗，達夫覺得喉頭緊縮。他想見了映霞闔目沈睡的美姿，那一頭黑髮散亂如雲般放在枕上。要是哪一天能讓他眞看到這種景象，那就是死也甘願了。

達夫一陣胡思亂想。回過神來時，看到映霞笑吟吟的站在門邊。她的長髮已經束了起來。

達夫進門，裝模作樣的四下一看，問：「百剛呢？」

映霞進去替他張羅倒茶，聲音從屋後頭傳來：「出去了。」

不一會，她端了個小巧的茶盤出來，上面放著茶壺和兩個空磁杯。

她跟達夫隔了茶几坐下，茶盤就放在茶几上。她邊倒茶邊說：「孫老師和師母到霞飛路去吃早餐，大概就快回來了吧？」

「你怎麼不去呢？」

「我？」映霞瞪大眼，之後嘟起嘴來搖頭：「我不去！他們是去吃法國餐，我不想開洋葷。」

「怎麼，你不好奇嗎？」

她轉著眼睛想了想，笑了：「說不好奇是假的，其實是怕丟醜。那些刀啊叉的，我也不知道怎麼用。」

「其實也沒那麼難。哪天我請你去吃法國菜，順便教教你餐具的用法。」

映霞不置可否，慢條斯理的把達夫的茶捧起來，放到他手邊。

達夫端起茶杯來，其實並不想喝，但是他想接觸映霞方才奉茶碰觸過的地方。茶杯熱熱的，是茶的溫度，也是映霞的體溫。手裡握著映霞的溫度，達夫用嘴唇含著杯沿，慢慢的啜飲著。他忽然起了個美妙和淫穢的想像，自己彷彿正含著映霞的小嘴兒。那使得他腦門熱烘烘的。

映霞完全不知道他那一腦門子的壞，微偏腦袋在想些什麼。她那沈肅的神情，讓她有點像中世紀的聖女畫像。好半天，她開口：「郁先生。我昨天看了你的文章，那篇〈一個人在途上〉。」達夫剎時像五雷轟頂，所有的綺思淫念一忽兒跑了個精光。他立刻羞慚起來。

他在北京時，寫了這篇〈一個人在途上〉紀念他的龍兒。文章後來就用在《創造》季刊上。

映霞張大了眼望他，眼裡是誠摯的同情，她現在看起來更像是聖畫了。她說：「郁先生，我看了好難過。眞是……眞是可憐啊。」；達夫慘然道：「我受慣了這些，已經麻木了。」映霞兩眼有些濕上來：「我……我十四歲的時候，父親過世了。他死的時候，我也沒來得及趕上見他最後一面。我……我了解你的心情。」

達夫怔怔的看著前方，過一會，他說：「你知道嗎?我其實也沒見過我父親的最後一面。」

映霞兩眼濕潤，潭水似的映照著他。

「我從不算命，我也沒批過八字，這不是我不迷信。只是我的命實在是壞到極點了，也就不大想知道它還能怎麼個壞下去。」達夫開始娓娓的說起他整個不幸的人生。他三歲喪父，與母親的不合，兄長們給的壓力，妻兒的負擔，自己的不滿和自卑……

這些事情，以前只要提起的時候，總是會覺得痛苦，不過，現在達夫卻有種平和的感覺。他一層層剝露出他的人生，把所有的悲哀，醜陋，喪失與打擊，困頓和重擔，都說了出來。

映霞只是同情的聽著。

達夫覺得他跟映霞達到了一種絕對的和諧，他那種想做她一生的朋友的心願，已經得到了完美的呈現。今後，他要一生都守護著她，像她的兄長，甚至像她的父親、叔伯，這決心永遠不會改變。在達夫那激情和浪漫的想像中，映霞是體己，而且充滿同情的。但是對映霞來說，她只是不知道該如何是好。

她沒想到狀況會變成這樣。她只不過是在百剛夫婦還沒到家以前，幫忙接待一下他們的客人，與達夫的對話，不過是寒暄而已。她沒想到竟勾引出達夫這一大串心事出來。她一方面覺得迷惑，另一方面卻又不無一種窺人隱私的樂趣。她一邊傾聽著達夫訴說，一邊心裡在想：「不知道他是不是見到每個人，都這麼傾囊而出。難道作家都這麼怪嗎？」

有些話她聽得簡直不知道該如何反應，於一個才見第二次面的人來說，達夫告訴她的，已經超出了禮數的範圍之外。她也不知道該如何阻止他講下去。又覺得有些話實在是不宜聽。郁達夫眞的知道他在做什麼嗎？她只好暗暗的盼著百剛夫婦早點回來。另外，便是有一搭沒一搭的接收著達夫的話語。在傾聽的同時，她分了神去觀察達夫的臉。

這男人絕對談不上英俊，但是那張帶點倒三角的臉型，卻有一種古怪的孤傲之感。那不是英雄的孤傲，倒像是個被棄的孩子，爲了抵抗外界，用孤傲把自己武裝起來。達夫垂著眼，慢慢敘述著，映霞盯著他看，卻發現了一件事情，他去理過了頭髮。昨天見面時，給映霞深刻印象的潦草長髮，現在已經服服貼貼的順在腦後，幾根突出不馴的雜毛，現在也被清理的紋絲不亂。

映霞嘻的一聲笑起來。達夫不解的看她。映霞說：「郁先生，你什麼時候去理的頭髮？」

達夫唰地臉紅起來。他一早起來，頭一件事便是去剃鬍理髮。心裡隱隱明白自己這麼做是爲什麼，卻又假裝並沒有那種念頭。結果頭髮一理好，連早點也沒吃，就雇了洋車上映霞這裡來了。映霞這一說穿，似乎連他心裡頭那最隱秘的心思也給翻了出來。

映霞說：「你昨天那樣子很名士的，一剃了頭，不像你了。」

這時候，百剛夫婦回來了。一見了達夫，也是這話：「達夫，你什麼時候去剃的頭？」百剛邊說，邊摸自己腦袋：「哪裡剃的？我也去剃一把。」

「不就是四馬路上。喏，你也去過的，裕豐泰酒家邊上那家。」

百剛詫道：「咦，難道他們來了新的師傅了？怎麼這次幫你剃的這麼好！」

「沒呀，還不就是那個三師傅嗎。」

孫太太也說：「達夫今天看起來，的確是特別精神！」

大家又繞著他腦袋說了半天，他今天的頭就像頂了兩百燭光燈泡似的觸目，達夫恨不得有個地洞可以鑽下去。

百剛問：「你一大早來，有事嗎？」他原本想好了一個名目的，現在卻怎麼也記不起來，只好說：「本來是有事的，給你們這麼一吵，全忘了。」

映霞跟孫太太回房去。百剛脫了外套，在映霞方才坐的椅子裡坐下來。這又使達夫痴恨了半天，他暗自埋怨自己沒搶著先坐下去，那就可以陷進映霞那豐美的圓臀所接觸過的空氣裡。失去了一個悄悄的意淫的機會，使達夫懊惱不已。後來百剛說起在霞飛路上看到捕快房的阿三打人，才把達夫的心思轉移了去。

那捕快當街攔下了一個鄉下人，馬上就叫他站定，開始咕嚕咕嚕問話，可憐那老實人一句也聽不懂，回不出話來，他不住的用土腔回答：「俺聽不懂哇……」那阿三就啪啪兩巴掌，再問，他再回話，又再打！沒幾下，那人的臉就腫起，淌下血來。

達夫問：「爲什麼呢？當街打人總要有個理由罷！」

「我看沒什麼理由。那捕快就只是在找樂子！反正閒著無聊，路上抓幾個良民練練手勁！」百剛很憤慨：「我最不能理解的就是，居然還有一大堆人圍著看。後來捕快打完了人，準備在人群裡找下一個，所有人才一哄而散！」

「百剛，你也是知識分子，你怎麼不幫著去調解一下呢？至少你是能說英文的啊！」

百剛臉上露出嘲諷的笑容：「方才回家的路上，我也一直在問我自己這個問題。答案是：我怕死！我不知道阿三會不會掏出槍來把我給殺了！我也怕難看！要是阿三轉個頭把我當了對象，那我不是斯文掃地？最後我是連看都不敢多看一眼，跟我太太像沒事一樣的走開了。」

兩個人心情都沈重了起來。

達夫道：「這跟清朝末年有什麼兩樣？我們的國家還是一樣的讓人瞧不起，人民還是一樣的被人當豬狗！」他的兒女私情一下子拋開了，他說：「百剛，下一期《創造》你就寫篇文章談這件事吧！就算我們怯懦，怕事，可是，至少不能變得痲痺了！」

談到了下午，又來了一群創造社的小伙子，有默天，沒有仿吾。顯然仿吾選擇了不戰而退。但是映霞始終沒露面。這讓準備來看默天顯身手的同仁有點失望。問孫太太，她說：「映霞去找她同學了。她同學有買車票的門路。我看她不兩天就要回杭州了。」這訊息讓大家大失所望。

最失望的是達夫，原來這終究不是他份內的姻緣。王映霞給予他的刺激不管多麼強大撼人，也只是蜻蜓點水。等她回了杭州，就要兩兩相忘了。

■第五章

但是第二天，達夫去了尚賢坊，卻看到映霞還在。而且，不止她，還多了一個打扮得女明星似的陳小姐。沒多久，默天也來了；一進門，映霞就過來喚他：「李先生李先生，你來，我給你介紹個朋友。」

「男的女的？要是女的那就算了，密斯王，你知道我是只效忠你的。」

映霞哈一聲笑出來：「李先生，你就是愛開玩笑。」

她把默天帶到那位「女明星」面前：「給你介紹，這是我同學陳西嫻。」

默天一看，那陳西嫻是個團團圓圓的小胖子，臉上打點得眉飛色舞，緊緊抿著三點朱的櫻桃小口。兩手交叉擱在膝頭，端然坐著。

默天開玩笑：「同學？怎麼看起來倒像你媽……呃，你姊姊。」衆人轟笑。默天又問：「密斯陳你幾歲了？跟密斯王大概不是同期的吧？」

映霞生氣，瞪默天一眼：「是同期的。西嫻跟我一樣大呢。」

西嫻不惱不火，上下打量默天一眼：「映霞，這就是那個騙子？」

來了厲害角色了！屋內衆人馬上異口同聲：「哦……」了起來

默天發急，卻還要維持紳士風度，他帶笑問：「密斯王，你這同學說的該不會是我吧。」

映霞叫苦：「我不是這樣說的，我沒說你是騙子……」

「是我說的。」西嫻說：「你不是說火車站不賣票嗎？映霞今天拿到票了。」她眼睛一眨不眨；「依我看，說話不實在，就叫做騙子。」衆人肅然起敬。西嫻就這麼三兩下贏得了人心。默天那張嘴是出名的溜，現在碰到西嫻，也只有甘拜下風。

西嫻原也不是專爲對付默天來的，她是聽說了達夫在這裡，特地慕名而來。不像映霞，她倒是看了他不少書，還都說得頭頭是道。問題是達夫心思有點浮躁，他關心的是映霞回杭州的事。潦草敷衍幾句之後，達夫就問：「王女士，你幾時回杭州？」

「還要再過幾天，我打算我生日那天回去。」

「啊，你生日快到了嗎？是哪一天？」映霞說了日子。達夫微笑著，不說話。其實腦子裡飛快的記下這日子。一屋子的人，要是拿紙筆來記，未免太明顯了。

默天道：「那正好，我們找一天給密斯王暖壽，順便送行。」

「不用了。我年紀又不大，暖什麼壽啊！」

「要的要的。」達夫問：「王女士這是幾歲的生日？」

映霞落落大方：「過完生日就滿十九了。」

達夫沒料到她那樣年輕，整整比自己小十歲還多。一時有些自慚形穢，不由得靜了下來。映霞只當他在盤算要去哪裡請她，又說一遍：「我回了杭州，我娘會替我過生日。你們就不用替我過了。」

「哎呀映霞，你當他們眞要替你過生日？還不就是找個名目吃吃喝喝嗎？不替你過生日，他們也會找別的。」

默天馬上稱頌起來：「唉呀孫師母，還是你了解我們年輕人的想法。」

「那，王女士，就這麼決定吧。」達夫看著她：「你想吃什麼？日式料理，還是法式料理？」

「我沒什麼意見。」

「吃什麼日式法式，咱們中國胃，最合適的還是中式。達夫，我看，還是老地方，四馬路的裕豐泰，要不就是味雅，你看怎麼樣？」

達夫訕笑：「怎麼問我，不是該問壽婆嗎？」

「我沒意見，都可以的。」

孫太太忽然發了話：「我倒是有個意見，提出來讓大家表決一下。達夫，你不如請我們洗澡吧！」她這話一說，女眷們都點起頭來。因爲戰事，上海缺水。一般家庭裡燒水洗澡是大工程，要洗個痛快，要不是上日本澡堂，就是到飯店裡去洗。達夫爲了討太太們的歡心，偶而會定下旅館房間，讓大家來洗澡，後來就成了慣例。女士們想洗個舒服澡的時候，就會要達夫去定房間。

達夫說沒問題，他跟好幾個旅館都熟。於是衆人商議了一下什麼時候去洗。孫師母也要約幾個她的姊妹淘。因爲要洗的人數目還不少，後來談定的是去旅館定兩個相鄰的房間，一間專供女客洗澡。一間裡擺上麻將桌子，衆人分別帶菜帶酒去。洗完了澡，不管男女，一起穿上浴衣，愛打牌的打牌，愛飲酒作樂的就飲酒作樂。

這是跟日本的風習相近了。達夫和百剛都是留日的，對這作法並不陌生，還有些懷念。創造社的小伙子們，則是想到了那日本的異國風味，又對一群浴後的女眷們懷抱了綺思遐念，自然也同聲叫好，這件事就這樣拍板定了案。大事底定，衆人開始閒扯。不知怎的談到了蔣介石的北伐，有人叫好，有人憂心。只要扯到了國事，總是群情激昂，人人都有看法和意見。

達夫不想講話，把紙煙叼在嘴上掩飾。他神情是在聽著衆人談話，其實一顆心全在映霞身上。映霞在角落裡和西嫻湊著頭悄聲說話，兩人邊說，輕聲笑著。偶爾還偷偷的偏了頭瞅他。達夫猜知她們談的內容有他，卻聽不清楚，但是這反而造成另一種刺激。

映霞和西嫻的確是在談達夫。西嫻怨達夫長得醜：「眞沒想到他竟是這副德行！」

這話讓映霞沒來由的有點不舒服，她忍不住的有點護衛著他：「他太瘦，要是胖一點，會體面的多。」

「你不覺得他賊頭賊腦的？眼睛小的像兩根牙籤！」

映霞推她一把：「你！小心別讓他聽見了！」

西嫻有種本事，凡是不該做的，她就特別的不心虛。她大大方方看達夫一眼。見達夫盯著這裡，就回了個微笑。她理直氣壯的：「你以爲他自己不知道嗎，天天照鏡子，他沒有腦子，總有眼睛吧！」

映霞又要氣又要笑，不想引人注意，只好恨恨的捏西嫻一把，「你這嘴，小心將來報應。」

西嫻總算不提達夫，她興趣轉向別人：「噯，映霞，那個姓李的，你們有沒有交情啊？」

「哪個姓李的，這裡好幾個姓李的。」映霞故意捉弄她。

西嫻肉嘟嘟的粉拳朝她腿上一搥：「你明知道我說的誰！」

「那個騙子？」西嫻點頭。

「沒有。」

「你喜不喜歡他？」

「不討厭啊。」西嫻有些失望，嘆口氣。

映霞看出了味道，撞了她一下：「怎麼，你喜歡騙子？」

「你也喜歡，那就沒辦法了。」

「我沒說我喜歡哪。我只是說不討厭。不討厭距離喜歡，可還有十萬八千里呢。」

「哎喲小姐，那是你，只有你們這種人見人愛的才夠資格這樣。像我，不討厭就是喜歡，喜歡就是愛，愛嘛……愛就是想法子把他騙到手。」

「哦——原來你也是個騙子！」

「那還用說！當然只有騙子才認得出騙子囉！」

這話又惹得映霞掩住嘴笑了個半天。西嫻不笑，沒事人似的抱膝坐著。眼盯著人群中跟人辯得口沫橫飛的默天。笑完了，映霞拍拍老同學的大腿：「好啊，西嫻，我幫你！」

默天這下又在跟百剛辯論他那篇談打人的文章了，渾然不知在房間角落裡，兩個女人已經替他決定了終身。這天到了最後，又是達夫請大家到四馬路喝酒。映霞也不知是有意還是無意，特意坐在他身邊。一頓飯裡，爲達夫又布菜又斟酒，喜得達夫暈淘淘的。

西嫻則是一開始就大剌剌的找了默天旁邊的位子坐下。默天原本沒在意，想她是跟映霞一道，過一會兒映霞該也會坐過來。沒想到竟看到映霞過去陪達夫坐了，這時候才覺得大事不妙。

爲了剛才的事件，他對西嫻有些反感，實在是不想她坐在這裡，但是彼此不熟，也不好發作。沒想到西嫻卻特別可親，笑瞇瞇的湊過來：「李先生，剛才的事，不生氣吧？」

「沒呀，大家開玩笑，有什麼好氣的。」

「我就知道李先生你大人大量。」

默天背後有根筋「啵」地跳了起來。他覺得有點毛毛的，想必兔子被鷂鷹盯著的時候，就是這個感覺。他覺得這女人在打他的主意，但是，到底打的什麼主意，就不知道了。

他決心以不變應萬變。這下面，不管西嫻跟他說什麼，他都只是哼哼哈哈的，用最簡單的字句打發過去。西嫻也不是省油的燈，她馬上就淸楚了他的意圖。這之後，她也不講話了。只是默默的吃自己的飯，挾自己的菜。她這樣，反倒讓默天放鬆了戒備。等到他發現的時候，他已經跟西嫻乾了好幾杯酒。碗面上則堆滿了她布的菜。

再之後，默天開始跟西嫻推心置腹起來。他也搞不懂他爲什麼會把這件事告訴她。他跟西嫻說了自己對映霞的念頭。對他來說，他算是剛剛才下了決心要追映霞，沒想到映霞這就要回杭州了。他舌頭有點大：「你……你懂吧…這就像…就像煮熟的瞎……瞎子……」

西嫻提醒他：「鴨子。」

「瞎……瞎……瞎啊……」他實在是發不出那個音來，於是拿手一揮：「不……不管他！這……瞎……瞎啊子……飛了！你……懂吧！」

西嫻懂，她很冷靜的點著頭。那小小的櫻桃口就像封口的印鑑，標示了決心和信任。那幾乎也就是默天那天記憶裡最後看見的東西。

吃完了飯，喝醉了的默天讓華林跟翰年架著走了。百剛夫婦回尙賢坊，其他的人各自散去。達夫捨不得和映霞分手，看時候還早，便提議去看電影。映霞想看，拉著西嫻，要她一塊去。於是三個人一道去北京大戲院看電影。

在電影院裡，兩位女士一道坐，達夫旁邊坐著映霞。爲了避諱，她的身子始終是傾向身旁的西嫻，但是達夫已經覺得滿足。電影放映中間，兩個女人不停的把頭湊在一塊，細聲說話，細聲發笑，像小女孩兒似的。達夫禁不住想到：無論看上去那副軀體是如何成熟，兩個人到底還是不滿二十的女孩兒。

等看完了電影出來，已經是十一點多。外面零零落落的下著細雪。天色已晚，路上人車都少了。達夫叫了小汽車。三個人在電影院門口等車子來的時候，映霞和西嫻嘰嘰喳喳討論著劇情，達夫沒說話，只聽著。他在享受耳鼓上撞擊著映霞的聲音的感覺。映霞當然不知道，看他不說話，怕冷落了他，時不時轉頭來望了他一笑。

這天她穿的是件小羊羔皮袍子，兩手攏在皮籠裡，跟西嫻說著話時，一路踢著馬路邊上的殘雪。達夫愛極了她小巧的腳揚起來踢雪的模樣。情願在這馬路邊上等一輩子，看一輩子。但是過一會兒，車子還是來了。

車子先送西嫻，再送映霞。西嫻下車的時候，達夫下去幫她拉車門，之後就很自然的擠進了後座。他指揮小汽車往尙賢坊開。在口袋裡掏了掏，拉出一張折成小長方的紙來：「王女士，我有樣東西送你。」

「什麼呀？」映霞接過，就著車窗外街面上的微光看了看，是幾行字，也看不清楚。

「這就是剛才吃飯的時候，我作的那兩首詩。我後來把它給寫下來了。送給你賞玩。」

剛才在酒樓裡吃飯，不知怎麼的又談到了國事，半邊國土在烽煙中，滿座都有些感傷，也有些悽惶。達夫的老家富陽，孫傳芳殘部和國民革命軍的二十九軍正在對峙，信息不通久矣。想起老母還在富陽，正不知生死安危，再看看身邊坐著的映霞，一時感慨萬端。於是達夫趁著酒意，即席吟誦了兩首七絕。一時滿座動容。

詩裡頭雖然有家國之思，但是也暗藏了自己對映霞的傾慕，不知道她到底聽出來沒有。所以後來結帳的時候，趁著衆人忙亂，他向掌櫃要了紙筆，把全詩寫了下來。

映霞問：「這是送給我的？」

「是送給你的。你要是喜歡，我哪天請人寫下來裱了送你。」

「那我一定喜歡的。」她又說：「眞可惜，這兒光線不好，我沒法看。」

達夫笑笑，於是沈聲把那兩首七絕吟誦了出來。

朝來風色暗高樓，偕隱名山誓白頭。好事只愁天妒我，爲君先買五湖舟。

籠鵝家世舊門庭，鴉風追隨自愧形。欲撰西冷才女傳，苦無椽筆寫蘭亭。

映霞沒反應。她不大懂舊詩，又加上頭一次和個男人單獨在黑暗裡頭坐著，人有點緊張，聽達夫唸完，只覺得耳邊轟轟轟的，竟來不及體會詩裡的意思。又不好請他解釋，半天，輕聲道：

「謝謝。」

達夫沒說話，只是黑裡頭有一聲輕笑，算是回應。映霞把紙條收起來，兩人又陷入沈默中。那空氣窒塞得讓映霞不安。過一會兒，映霞沒話找話講：「郁先生，你好像不大愛說話。」

達夫道：「我想說的，都說過了。」他是暗示昨天在尙賢坊，自己說過的話。

映霞格格一串笑：「郁先生，我覺得你很怪！我們根本就不熟呢，你跟我說那許多。你這樣見了人就掏心扒肺是不成的。像你這麼有名的人，說出的話可能會被人利用，要是出了事，那可就晚了。」

也許是因爲在黑裡，也許是因爲知道尙賢坊就要到了，兩個人這樣獨處的時光就要結束，達夫忽然大膽起來，他說：「王女士，要是別人，我是不肯的。可是，你要是肯利用我，我要是有什麼能耐能供你利用，那我心甘情願，就是死了，我的靈魂想起來也會笑的。」

達夫心跳著說完了這段話，也不敢看映霞。他覺得自己好像變成了孩子，一切都掌握不住。

車子慢下來，尙賢坊到了。映霞下了車，繞到達夫車門邊來跟他說話。她那又冷又白的臉子框在車窗裡，帶著笑：「郁先生，今天非常愉快。謝謝你了。」

這不是達夫想聽的話。他等著她說下去，映霞卻只是揮了揮她戴了手套的手，就轉身回屋裡去了。達夫等小汽車又駛了一段路後，結了車錢，下車來。這離他住的地方還有一段距離，但是他覺得需要走一走。

他把兩手兜在棉袍的袖子裡。接近午夜，路上很安靜，天上零零落落飄著雪，竟如夢境。達夫在殘雪上走著。想到自己終究是說出來了，可是那效果就跟現在下著的輕飄飄的雪差不多，才沾著他的臉，就讓體溫給化了。

結果是一無痕跡。

這樣靜謐的夜晚，情境竟很像是他在日本唸書的感覺。事實上，他在日本的生活並不如意，尤其感情上，失意的多，成就的少。映霞的反應使他覺得年輕時的厄運重新又回來了。難道這就是他的命運嗎，他永遠也得不著一段眞正想要的感情？

達夫懷著空落落的心，慢慢的，慢慢的，一步步的走回了宿舍去。

在宿舍裡，書桌上放著新來的信件。達夫坐下來翻看，有一張郵局的包裹提領通知，另又有一封孫荃從北京的來信。

達夫坐下來，拆開了妻子的信。孫荃在信上說天候轉寒，已經爲他寄了皮袍子過來。想來就是那張提領通知要他提領的東西。達夫伏在桌上，放聲大哭。他異常慚愧。因爲他的哭不是爲了北京的妻兒，卻是爲了今天的失意。他難過到了極點。然而，他其實不用失望的這麼早。

在距離他宿舍遙遙之外的尙賢坊裡，映霞正在燈下展開了達夫在車上交給她的紙條。紙條上寫著：

贈映霞女史

朝來風色暗高樓，偕隱名山誓白頭。

好事只愁天妒我，爲君先買五湖舟。

籠鵝家世舊門庭，鴉風追隨自愧形。

欲撰西冷才女傳，苦無椽筆寫蘭亭。

映霞讀著，這時候有點懂得了這首詩的意思，她感到有些危險。她想起在車上達夫說的那番話，那能不能算是表白呢？她自己沒有戀愛經驗，不知道男女間的交往究竟是什麼情形。像默天那樣明顯的到處找機會吃她豆腐，她懂，但是，像達夫這樣，她就有點弄不大清楚。

她把達夫的詩又看了兩遍，又覺得這只是兩首普通的感懷詩。她有一點失望，畢竟，郁達夫是個名人，若在他心裡有個地位，總是很虛榮的事情。另外，她又覺得安心，萬一達夫眞的是在追求她，她還不知道該怎麼辦呢。

■第六章

第二天，映霞起遲了。聽到門上「通通通」的，還有人喚：「王映霞，王映霞！」

她去開門，外頭竟是西娴。她穿了皮袍子，臉頰上兩圈胭脂，看上去豔得很。見映霞開了門便擠進來。「大小姐眞好命啊！這麼能睡！」

映霞有些懊惱：「我從來不會這樣的！眞是，今天怎麼搞的！」

她住在孫家這陣子，一直都很自愛，總是早早的趕在孫家夫婦之前起了床，把屋子收好，燒上開水，沒想到今天卻破了例了。

西娴說：「怎麼搞的！誰叫你愛玩啦，晚上睡得晚，早上自然就起得遲啦！」

映霞想想也是，最近也眞是玩的多了點。她從熱水瓶裡倒熱水洗臉刷牙，邊問西娴：「你怎麼會來？有什麼事啊？」

「找你陪我去創造社啊！」

「去創造社幹什麼？」老實說，經過了昨天的事，她有些怕看到達夫。

西嫻一屁股往映霞書桌前坐下，喜孜孜的：「我去找李默天。他昨天答應了，今天要帶我去逛先施百貨的。」映霞倒怔住了：「什麼時候約的？昨天好像沒看到你們談什麼啊？」

「就是吃飯那時候啊。」西嫻卻又皺起眉來：「不過，那時候他已經喝得糊里糊塗的了，就不知道他還記不記得！」

映霞忍不住失笑。她問：「西嫻，你眞喜歡那個李默天？」

「他不錯啊。人長得挺體面的，家世也不錯。你知道吧，他家裡開布莊，虹口好多店子都是他家的。就算不能有什麼結果，跟他混熟了，以後剪布料總可以打個折吧。」

「你怎麼會知道這麼多？」

「知己知彼，百戰百勝哪！我昨天不是一直在跟郁老頭聊天嗎，就是這麼問出來的……」

映霞打斷了她：「郁老頭？你是指郁達夫？」

「要不還有誰？你不覺得他老巴巴的，我看他總有三十了吧。」她說著話，抓起映霞桌上的雜誌亂翻，忽然一張紙掉了下來。西嫻拿起來看：「咦，這不是他昨天在吃飯的時候吟的那首詩嗎？嗐！我還以爲他即席賦詩，原來是老東西。」

「不是，這是他昨天晚上才寫了給我的。」

「昨天晚上？」西嫻興趣大起來：「對了，昨天送我到家之後，他有沒有對你怎麼樣啊？」

映霞沒說話，怔了怔，不能決定昨天那樣算不算是「怎樣」。

西嫻看她半天不答，自己做了結論：「那就是怎樣了。」

「沒有……其實沒有……說老實話，我也不懂。」話說到這裡，似乎也是不說不行了。映霞於是把昨天的經過說了。她問西嫻：「西嫻，你說，他這是什麼意思？」

「我看他是在追求你。」

「可是他是結過婚的人，他怎麼可以追求我呢？」

「映霞，你怎麼這麼傻！現在雖然是民國了，男人一樣是三妻四妾！多一個妻子對他不算什麼的。」映霞不高興，嘟起嘴來：「殺了我，我也不給人做妾的。」

「你喜不喜歡他呢？」

「才認識沒幾天，我哪搞得清楚！」

「映霞，你要留意啊！他年紀那麼大，要騙你這種黃花閨女太容易了。更壞的是，他只是想跟你談個戀愛玩玩，玩過了就甩了。到時候妳人就毀了。」

映霞這下確定了：「我想我不喜歡他。」

「那就好！那我們去創造社吧！」

「我還去那裡幹什麼？」

「陪我啊。」

「看到他怎麼辦呢？」

「不理他就是啊。沒兩天妳就要回杭州了，難道妳還怕他吃了妳？」

結果到了創造社，發現映霞的顧慮是多餘的，達夫並不在雜誌社。因爲昨天的失意，達夫沒睡好，一個晚上在床上翻來覆去，睡不安枕。他一向有失眠的毛病，到了中夜仍不能闔眼，自己就知道這一夜是完了。索性穿了衣服到社裡去。

每次在創造社裡，他就會開始覺得心情安定下來。他在社裡看了看稿子，又做了幾篇小說，還一些文債，竟能完全不去想映霞。不多久，便見天色微明，已經天亮了。這時候他也覺得睏倦了，於是關了雜誌社的門要回宿舍去。

正在鎖門的時候，聽到有人喊他，轉身一看，就是志摩那張大大的臉。他一臉笑，一把把達夫抓在懷裡，緊緊抱了一下。「達夫，你怎麼都不來我家看我！」

「咦，你不是在北京嗎?什麼時候回來的?」

「早回來啦！」他摟住達夫的肩：「走，去吃早點去。」

兩個人到了「美而廉」，跟夥計點了東西，就面對面坐下來。達夫打量志摩，見他神采飛揚，氣色好極，顯然日子過得如意，再想想自己那沒有著落的感情，不由得黯然起來。

志摩笑嘻嘻的看著他：「你最近怎麼樣?身子還過得去吧?」

「過得去。」

「心情呢?」志摩表情嚴肅了：「達夫，不是我說，你氣色眞差。」

「這是因爲沒睡覺。昨天晚上趕了一夜的稿子。」

「你那失眠的老毛病還沒好?」

達夫只笑了笑：「還是談談你吧！這回在上海要呆多久?」

「呆多久！」志摩大笑：「我搬回來了你不知道?」

「搬回來了，那好！給創造社寫點東西吧，以後也可以多聚一聚了。」

「那是自然的！其實我喜歡北京，可是小曼硬要回上海住。她說北京什麼都沒有，不好玩。你也知道，她的朋友都在這裡，她會這麼想，我也不能怪她。」

「志摩，結了婚，感覺怎麼樣呢？」

志摩的臉放出光來：「美！美！美的不得了！達夫！我眞幸福，能得到小曼，我這輩子都不算白活了！」

達夫忽然嘆了口氣：「志摩！我眞羨慕你！不，我簡直是妒忌你！」

「我這也不是天上掉下來的啊！你也知道我跟小曼吃的苦。她好幾番要退縮，都是我拼了命把她拉著，不准她走，要不然，哪有今天？」他打量達夫：「你怎麼樣？你有心事？」

達夫嘆氣：「志摩，我說實話，我要是有你的那種外表，丰儀，感情這條路上我也不會走的這麼苦。」

志摩聽出了：「這麼說，你最近又戀愛了？」

「不但是戀愛了，而且，完全是沒來由的，我自己也覺得奇怪，我簡直是沖昏了頭……」

志摩笑：「達夫，這才叫愛，這才是眞愛！」

於是達夫把映霞的事告訴了志摩。聽完了，志摩收了笑臉，認眞的：「達夫，你既然找到了這麼一個可以挑起熱情的對象，有沒有還報，一點也不重要！你只管去愛就是了！就算她永遠也不會接受你，就算她將來屬於了別人，你總算是愛過，你的生命燃燒過，這不就夠了嗎？」

達夫聽得心頭熱熱的，忽然覺得昨天映霞的拒絕也不算什麼了！他回想起最初見到映霞時，自己的想法多麼純潔。他決定要再回到那純潔的心態上去。他告訴自己：只要能做她一生的朋友，永遠守護著她，這也就夠了。這麼一想，忽然覺得豁然開朗。達夫對自己微笑起來。

在尚賢坊，太太們正在打牌。孫太太有固定的牌搭子，每個禮拜都要聚一次，百剛一來嫌吵，二來也覺得自己在旁邊會讓她們拘束，向來是打過了招呼，就回書房去。

他在書房裡看書，隔音差，仍然聽見麻將聲加著笑語傳了進來。無非是東家長西家短，太太們湊在一塊就是這樣。他有一搭沒一搭的聽著，手上抓了本書做樣子。事實上他常常會在這裡聽到一些匪夷所思的事情，有些眞的，有些假的。但是他從來不跟自己妻子談論，免得她有了戒心，跟牌搭子的談話收斂起來，那可要喪失他不少的樂趣。

周太太年紀最大，耳朵有點背，所以其他的人跟她說起話來，都得連叫帶喊的。以竊聽的方便性而論，百剛是很感謝周太太的。

女太太們邊打牌，邊埋怨自家男人。最初百剛不懂，這些女人對丈夫的不滿這麼沒完沒了，日子怎麼過得下去呢。後來他發現，這些埋怨似貶實褒，其實是太太們炫耀的另一種手段。就像現在，他聽見自己的妻在說：「我先生啊，有時候眞要把我氣死，我跟他說過多少次，知人知面不知心，人家跟你借錢，你好歹也要對方給你簽個收據吧。可他就是不肯，他總是說：人家會來借錢，總是有那個需要，要開口已經很爲難了，你何苦還跟他要借據，這不是折辱人家嗎？」

果然，聽話的人就說了：「喔，那你們孫先生厚道，這是會積德的。」

「積什麼德哦！那些錢就這樣，再也回不來了！我還指望他學點教訓呢，沒的事！下一回，有人來找他借錢，他還是一樣！」他妻子嘆氣：「他那裡拚命替我扯窟窿，我嗎就只好省吃儉用的替他補。」

周太太說：「那總比他拿了去吃喝嫖賭要好吧！你不知道有些男人多壞啊！一文錢不給家裡，全孝敬了堂子裡的姑娘。」

「我先生這一點我倒是放心的，他別提堂子裡的，就是對我，興趣也不大啊！」說話的是宋太太，她一說完，大家全笑起來。宋太太很得意：「他呀，八棍子打不出一個屁來！我倒希望他去嫖幾下，也好跟人家學點風趣！」

百剛在想，下次見了老宋，可要記得取笑他一下。這時話題轉到了達夫身上。楊太太問：「你們看了郁達夫最近那篇小說沒有？」有人問是哪一篇？楊太太說：「就是《洪水》上頭的，寫他跟那個堂子裡的女人那個事的。」

宋太太問：「我聽說郁達夫常跑堂子，這事到底是不是眞的？」

「那還要問？要不是他自己親身經歷，怎麼做得出小說呢！」

百剛聽的微微蹙了下眉。達夫因爲寫的是寫實小說，很多人相信他書裡描寫的都是他的親身經驗。其實，不虛構哪裡成得了小說呢。不過這種話跟一般人是說不通的，再加上達夫自己從不否認，所以更沒辦法替他說話。所以達夫的風評向來不大好。不過他自己好像也不大在乎，甚至，說過分點，對自己名聲狼籍，他好像還怪得意的呢。

楊太太大咧咧說：「他不是寫過開房間帶他朋友的老婆去洗澡嗎。那個女人就在市政廳做事，我二叔的親家認識她。說是郁達夫小說刊出來沒多久，她就不做了。做不下去嘛！跟她先生躲到廣州去，結果，廣州的報紙也登郁達夫的小說，那兩夫妻簡直要瘋了！」衆人大笑。

「其實哪有那麼嚴重？」說話的是他老婆：「我們也常常跟達夫去開房間洗澡的……」

她話沒說完，眾人轟然，一片嘰嘰喳喳。他老婆又急又笑的：「你們別亂想，不是那麼回事。就只是借地方洗個澡，你們也知道嗎，家裡地方都小，也沒那個設備。男人可以泡澡堂，我們女人家只好湊著到飯店開房間囉！每一次總有三四個人，達夫很義氣的，他定了房間就離開，等結帳的時候才會回來。哪像他小說裡說的那樣！」

「人家他跟你們是這樣，你怎麼擔保他跟別人也是一樣呢？要不，他怎麼不照實寫呢？」百剛直搖頭，這些女人的那套邏輯他永遠也聽不懂。

周太太又爆了個大消息：「郁達夫在堂子裡包了個花姑娘。老周有一回陪下江來的客人去打茶圍，看過她這個人，聽說她逢人就講她是郁達夫的相好，還眞多拉了不少生意呢。」

「那他寫的都是眞的了。」

「你耳朵哪兒去了？周太太剛才說的話你都沒聽見嗎？當然是眞的嘛！」

「我聽人說堂子裡那個其實不是他包的。郁達夫這個人，你別看他其貌不揚，厲害得很。聽說對方把他愛死了，自己賺錢塞給他花呢！」

「有這種事？我看達夫很有錢啊，日子過得挺寬的嘛！」這是他太太：「不會需要人家貼他吧？」

「怎麼不需要！你知道吧，他時常向我們老周調錢的。」

「咦，你們老周被你管的死死的，他哪裡來的錢借人家？」

「他是沒錢，可是我有啊！」

眾人轟笑起來：「原來你是老周的後台老闆！這可是大新聞！」

「你們可別說出去！」其他的人忙忙承諾。隨即七嘴八舌開始替達夫算起帳來，猜測他的開銷，研究他為什麼一個單身男人會需要這麼多錢？

周太太忽然說：「對了，孫太太，我聽人說，就在昨天夜裡，看見郁達夫跟你們家的客人一起坐出差汽車，有沒有這回事？」

「你說的是昨天啊！我們一道去吃飯，後來達夫請王小姐跟她同學一起看電影，看完了送小姐回家，也是應該的呀。」

「不不不！」周太太搖頭說：「就只有他們兩個。在車子裡擠在一塊，挺親熱的。」

「那我就不知道了。」

宋太太開口：「我看你們家王小姐很單純的，郁達夫風評不好，又有老婆孩子，你要勸勸她，別跟那種人在一起。」

「她跟我們非親非故的，我怎麼勸？」

「你就勸她：這種男人不能碰！提防他哪天把她寫到小說裡去了！」

又是一陣轟然大笑。周太太的聲音特別拔尖，咯咯咯火雞叫似的。忽然，這一片笑聲停了！堂屋裡一片安靜。百剛懷疑自己是不是剎那間突然耳聾了。他等了等，還是沒聲音。靜得可怕，就連打牌的聲音也消失了。

百剛起身出去看。門推開，桌子上四個太太都看過來。長相雖然不同，那表情倒都是一樣的。全都抿了嘴，緊張的瞪著眼。百剛再往門邊看過去，映霞站著，滿臉通紅。過一會，她低了頭，跌跌撞撞的奔回自己房裡去。她一離開，大家的說話能力又恢復了，只是聲音低了點。周太太說，用她自以爲已經壓低了的嗓門：「她是什麼時候進來的？有誰看見？」

「就是沒人看見啊，要不早就換話題了。」

「你猜她聽到了多少？」

邊聊著，四個人又搓起牌來。他老婆邊打牌，邊遠遠的跟他做眼色。百剛懂她的意思，是要他離開。他退回了自己的書房。這次他關緊了門，估計暫時是聽不到什麼有趣的消息了。

第七章

映霞這一天都沒有出房間來。

因爲出了這事，氣氛不對了，太太們早早就散了牌局，只打了八圈，連中飯也沒吃就走了。人離開之後，孫太太進書房去。百剛手上攤著本書，坐在搖椅上。他轉過頭問：「剛才是怎麼回事？」他自然不能表示出他知道的樣子。他老婆粗枝大葉的把事情講了講。百剛教訓她：「你們這些女太太啊！沒事就在那裡東家長西家短。我早就說過啦！會出事的！」

他太太倒不以爲然了：「我們也沒說什麼過分的！都是事實啊！映霞要怕人家說，自己早就該檢點一下。」

百剛不同意這說法，可是也犯不上爲外人和老婆嘔氣。他只說：「反正她是要回杭州去了，等她人走了，這些風言風語總可以平了吧。」他把書打開來遮住臉，表示這討論就到這裡爲止。

映霞自己在房裡，覺得羞愧交集。她跟西嫻去找默天，默天果然把酒席上說的話忘光了。西嫻不依，跟默天把話勾來勾去，到後來竟讓默天答應了禮拜天一塊去溜冰場溜冰。

她明白默天是喜歡自己的，可是看著西嫻把默天一點點拐過去，也眞是嘆爲觀止。到後來，默天簡直就忘了她，她成了活道具。回家的路上，西嫻跟映霞講：「映霞，溜冰那天你別去。」

「我答應了默天啊，不去不是太沒禮貌了嗎？」

「編個理由啊。就說你要回杭州了，要收拾行李！老朋友要餞行……算了，我來說，我會幫你編的。」映霞覺得啼笑皆非。西嫻看她不做表示，求起她來：「大美人！你去了，那還有我嗎？你橫豎是不在乎他，就成全我吧！」映霞答應了。西嫻歡喜得恨不能撲上來咬她一口。她高高興興的走了。

映霞一個人踏雪歸來，路上想著西嫻。她著實佩服西嫻那種勇往直前的精神。她不知道自己要是也碰上了一個中意的人，到時候有沒有勇氣像西嫻一樣。等回家來，進了屋子，就聽到了那些風言風語。

她從來就潔身自好，從來沒讓人說過。這下子眞是難過死了，恨不能有地洞鑽下去。她有點死腦筋，雖然自認沒有做出什麼不合禮法的事，但是成了別人批評的對象，她就覺得一定是自己有錯。

孫太太在外頭敲門，喊著：「映霞，你不餓嗎？出來吃飯吧。」

映霞不想開門，但是這到底不是自己家裡，她忍著氣，去拉開了門。

「映霞，她們人都走了。出來吃飯吧。」

「我不餓。我有點累，想休息一下。」

孫太太盯著她的臉，映霞竭力做出很平靜的表情。孫太太說：「你別理她們，打牌嗎，隨便說說好玩的。誰也不會把它當眞的。」

映霞不哼，心裡想：「我好好的人，也沒做錯什麼。爲什麼要讓你們說著玩呢？」

孫太太看到她那倔強的表情，知道是說不動她了，於是說：「你不想吃就算了吧，晚上說不定又有人來請吃飯呢。到時候吃，也是一樣的。」

映霞知道她在說郁達夫。這一兩天，都是達夫請吃的飯。她賭氣，說：「我是眞的累了，要休息。晚上不管誰請吃飯，我都不去了，要是有人問，就說我回杭州了。」

孫太太笑起來：「映霞，你這不是小孩脾氣嗎？這那裡騙得過人，不是還約了要去開房間，給你祝生日嗎？」

這時候聽到這種話，感覺眞是壞透了。映霞不想回答，覺得自己那委曲完全憋不住，馬上就要爆開來。孫太太看她臉色不好，於是說：「好吧，那你休息吧。我不吵你了。」

等他走開，映霞關上了門，立刻撲到床上大哭起來。她覺得冤屈極了。要是現在，人是在杭州的家裡，她就可以撲到祖父的懷裡痛哭一場。祖父最疼她。過去，只要自己受了什麼委屈，她就一定會跑去找祖父，祖父總是把她摟在懷裡，一邊拍她的背，一邊說些故事或笑話來哄她，總要哄到她忘了苦惱，開始大笑爲止。

她現在是多麼懷念祖父那溫暖的手，和胖胖大大的懷抱啊。她眞想回家。映霞哭著哭著，不知道怎麼，竟睡著了。

晚上達夫來到孫家。早上跟志摩談過話以後，他找了個澡堂去泡著，再讓推拿師父渾身捏打了一回，整治得他渾身酥軟，竟就這麼睡著了。醒來以後，發現澡堂裡的夥計幫他在身上蓋了個毯子。他竟在澡堂裡溫熱潮濕的空氣裡睡了好幾個鐘頭。

穿了衣服出來，發現天已經黑了，天上飄著小雪。他在澡堂裡烘的熱呼呼的身子，乍然接觸到冷空氣，馬上一連打了四五個噴嚏。他忙叫了小汽車躲進去。司機問他去那裡的時候，他說了映霞的住址。

那幾乎是下意識的。完全沒經過大腦，就脫口而出。說完了就有些後悔，早上志摩雖然替他打了氣，達夫總覺得自己還沒有準備好。經過了昨天，再見到映霞，不是很尷尬嗎？他遲疑著，一路在想要不要請車伕改道，思想著的時候，車子外頭的雪在黑夜裡飄著，尙賢坊竟然就到了。

這天尙賢坊的氣氛也有些怪。孫太太和鄰居站在門口聊天。平日熱鬧的堂屋裡，一個客人也沒有。他走到門口，孫太太笑吟吟的看他。不等他開口便說：「映霞回杭州了。」

達夫腦門一轟，立刻覺得心痛起來。他沒想到映霞離開的消息竟有這麼大的威力，他完全承受不住。他呆了呆，於是說：「那我走了。」離開了兩三步之後，聽到背後一片轟笑聲。他轉過身去，看到孫太太跟她的鄰居們正在大笑。他於是知道自己上了惡當。

他又走回去。孫太太說：「達夫，百剛跟你的交情白搭了，你來我們家，就只爲了一個王映霞，等她眞回了杭州，我看你也不用來了。」

達夫這才訕訕的說：「百剛呢？」

「裡頭啊。」

明知道會遭到訕笑，他還是又問：「王女士呢？」

孫太太說：「回杭州了啊。」幾個人又轟笑起來。達夫不理那笑聲，進屋子裡找百剛。

百剛正在寫稿，放了筆，請他坐下。達夫也不拐彎抹角了，直接就問：「王映霞走了嗎？不是答應要讓我給她過生日嗎？」

「誰說她走了？好好的在她房裡呢！」百剛於是簡單的跟他講了白天的事情，至於女太太們對達夫的看法，自然是完全略而不提。

達夫垂著眼聽，心裡很難受。他體會得到映霞的心情。這時候只想去跪到她面前，告訴她：「這都是我不好！你懲罰我吧，就算把我的心挖出來，只要能化了你的委屈，我也會一動不動的承受的。」想著想著，他彷彿看到自己胸口開了個洞口，正汩汩的流出血來，不禁被自己感動，眼眶也濕了。

百剛說：「達夫，我有話要問你，這是我太太要我問的。我是不覺得這事有那麼嚴重，可是你也知道，女人嗎！」達夫看他煩惱的神情，覺得有點好笑：「沒關係，你問啊。」

「你跟映霞之間，沒有什麼吧？」

「沒有啊，不過就是吃吃飯，聊天，喝酒，你跟尊夫人也在場啊。」

「那我就放心了。哦，還有一件事，也是我老婆非要我講的，你聽了別生氣。」

「不會的。」

「她叫我告訴你，別忘了你的老婆，孩子。」達夫苦笑。

百剛把兩手抱在腦後。辦完了老婆交代的任務，他現在很輕鬆。「達夫。我知道你一向喜歡漂亮女孩，愛逗她們玩。可是，我也相信你自有分寸。憑良心說，我是眞不願意發生什麼事情。

王二南把他孫女兒托給我，我總要原封不動的把人給還回去，你說對不對呢？」

達夫還是苦笑。

百剛又回到書桌前：「來來！你正好幫我看看這篇稿子。我寫了兩段，腦子就給醬糊巴住了似的，無論如何續不下去，你看一看，給我點意見吧。」

達夫就坐下來，胡亂看了看，給了百剛一些指點。之後實在是坐不住，於是說：「我回去了。」他出了書房要走，卻看見映霞正好推門出來。她看上去眼泡有點腫，鼻頭紅紅的。一看就知大哭過一場。

達夫跟她遙遙相望，中間就像隔了十萬八千里。百剛的那些話在他腦子裡沸騰著，他女人的臉，他孩子的臉，像風箏似的在他腦海裡上下飛舞，他努力的要把那些臉孔死死的抓住，但是他們仍然逐漸稀薄，在腦子裡化成了煙。他只看見映霞。

映霞跟他打招呼。「郁先生。」

達夫說：「我聽百剛說，你還沒吃晚飯。我也沒吃，你要不要跟我一起上館子去？」

映霞吸了吸鼻子，虛飄飄的：「好啊。」

他說：「我等你。」

他到堂屋裡坐著，心裡滿滿的，不由得就露出笑來。孫太太進屋裡來，看見達夫一臉傻笑坐著。詫道：「你怎麼還在這裡？我以爲你走了。」

達夫快樂的說：「我等王女士。要跟她一塊去吃飯。」

孫太太露出的那眼光真是可以殺人。她鼓起嘴來，彷彿在生氣，可是也沒說什麼，自己進了書房。不多久，就聽到傳來夫妻倆忽大忽小的聲音。

這時映霞出來，達夫就和她一起走了。這算是兩個人第一次單獨約會。達夫帶了映霞到他常去的一家小酒館，叫了飯菜。映霞吃的不多，達夫是向來吃的少，只喝著酒陪她。

他先問：「哭過了？」

映霞一聽，眼睛紅了紅，強辯：「沒有啊。」

達夫看她不願講，也就算了。他開始說些好玩的事逗她。達夫這一生奔波，跑了不少地方，一直自認飄泊命苦，沒想到卻在這裡有了用處。映霞除了杭州，溫州，上海，沒去過多少地方，聽著十分新鮮，不多久就忘了這一天的不痛快，開心起來。

她說：「郁先生，眞羨慕你，能跑這麼多地方。」

達夫笑笑：「我是因爲出去念書，所以才有機會跑那麼多地方。在國外的日子其實很苦，不過現在想想，年輕的時候，有這些經驗，也很可貴的。」

「可不是。」

「你要是想，也一樣可以出國去念個書啊。」

映霞苦笑一下：「我不行的。別的不說，我母親大概就不會贊成。」

「怎麼說呢？」

「我家裡頭生計要靠我跟我爹爹，」她話裡的「爹爹」，其實就是祖父，杭州人都是這麼叫法的。「我要是出了國去，全家就得靠我爹爹一個人，他都六十好幾了，實在是不忍心。下頭雖然有個弟弟，還小。男孩嘛！家裡總是比較看重些。出國念個書得花多少錢啊！我母親不會答應的，寧可培養我弟弟。」

「其實出國念書有獎學金的，倒也不一定需要花錢。不過，映霞，」他叫起她名字來了：「你要是想出國看看，最近倒有個機會。」

「什麼機會呢？」

「最近國內局勢這麼糟，我也覺得心煩，正想去法國一趟散心。你要是願意跟我去，所有的花費都不用你操心。」

映霞不說話，心裡頭想：「我憑什麼讓你替我花錢呢？再說，我單獨跟了你去法國，到底人家看我們是什麼關係呢！」這些話自然不好說出來。

她笑而不答，達夫卻很熱心，身子向前略湊了湊：「映霞，你想一想，決定了給我回話。」

映霞笑：「郁先生，你喝醉了。」

其實沒有醉，但是這卻是一個很好用的藉口。達夫於是再挨近了映霞一點，盯住她眼睛，說：「你看我像醉了嗎？」

映霞笑：「像啊。」

達夫道：「好美的一雙眼睛。我願意醉死在這裡頭。」

映霞有點窘，把臉別開。達夫坐正身子：「你知道嗎？看到你這雙眼睛，我就後悔我結過婚，後悔我有老婆，有孩子。映霞，你將來想必也是要嫁人的吧？」

「每個女孩都是這樣啊。」

達夫搖頭：「沒有人能配得上你。映霞，不結婚好不好？我們做一輩子的朋友。」

「郁先生，你眞的醉得很了。」

「那你結婚的時候，一定要請我去。我一定要看看，那個有福氣的男人是誰。」

映霞笑了：「還早著呢。」

兩個人相識以來，這是達夫表白得最露骨的一次。但是映霞仍然沒有什麼反應。達夫非常失望。這天回了家，達夫在日記上寫：

啊啊！這一回的戀愛，又從此告終了，可憐我孤冷的半生，可憐我不得志的一世。

■第八章

這晚上，百剛睡到半夜的時候，老婆搖他：「百剛，百剛。」

她聲音不大，噓著氣聲喊。百剛被她搖醒來：「怎麼啦你。」

他老婆說：「噓，你聽。」兩個人在黑裡，張大眼睛聽著，半天，什麼也沒聽見。百剛問：「什麼事啊？」他不由得用了和他老婆一樣的氣聲。他老婆又是一聲噓。

這時候才聽到門上鑰匙轉動，門打開的聲音。過一會兒，聽到屋外頭，小汽車駛走。

孫太太說：「映霞回來啦。」

「回來就回來啦！你喊我做什麼啦？」

「你看看現在幾點啦？」她隨即不等百剛看，自己報出來：「兩點啦！她跟達夫出去，到現在才回來！」

「那就現在回來吧……」

「你到底擔不擔心啊？孫百剛！」

「哎呀，又不是我的女兒，我擔心又能怎樣呢？難道還把她鎖起來不准她出門嗎？」

「就是因爲不是自己女兒，你責任才更大呀！」孫太太一急，聲音倒高了起來：「你怎麼跟王老先生交代啊！」

這下換百剛去噓她了：「嗨，你小聲點，這牆壁薄的很……」孫家的牆壁是薄，但是也還沒薄到能聽得一淸二楚的地步。映霞一進房，就聽到隔壁一陣子喊喊促促，雖是完全聽不淸楚，但是想也想得到是跟自己有關。她回想了這一天的經過，下了個決定。

第二天一早，映霞梳洗淸爽，把行李給撿了撿，去找孫太太。她正在洗衣服，見映霞一身行頭齊全的過來，有些意外，問：「映霞，怎麼起這麼早呢？要出去？」

「孫師母，我再過幾天就回杭州了，我先搬過去跟西嫻一道住。」

「爲什麼呢，就剩兩天了，還搬來搬去的，不麻煩嗎？」

「我跟西嫻好久沒見了，等我回了杭州，又不知道什麼時候才回來，所以她邀我這兩天過去跟她住，也好叙叙舊。」

孫太太從這話裡聽出了兩個信息，一個是：映霞也許不回上海了，這表示她跟達夫並沒發展到不可收拾的地步。第二是，不管前面如何，至少，在今天以後，映霞已經離開了孫家，她的行爲，百剛沒有義務負責了。孫太太覺得鬆了口氣，她露了笑，說：「那也好，那你就去跟你同學一塊住兩天吧。」

映霞就此搬去了坤範小學的宿舍與西嫻一起。離她的生日還有三天。不過孫太太和她都不提達夫要幫著過生日的事。映霞已經決定到時候不露面，孫太太則決定讓生日會流產，就說映霞人已經走了。兩個人這時候倒是有志一同的。

這天達夫沒上孫家去。因為失望和自慚形穢，他簡直是迴避見到映霞這件事。連著兩天，他都在雜誌社裡忙，心神不定的忙。映霞的身影在每個地方，每個時候出現。當他看稿子的時候，寫作的時候，跟著社裡的小伙子在酒樓裡喧鬧的時候，映霞那甜美且帶酒窩的笑靨，總是沒來由的浮現在腦海中。這樣無望卻又著魔似的感情，使得達夫又悲又苦。

這天晚上，他獨個留在創造社裡。其實並不是在忙什麼，他只是竭力不讓自己在天黑之前離開創造社。他怕自己一站到了街上，雙腿就會不聽使喚的往尙賢坊奔去。他在自己的辦公室裡，桌上攤著幾本新出刊的雜誌，一邊看，一邊抽煙，配著半瓶白乾，就這麼乾著喝。明知道這樣對身子不好，但是他是很有些自暴自棄的快感。陷在那種「要怎麼糟蹋就怎麼糟蹋」自己的狀態中時，好像才完全掌握住了自己。

他悶悶的看著新出的「新月」和「論語」，胡亂的想著要跟志摩或林語堂提些什麼看法。這時忽聽到外頭的門「呀然」一聲被推開了。接著是女孩子的聲音，說：「你幹嘛帶我來這裡？」

男人說：「你又不肯去旅館，我能怎麼樣！」達夫聽出了那是默天。

門又「呀」的掩上了。有幾下不能判斷的亂響，啷啷嘎嘎的，女人輕聲笑：

「你手腳就不能輕一點……噯喲……」

「你……」男人喘著氣：「你穿這麼多幹什麼……」

一聲淸脆俐落的巴掌聲：「你想幹什麼啊！」

「就讓我碰一下……」

又是一下巴掌聲：「不行！」

「只碰一下……」

連著許多下清脆的皮肉相擊的聲音，也辨不出是打在哪一處：「不行不行不行！」

默天像是停了下來。

「李默天，你要是破了我的身，我將來怎麼嫁人啊！」

「那就嫁給我嘛！」

「既然你要娶我，你就別急啊，總會給你的嘛！要是花燭夜裡見不了紅，我不給人笑死了，你也丟人哪！」

達夫現在聽出來了，是西嫻。沒想到默天和她已經進展到這種程度了。默天似乎死了心，沒說話。西嫻一陣窸窸窣窣理衣服的聲音。過一會兒，她柔聲柔氣的：「不高興啦？別這樣嘛！來，抱一下好不好？」

兩個人靜默了一會。默天又低聲央求：「好吧！你不讓我碰，看一下總可以，你把衣服解開來讓我看一下……」

一陣讓人焦灼的沈默。

「就看一下，我保證，絕不碰你。」

「好罷。」西嫻說：「你給我站遠一點……再過去……還要再過去……。」

那一步步挪移的聲音，顯示默天已經退到了西嫻要求的距離外。

辦公室裡的達夫可以想像出兩人現在的情景。默天退到了牆角邊，而西嫻開始解她的旗袍衣領。西嫻長得像個湯糰似的，粉白粉白，又圓滾滾的，卻很奇怪的是沒有什麼胸脯。她只有厚實的，飽滿的黏在胸前的兩塊什麼，也就像發過了頭向兩邊擴散的饅頭。某些時候，在她穿著比較厚實的衣物時，你會懷疑它是方形的。

然而默天的喘氣證明了，他的確看到了貨眞價實的什麼。

他深吸了一口氣，輕喊：「我的天！」之後是一團混亂的碰撞的聲音，西嫻聲音像被悶住了：「李默天你要死啊……」

「西嫻我會娶你的，我一定會娶你，你就給我吧……」

回答他的是比方才更爲有力並且堅定的一陣霹啪亂響。耳光聲中夾著默天的哀求聲：「別打了別打了！西嫻，你快把我弄瘋了……」

那兩個人終於離去。

在兩個人廝鬧中間，達夫始終沒出聲，讓他們發現自己的鬧劇居然有聽衆，未免太尷尬。而這種緊張的沈默，其實累人。等兩個人出了門，達夫發現自己因爲一直維持著靜止的姿勢，上半身都僵了。他又喝了一口白乾活血，之後扭上蓋子。今天晚上他實在不能一人獨處，尤其是才聽過那麼一段火辣辣的活鬧劇之後。

他鎖了門，在雪地裡往尙賢坊去。他完全不知道這是怎麼回事，他怎麼會對映霞瘋魔到這個樣子。他，年紀也不小了，也算是有過幾個女人，談過幾段有頭無尾的感情。但是，想到映霞，尤其是想到自己與她的距離，他就覺得心頭像火燒似的。

他在雪地裡走，滿身冒汗，濕得他心口寒涔涔的。他胡亂想著，見著了映霞，就當什麼事也沒有，打個招呼就好。又想，也許不進屋裡，別讓她看見自己，就站在門外頭，從窗子裡望一望她就好。他後來採取了後面的念頭。

孫家又是一堆人，那笑語聲隨著屋裡的燈光一起流洩出來。

達夫坐在佾賢坊對面的樓底下，看著窗戶裡晃動的的人影，抽著煙。坐了一夜。

第二天，他又去了。這晚上孫家的客人不多。孫太太出來拿柴火，看到對面樓底下紅紅的煙頭，進門來：「百剛，有個人在外頭監視我們家。會不會是你們雜誌又出問題了？」

百剛道：「我去看看。」

他出門去，裝作沒事，在門口朝兩手呵氣，又在雪地上跳了跳，偷眼覷著對面樓底下那一點紅紅的火光。過一會，那火光熄了，那人摟起領口，手筒在袖子裡，走了過來。

「百剛。」

「達夫，是你啊。你怎麼不進屋裡來？在外頭凍著幹什麼？」

「我……」達夫苦笑：「怕你不歡迎啊。」

「怎麼會不歡迎？我還以爲是巡捕房裡派人來監視我呢。我老婆嚇壞了。」

「那怎麼會？雜誌是我編的，北洋軍政府要不滿意，要監視，那也該監視我啊。」

百剛大笑：「那倒是！」他拍著達夫肩膀：「進來吧。」

達夫剎那間矛盾起來，又想看到映霞，又怕看到。他問：「映霞，在裡邊吧？」

百剛瞪起眼來：「你不知道？映霞不住在這裡了。」

「不住這裡了？」

「她兩天前就搬到她同學那裡去了。現在恐怕已經回杭州了吧。」

「回杭州了？那他不過生日了？」

「那自然就不過生日囉。不過，達夫，你房間照開，女主角雖然不在，其他人還是會奉陪的。」達夫沒聽見百剛跟他說什麼。他只看見百剛自說自話著，說完了大笑起來。

達夫笑不出來。他說：「我知道我知道。那到時候再看吧。我走了。」

他離開時，覺得腳步沈重。事實上，映霞其實沒走，還在杭州。她要第二天才走。

她在西嫻的宿舍裡，一邊整理衣物，一邊聽西嫻形容默天對她的急色鬼似的舉止。映霞問：「那，結果，你到底是給他了沒有？」

「大小姐，不能給啊，一給，你就成了廢物了。你知道吧？對付男人，你就要像人家訓練騾子一樣，把紅蘿蔔掛在它鼻子前頭，讓他看，讓他想，卻讓他吃不著。這樣子你要他怎樣，他都會聽你的。」

「咦，你怎麼會懂這麼多？」

「聽來的，看來的啊！」西嫻家庭有點複雜，她父親娶了三個老婆，西嫻從小看多了姨太太們爭寵的手腕。潛移默化之下，對於男女情事還很有些慧根。沒想到頭一次「學以致用」，就把默天給糊弄得團團轉。

映霞問：「西嫻，你愛默天嗎？」

西嫻看她：「你問這幹什麼？你現在後悔把他讓給我了？」

映霞推她一下：「你眞是，我替你高興還來不及呢。我是問你，李默天他會娶你吧？」

「那當然！你要知道，我讓他看過了，他要對我負責的啊。」

反正西嫻就是這樣，總沒幾句正經的。她又問：「那，你那個郁老頭呢？他有沒有對你動手動腳的？」

映霞又好氣又好笑：「西嫻，你再亂講我都要生氣了。第一，我搬到你這裡來，就是不想見到他。第二，你不要老叫他老頭好不好？人家也不大我們幾歲。第三，我馬上回杭州了，說不定再也不會來上海，再也不會見到郁達夫，你不要老是把我跟他扯在一塊好不好。」

「好吧好吧，哪我們換個人扯，成老頭怎麼樣？」

「成老頭？」

「成仿吾啊？默天說他也很喜歡你呢。」

映霞一跺腳，去搥西嫻：「你夠了沒有啊，小姐！」

西嫻跑開躲她，兩人一追一躲，笑成了一團。

第二天是舊曆十二月二十二日，也是映霞生日，她回到了杭州。

前面請人捎了口信給家裡，所以映霞下車的時候，先看到她祖父那白花花的腦袋和胖大的身軀。祖父和弟弟寶垌一塊站在月台上。

十三歲的寶垌正在發育的時候，比半年前看上去又高了許多。見到映霞，先迎過來替她拿行李，之後又皮裡皮氣的跟她做了個鬼臉：「姐，好多人來家裡，給你作媒哦。」他還沒變聲，聲音還是拔尖的童音。

映霞一把摟住祖父手膀子。祖父穿著棉袍，那手膀越發顯得又軟又暖。映霞偎上去貼著嚷嚷：「爹爹，好想你啊，我在外頭，別的人不想，就只想你！」

王二南呵呵笑，拍著映霞的手：「你回了家可別這麼說，你媽會難過的。」

「我媽呢。」

「你媽啊，一早就出去買菜了。今天不是你生日嗎？你離開家以後，她天天上香，求菩薩保佑你平安。現在你人好好的回來了，她說要跟菩薩還願呢。」

「姐啊，上海好不好玩？我聽說上海有好多洋鬼子是不？還有，上海小姐穿衣服都露胳膊露腿的，是不是啊？」

寶垌興致盎然，口沫橫飛的問著。王二南攔他：「回去講回去講！你姐姐既然回來了，時間多的是，回了家再談吧。」

回到家裡，映霞的母親王守如已經整治了一大桌的飯菜。眾人落了座，守如又端了酒盞出來，上面是一壺酒，並三個酒杯。她把三個杯子裡斟上酒，分別放在父親、映霞、和自己面前。

「映霞，你今天滿二十，算是大人了。可以陪你爹爹喝點小酒啦。」

「可不是，映霞，過了今天，你就成人了，這以後，爹爹和你母親，都要靠你了。」

「我知道。」

映霞兩手捧杯，敬了祖父和母親之後，一口喝下。

寶垌不甘寂寞，問：「媽，我也來一杯行不行？我們老師說男孩子十四歲就算成人了。」

「你連嗓子都沒轉，還成人呢。」映霞笑他。

寶垌回嘴，老腔老調的：「嗟！女孩子遲早是別人家的！這裡沒有你說話的餘地！」

祖父和母親一起開了口：「寶垌！」寶垌縮了縮脖子，住了嘴。

「媽，寶垌怎麼變得這樣子！」

「噯，別提了，一群下江人逃到杭州來，他們孩子也要上學呀！寶垌班裡有不少下江孩子，被那些孩子帶野了。」

「媽，爹爹，這裡怎麼樣呢？我這次回來，路上到處是人，只要火車一停，就有一堆人擠著要爬上來，背著包袱，抓著孩子，死命拍車窗，喊裡頭的人開門。」映霞搖著頭：「好可怕！」

「那你給他們開了沒有呢？姐？」

「我怎麼敢開啊。我們那火車，車窗全是保險玻璃，關得死死的，上車的時候，他們還特地交代，絕對不能開車窗車門。我起先還不懂呢，後來才知道爲什麼。等火車又開行的時候，那才慘，吊在車窗上的人一個個摔下去，光聽到外頭哇啦哇啦的叫，也不知道他們到底怎樣了。」

「阿彌陀佛，從火車上摔下來。那不是要出人命嗎？」

王二南嘆道：「唉，亂世人命，豬狗不如啊。這些軍閥，成天你打我我打你的，他們自己死傷不足惜，就苦了老百姓。」

互相敘了些別後的情形，映霞也跟家人講了她在上海的生活。說到了自己見過的一些名士。沒想到祖父居然對這些新文學作家們也很有些認識。映霞很詫異：「咦，爹爹，你怎麼會知道這些人？」

祖父半開玩笑的：「映霞，爹爹也識字，會看報紙啊。」

映霞沉吟了一下：「爹爹，那個，郁達夫，你對他的看法怎麼樣？」

「郁達夫啊，是富陽郁家的嘛。他們家裡也是世家，有底子的。原本家道不錯，後來他父親過世，就沒落了。你別說，我過去跟他老太爺還有過一面之緣呢。說起來跟我們家裡也有些淵源。」

「郁家不是有三兄弟嗎？」

「是啊。三兄弟都挺不錯的，老大在政府裡做事，老二好像是個醫生。老三，就是這個郁達夫，現在名氣大得很，我老在報上看到他的消息。郁老太太中年守寡，總算沒有白辛苦一場。」

王二南好奇起來：「咦，映霞，你怎麼會特別提起他呢？」

「沒呀。我隨便問問。孫叔叔家裡常常有些文人來來去去的，所以不少人我都認識呢。」映霞要撇清，又問：「對了，爹爹，你看過徐志摩的詩沒有?他現在跟陸小曼住在上海哩。」

王二南於是開始評斷起徐陸兩人的婚事了。「徐陸之戀」太轟動，沒有人不知道的。王二南自然也有他一番意見和看法，一家人坐著傾聽。映霞臉上帶著笑，心裡卻在想著上海的種種，想到自己與達夫可能就此天涯，說不在意，卻也不免有一點悃然之感。

她那輕微的臉色變化，卻落進了守如眼裡。映霞這次在外頭待了將近一年，雖然相信自己的孩子不會有什麼逾分的行爲，但是守如對她這一年的生活，卻也不免疑慮和好奇。

這晚上臨睡前，守如到女兒房間來。映霞正半倚在床頭看書，守如到她床邊坐下。先扯了一兩句不關緊要的，之後，彷彿是順便問起似的，她閒閒的開了口：「映霞，你在外頭這陣子，有沒有交些朋友啊？」

「有啊，認識好多人呢。」

話才出口，映霞看到母親臉色變了變，忽然理解話裡的「朋友」是什麼意思。她忙道：「媽，那都是孫家的朋友。我有時候幫忙孫師母招呼，所以也認識了，可是，關係都不深的。」

「那就好，女人家，名節是最要緊的。你一個人獨身在外，千萬不能讓人家落了口舌。」

「我知道。」

「你不在這陣子，家裡很多人來提親，你知道吧？」

「我聽寶垌說了。」

「映霞，我雖然比不上那些新派人，可是，你媽也不是老古板，要你嫁個好人家，也是爲了你將來的幸福。要是你有了喜歡的對象，只要他對你是眞心的，我也不會攔著你。」她盯著映霞：「映霞，你是當眞沒有在外頭交朋友？」

「眞的沒有啊。」

「那好。」守如放了心，喜孜孜的從口袋裡掏出了幾張照片出來：「這都是我跟你爹爹仔細打聽過的。不管是年齡，家世，個性，都挺不錯，就等你回來自己挑。你看看，哪一個順眼？」

映霞看著照片，不禁咯咯笑起來。在上海看遍了五光十色，現在這幾張照片上的男人，就一律只顯著滑稽、土氣。映霞翻看了幾張，說：「媽，我睏了，明天再看吧。」

「好吧。」守如把這些相片，又小心的塞回衣袋裡去。

時局雖然不平穩，戰火倒還不曾延燒到杭州來。市面上一切如常，年關將近，尤其顯得熱鬧。映霞陪著母親去採購年貨，碰到了親戚熟人，總是沒迭口的誇讚映霞生得好，之後便是問起她許了人家沒有。好像除了嫁人，映霞的前途不會有別的發展似的。這跟上海那種自由自主的氣氛，眞是差了十萬八千里。

王二南也帶了映霞去拜會過幾次老友，對於映霞舉止有節，落落大方，十分得意。幾度拜會，自然又少不得有看中了的長輩們前來提親。但是只要到了映霞這裡，她總是藉詞推了回去。這倒也不是她挑剔，只是，映霞總覺得自己是家中長女，好不容易有了謀生能力，有責任照顧家裡，好減輕母親與祖父的負擔。

祖父在梅花碑的育嬰堂做董事，這就是家裡頭唯一的經濟來源。他已經六十多歲了，還得每日上班。他自己雖然不抱怨，但映霞總覺得這是她的責任，尤其是看到那些已經在含飴弄孫的長輩時。其實在回杭州之前，她已經盤算過找職業的事情。在家裡稍安頓之後，就積極的開始找工作了。

她那天跑去找孫秀蘭。因爲要過年，許多待在外地的人都回來了，秀蘭也是。兩個人見了面，自然也是開心的不得了。秀蘭後來轉到十中的附屬小學當音樂老師，聽她說，映霞離開之後，幼兒園就再也沒開辦過。這讓映霞覺得：自己當初離開溫州的確是對的。

兩個人敘了一些別後，交換了一些老同學之間的信息。秀蘭說：

「對了，映霞，你知不知道劉懷瑜上北京去了。」

「這不算新聞吧，懷瑜不是一直想去念北大嗎？」

「她沒念北大。她跟家裡鬧了革命，自己跑到北京去的。」

「鬧什麼革命呢？」

「她家裡要她嫁人。你知道吧，懷瑜從小家裡就給她定了親，畢業之後，懷瑜想升學，她家裡不許，男方又逼得很緊，結果懷瑜只好答應了。她跟家裡開條件，要銀票要金子，她家裡還以爲懷瑜是想自己存著壓箱底，沒想到這位小姐另有打算。就在結婚那一天，花轎把新娘子從女方家裡迎出來，到了男方那裡，轎門拉開，新娘不在裡頭。」秀蘭笑得咯咯的：「懷瑜眞是厲害，不知道她是怎麼做到的。」

「那後來呢？」

「這事到現在還沒完呢。男方向女方要人，說沒見著新娘子。女方也向男方要人，因爲新娘子確實已經送出了門。好好的親家變成了冤家。」

「那她現在在北京，男方知道的話，不是正好去要人嗎？」

「所以囉，懷瑜現在改了名，她去了姓，就叫懷瑜，自己一個人在北京，聽說在報社做事。她家裡跟她斷絕了關係，根本就不承認有這個女兒。她現在自食其力，懂事多了。」

「自食其力？懷瑜可是千金大小姐哪！」

「唉呀，人總要學乖的嘛！她家裡又不接濟她，聽說懷瑜現在苦得很。不過人倒沒變，還是那麼嘻嘻哈哈，不知天高地厚的。」映霞要了懷瑜現在的地址，打算寫信給她。

工作方面，秀蘭告訴她，從前的訓導主任江先生要到嘉興的二中附小去接校長職務，現在正到處在找老師，映霞如果願意上嘉興去，倒是可以去找她。

映霞離開秀蘭家裡後，立刻往江主任家裡去，剛到了門口，大門打開來，出來的正是江主任。一見映霞她就說：「王映霞，你回來啦，要不要跟我去嘉興教書？」

映霞說：「主任，我就是爲了這事來找你的，我聽孫秀蘭說你在找人呢。」

「一點沒錯！一點沒錯！好，我這就把你算上了！你可不能黃牛哦！」

「我不會的。」站在門口草草商議了一下正式上任的日子，江主任又匆匆的走了。簡簡單單的就完成了找工作的大事，映霞心情十分愉快。她兩手攏在袖口裡走回家，看見商店裡堆積著的年貨，來往的人群，有一種滿足和幸福的感覺。在上海時的流離和委屈不順，全都化了。到底是回到家了。

第九章

比映霞早回了家的是王二南。他一進門，就看見女兒迎過來。

「爸，上海有人給映霞寫信來呢。」

「那就幫她放著罷。」

「你要不要幫她看一下？」守如從抽屜裡拿出信來，交到王二南手裡。

王二南接過，厚厚的一疊。是毛邊紙信封，上頭毛筆字龍飛鳳舞寫著「王映霞女史玉啓」，落款是「上海市，郁達夫。」

守如問：「爸，你還記得吧，映霞回來那天，不是提過這個人嗎？」

王二南想了想，記起來：「是有這印象。」

「爸，我問過映霞在上海有沒有交朋友，她說沒有，那這郁達夫寫信來做什麼呢？」

「我怎麼知道呢？」

「你要不要幫映霞先看一看。」

雖然是詢問的口氣，很顯然，她就是希望父親能作主把信拆封看看內容。

王二南卻有些猶疑，別的不說，萬一眞是映霞在上海交了男朋友，那這信裡寫的恐怕就是男女之間的私話，看了實在是不大好。

他又捏了捏信封，厚厚的，怕不有好幾張。他安慰女兒：「郁達夫是個文人，大概是跟映霞談談寫文章的事，不會有什麼大不了的。不用幫她看了。」

「既然沒什麼大不了，爸，你就看一下吧，我也好放心。」

「你不放心你自己問映霞啊。」

「她就是不會跟我說實話嘛！她說在上海沒交朋友呢，人剛到家，這姓郁的信就追來了。」

「那要是她的男朋友，這信我就不便看啦。」

「爸，就是她男朋友才更要看吶，也好知道映霞到底和人家到了什麼程度啊。這郁達夫不是結過婚的嗎？還追我們映霞，他到底是什麼居心？我是擔心映霞讓人給騙了。」

王二南生起氣來了：「映霞都二十歲了。你還老拿她當孩子，我從小看她到大，我自己教出來的，她會不知好歹嗎？」他把信朝桌上一扔：「不看了不看了！你放著等她回來吧！」

守如看說不過，也就悶悶的回後院去了。

後院裡正忙著置備年貨。放了幾個大缸，幾個老媽子正站在木架子前殺黃魚。家裡人都愛吃，再加上有些要送人的，所以每年過年總要醃上幾十斤。天冷，魚都給凍得硬梆梆的，院子裡漫著冷冷的甜腥味。守如站在缸子前頭看，老媽子先把粗鹽倒下去做底，再把剖成兩大片的黃魚放進去鋪好。守如低頭看著銘黃色的粗鹽嘩啦啦灑下去，像固體的水。她覺得有些不大好的預感，那是做母親的直覺。但是一切還沒呈現的時候，連使力都還使不上。

守如疑慮的盯著那些粗鹽，其實是視而不見的。老媽子擔心起來了，根本已經過了分量，她忍不住喊：「太太，夠了罷！」守如這才回神過來，揮揮手喊停。

之後就是再灑上鹽，覆蓋住黃魚，再鋪上一層稻草。這順序不斷重複，到後來，缸子裡全滿了，再紮上稻草，把缸封住。正忙的時候，映霞回來了，直接到了後院子裡。

「媽，我回來了。」

映霞兩邊臉讓風給吹得紅撲撲的，十分嬌豔。守如自己看的也有些發呆。這麼鮮花似的女兒，她可不能讓女兒把自己給糟蹋了。她很想問一下郁達夫的事，卻又不知怎麼開口。半天，說了句：「吃了飯沒有？」

「吃了，在孫秀蘭家裡吃的。」映霞很興奮：「媽，我找到事了呢。」

守如吃了一驚：「怎麼這麼快？是哪裡的事？」

「嘉興。去教書。」是嘉興，不是上海。守如放了心。

她一邊忙，聽著映霞跟她說整個經過。映霞說著說著，打起噴嚏來。守如不忍心：「你回屋裡去吧，別在這涼著啦。」

映霞起身要走，守如忽然又說：「你在上海認識的那個郁達夫，他給你寫信來啦。」邊說著，彷佛漫不經心的，偷眼看映霞反應。映霞一聽，呆了呆，半天才應了聲：「哦。」她轉身回屋裡去。守如看不出什麼來，想想不放心，洗了手。也進屋裡來了。

屋裡頭只有王二南和寶垌兩個人。祖孫倆圍著炭爐子坐著，這是堂屋裡最暖的一塊地方。王二南半躺半靠在躺椅上，寶坰卻在烤橘子，空氣裡飄著濃烈的橘子香。

守如進來，先到炭爐邊去，兩手放在上頭烘著。邊問：「映霞呢？」

寶坰回話：「姐回房去了。」

守如朝著父親發話：「爸，信給她了？」

「她的信，自然要給她啊。」

「你有沒有問問她，信裡是寫些什麼呢？」

寶坰好奇起來：「媽，什麼信啊？」

「小孩子別問，這不關你的事！」

王二南說：「你急什麼！該說的事她一定會告訴我們的。我對我們家的孩子有這個信心。」

守如急起來：「那要是不該說的呢？」

寶坰聽出苗頭來了：「媽，就是那封郁達夫的信啊？你要想知道他是不是姐姐的男朋友，我幫你去打聽。」

守如遲疑了剎那，很務實的決定了：「好。你去打聽打聽，頂好問你姐姐喜不喜歡他。」

寶坰一聽大笑：「媽，姐姐怎麼會跟我講啊？我說的打聽，是把姐姐的信偷出來讓你看。」

「好！那更好！」

王二南搖起頭來：「這什麼話呀！兒子要做賊，做娘的還直說好！」

寶坰道：「外公！沒辦法，還不都是你教的嗎！」

守如一聽，忙斥：「寶坰！」

沒料到王二南倒大笑起來：「這個小混帳！一張嘴倒麻利！」

寶堈也哈哈大笑。守如嘆道：「都是在學校裡學的，沒大沒小的！」

這時映霞房間門呀的一聲開了。堂屋裡三個人聽到，連忙止住了笑。映霞走出來。她已經換上了家裡穿的深灰色棉袍，寶堈這時橘子烤得差不多了，從爐上叉起來問：「姐，要不要吃烤橘子？」

映霞看鐵串子上只有三個，道：「只有三個啊，夠嗎？」

「夠啊，你一個，媽一個，外公一個。我吃下一輪的。」

「算了，你們三個分吧，我不吃。」

王二南也道：「映霞，你就吃吧。寶堈再烤一串，也快得很的。」

映霞這才接過橘子。三個人剝橘子吃，守如邊吃邊看父親。王二南懂她意思，看來這個壞人自己不做是不成了，遂道：「映霞，郁達夫給你寫信，是有什麼事嗎？」

「沒事啊。」

守如發急：「沒事，人家巴巴的寫信到杭州來？」

「他們寫文章的人，沒事就是喜歡寫嘛。」

「那信上寫什麼呢？」

「就是問候嘛，因爲我離開上海的時候沒跟他碰面，他寫信來問候的。」

映霞嘴裡雖然是輕描淡寫，想起達夫信上的內容，嘴角卻不由得微微笑了起來。

守如見映霞是不可能說實話了，看了寶堈一眼。寶堈挑挑眉，母子倆交換了一個盡在不言中的眼風。第二天，郁達夫第二封信又來了。老媽子在門口收的信，拿過來交給守如。守如一看，同樣的毛邊紙信封，同樣的「王映霞女史」，她也不管下款了，把信揣進懷裡。

映霞這天沒出門。既然已經找到了事，她心情一放鬆，回杭州以來的疲憊，一口氣上身來。這天竟睡到了下午。她起床，要去廚房找熱水洗臉。一推門，卻看見寶垌坐在自己門口，一見映霞，寶垌很緊張：「姐，你怎麼起來了？」隨即就揚聲大喊：「媽！媽！姐起來啦。」

映霞覺得奇怪：「你坐在這裡幹什麼？」

「沒什麼沒什麼！」

映霞瞪他一眼，寶垌回了嘻嘻一笑，跑開。寶垌先到了廚房裡，灶上開水壺冒著蒸汽，守如正在手忙腳亂。寶垌看她手上還抓著信，忙一把抓了塞進懷裡。

映霞這時進來。「媽，有熱水吧。」

「有啊，多的是。」

映霞把開水壺提起來，看見寶垌兩手背著，一臉鬼笑。她對母親告狀：「媽，寶垌又不知在搞什麼花樣了，你小心他又惹事。」

「我知道，我知道。」

映霞於是提了開水出去。

寶垌把信交給母親：「媽，信看了沒有？」

守如小聲的：「封口都還沒烘開呢。」

寶垌嘆了口大氣：「唉呀！真是的！那姐現在起來了，要怎麼看呢？」

「不看了，先放著再說。」守如把信收起來，她現在很堅決，這封信她是非看不可。遲早都行。她對寶垌說：「你可不能洩漏出去，你姐姐，外公，都不能說。」

「不會的，媽，我是你這邊的。我是保皇黨啊。」守如也笑了。

到了晚上，機會還是來了。映霞正幫著母親在整理箱籠。說是整理，也不過就是把年年都要拿出來的那些衣服抖一抖，再塞上樟腦丸，摺好了收回去。守如手上抓著件花斑燦爛的袍子，看了半天，對映霞說：「這是你奶奶的，你看看以前東西多好。」這件袍子每年都要拿出來抖一抖。前清的款式，整幅整幅的湘繡，漂亮的不得了，完全沒有用處。款式太老，穿不出去了，又因爲那無所不在的繡工，也不能改。守如每年拿出來看，總想要派它個什麼用場，結果總是又收回去，加了油紙防蟲，沒命的灑上樟腦丸。沒有用處，又還不能怠慢，守如說：「我簡直像家裡供了個慈禧太后。」這是她每年都要說的話。映霞就說：「還好是一年一次。」這也是她每年都有的回答。

門口老媽子過來回話說有客人。

映霞和守如一起出去，看到的是西嫻。爲了過年，西嫻也回來了。見了守如，西嫻先親親熱熱的叫了聲：「王伯母。給您拜早年來啦。」她帶了些土產過來。守如客氣一番，又拉著西嫻從頭至腳誇了一頓，這才吩咐老媽子把東西給收起來。

屋子裡很亂，箱籠一個個敞開著，衣物到處散著。西嫻掃了一眼，守如忙道：「眞是的，到處亂糟糟的。」

西嫻說：「過年嘛，家家都是這樣，我媽是已經不管了，我們小輩就樂得省事。」她看映霞一身灰撲撲的，說：「王伯母，要不要我也來幫幫忙。」說著話，就開始脫外套，擄袖子。很有些要動手的架勢。

守如連忙攔說：「唉呀，不要了，不要了。映霞，你跟西嫻出去逛逛好了。順便買些金粉回來，讓你爹爹摻在墨裡寫春聯。」這也是新近才流行的，墨裡加上金粉，寫出來的金光閃閃。世道亂，又不景氣，大家都想求點彩頭吉兆。映霞應了說好，進屋換了衣服，和西嫻一塊出去了。

兩個人前腳出了門，守如就交代馬上燒上開水。一邊大聲喚寶坰。

寶坰從屋裡出來。守如說：「寶坰，你姐出去了。你給我幫個忙……」

「去偷她的信？」

守如嗑了他腦袋一下：「映霞又不在，我不會自己搜啊。你現在給我到門口去站著……」

「看到姐姐回來就告訴你。」

「聽我把話說完不成啊！別理你姐姐了，你幫我看著，外公一進門，馬上來告訴我！」

■第十章

映霞和西嫻回到了女師範去。正在放假。學校裡沒人。連門房都回去了。兩個人互相把風，從短牆上翻進去。以前在學校時常做這勾當。那時候是學生，現在雖然相隔不過一年，身分卻大不相同，尤其西嫻和映霞還都是做老師的，這下違起規來，特別刺激。兩個人嘻嘻呵呵的，翻過牆後，先縮在牆邊笑個沒完。

映霞替西嫻把爬牆沾上的的雪片拍了拍：「要讓你的學生看到陳老師爬牆，那你這書就不必教了。」

西嫻道：「王老師，你不是也一樣嗎？」兩個人又是一頓笑，覺得一切都好玩得不得了。在空地上站了一會兒，覺得冷，兩個人躲回教室去。把門窗緊閉，找了角落坐下來。西嫻問：「映霞，郁達夫到杭州找你，你知道嗎？」

映霞嚇了一跳：「有這事，我完全不知道。」

西嫻開玩笑：「哎呀！大消息呢，全上海都知道了，你不知道？」

「我是眞的不知道。什麼時候的事？」

西娴笑起來了：「沒想到這老頭倒痴得很！我告訴你，你不是搬到坤範和我住嗎？郁達夫不知道，以爲你回杭州去了。」

那天從百剛家回來，達夫失望極了。回到創造社，心頭就像讓千萬隻螞蟻在搔爬著，說不清那是什麼感覺。他睡不著，就又回到創造社去喝酒，一邊看書。直喝到了天亮，這中間睡著了一兩次，但隨即又被一種大傷痛給驚醒過來。他簡直不知道該怎麼辦。

天亮的時候，默天到創造社來，看到達夫坐在書堆裡，兩眼血絲，煙盤裡已經堆了老高的煙蒂，他嘴上卻還叼著一根。默天問：「達夫，沒回去睡？」

達夫搖頭。這時忽然靈光一現，他問：「默天，王映霞是不是搬去跟陳小姐住了？」

默天道：「是啊。」

原來是這樣。達夫把煙扔了，忽然渾身有了力氣：「她回杭州沒有？」

「密斯王嗎？應該沒有吧，我昨天還在西娴那裡看到她。可是聽說她今天就要回去了。」

達夫說：「好！」他扶了桌子站起來。沒想到映霞還沒走，他忽然又覺得一切都充滿了希望。他把皮袍子披上，往外走。

默天問：「你要回家？」

「嗯，回家。」

「那好好休息囉。」達夫沒回答，碰地帶上了門。

他又有了精神。想到映霞還在上海，忽然就覺得一切有情起來。他打算到車站去等映霞，如果能跟她談上話，自然最好，談不上，至少也能再看她一眼。他去裕豐泰隔壁的理髮店理頭髮。上次去孫家看映霞，他也是在這裡理的頭。當時那尷尬的心情他已經全忘了，只記得那天與映霞相處時的甜美。

理完了頭，他站在鏡子前仔細打量一下自己。一夜沒睡好的關係，眼睛有點黃，還帶血絲，但是整體看來還好。他想像著映霞在車站看到自己的模樣，心頭雀躍起來。直到人來了車站，他才發現，自己忘了問映霞是坐幾點的車。

幸好去杭州的班次不多。他看了看班次表，決定等下去，只要映霞會來，總會讓他撞上吧。他在車站裡找了位子坐下，正在風口，可是也不覺得冷。與映霞相關的一切，不論多苦，他總是覺得是一種幸福，他甚至有一種宿命的想法，認爲是自己吃的苦不夠，要是苦受的夠多，那麼映霞就會是他的。

他想像著：當映霞見到他一大早就來車站裡枯坐著，只爲了見她一面，映霞會如何的感動；那時候，她就會明白：自己是眞的愛她，愛的不惜付出一切，超過世界上所有人，唯有自己才能夠給她幸福。等她明白了之後，映霞會流下淚來，痛悔過去不把他放在眼裡，然後接受他的眞愛。他在車站裡等了又等，幾個鐘頭過去了，但是映霞沒有來。

西嫻說：「他在車站裡等了一天，沒見著你，他就想，是不是他不小心錯過了。於是他又買了車票，坐了去杭州的車，一個車廂一個車廂的找你，還是沒找到，可是他人也上了杭州啦，所以他也就索性住下來。他不知道你家在哪裡，只知道你念女師範，所以就找到了這裡來。」

映霞詫道：「就是我們現在這裡？」

「沒錯。」西嫺點著頭：「他來學校，想查問你家住在哪裡，學校也沒告訴他。結果這個人又去車站等了一天。」

「又去等？」

「是呀！他猜想你也許昨天沒離開上海，那麼今天總會來了吧，所以又在杭州車站等，從白天等到了黑夜，都沒見著你王大小姐。」

映霞倒好奇起來：「奇怪。照他這樣子等法，是個賊也讓他抓出來了，他爲什麼就是沒等到我呢？」

西嫺賣起關子來：「你說呢。」

「除非就是，我那兩天根本就沒搭車。」

「嘖嘖嘖，大小姐眞是冰雪聰明！一點沒錯。你那兩天根本還在我那裡呢。這個人也不打聽一下，就傻不隆冬的南北奔波了一趟。你可要知道，老先生是經不起折騰的，再回到上海，他就病了。醫生診斷是肺炎，要不是默天醫院送得快，中國文壇就少了個大才子了。」映霞不說話。

西嫺看著她：「大小姐，人家爲你這麼吃苦受累，你好歹給句話呀。」

「他病好了沒有？」

西嫺嘻著臉：「沒好的話，你會回上海去看他嗎？」

映霞搥她一下：「那怎麼可能嗎！我跟他一點關係也沒有！我發癲哪！」

「是啊，我猜也是這樣。」西嫺說。「我說實話，因爲郁達夫生了病，所以上海所有人都知道了。大家都知道他是爲了你，到上海車站等了一天一夜，又到杭州車站等了一天一夜。你現在回去，剛好讓人看笑話。」

「我才不回去呢。」映霞說：「我工作已經找好了，等過完年，我大概就要到嘉興去了。」

映霞把工作的事又說了一遍。等到話頭再扯到了默天，西嫻就完全忘了達夫的事，開始滔滔的說起默天跟她的發展。她已經跟默天的父母見過了，兩老對她的印象不錯。默天是獨子，老人家一直希望他繼承家業，偏偏他要搞什麼新文學。所以這陣子她全力在對付默天，只要說服他離開創造社，回去賣布料，她做綢緞莊老闆娘的日子也就不遠了。

映霞微笑著聽她講，心思有些游離。她在想著達夫的事。

她沒想到達夫竟然會這樣做。難道自己於他眞是那麼重要嗎？她眞不知道達夫是看上了自己哪一點。她知道自己長得還可以，但絕對不是什麼絕世美女，再又想起默天，他原先好像是喜歡她的，但是一遇到西嫻，馬上就變了心。雖然她很樂意看到西嫻跟默天湊成一對，但是默天變得這麼快，也確實有點傷感情，就像她沒什麼了不起，隨時可以替換。

她想起在上海，達夫對待她的種種，想起達夫說：「好美的一雙眼睛，我願意醉死在這裡頭。」那也許都是愛的表示。他從來沒有直接說過愛不愛的，但是，現在想來，郁達夫大概是愛她的。這念頭不知怎麼的，忽然使她心跳起來，她感覺臉發熱，用手摸了摸，簡直是燙的。她連忙用手掌捧住臉，倒像是畏冷。西嫻看見了。

「怎麼，冷了啊。」映霞點頭。

「那我們回家吧。天也快黑了。」

在映霞家裡，王二南慢條斯理的帶上了老花眼鏡，把達夫的信打了開來，一共是兩封。

本來守如還不願意讓父親知道自己偷看女兒的信，可是看完之後，她感覺茲事體大，不是自己能處理得了的，等王二南從育嬰堂回來，守如索性就把信送到了他面前。八仙桌兩邊，兩人就一邊一個坐著。守如表情沈重，緊緊蹙著眉，看著父親。王二南倒還沉著，他抓著信箋先抖兩下，再凝神看下去。

王女士：

在客裡的幾次見面，就這樣匆匆別去，太覺得傷心。

你離開上海之前，本來打算無論如何要和你見個面的，可是陰錯陽差，總沒見著。這半個月來，我的心境，荒蕪得很，連夜不斷的失眠，自己也說不清是怎麼回事。

你在上海客居的這陣子，大概聽到了不少中傷我的話，我不知道你相不相信，可是，我總希望自己能有機會親口對你解釋一下。

我聽說你家中已爲妳定親，回杭州後就要成婚，我也不願意打散妳的喜事，可是王女士，人生只有一次婚姻。結婚和情愛，有微妙的關係。妳只要想一想，如果妳結了婚，不幾年後，妳就不得不天天做個家庭主婦，或者是抱了小孩，袒胸哺乳，妳但須想想這種情形，我想妳必能決定妳現在應該走的路。

妳情願做一個家庭的奴隸嗎？妳還是情願做一個自由的女王？妳的生活，盡可以獨立，妳的自由，絕不應該就這樣的輕輕拋去。

我對妳的要求，希望你給我一個「是」或「否」的回答，我等妳的回信。

達夫

王二南把信放下，脫下眼鏡，捏了捏鼻樑。

守如看著他，等他說點什麼，可是他只是把眼鏡又戴起來。

「第二封呢？」守如把信遞過去。

霞君惠鑒：

昨晚上發出了一封快信，今天又想了一天，想妳的家庭，不曉得會不會因此而起疑心。我肩上要是有兩雙翅膀，早就飛到杭州來了。

我想妳一定懂得我的意思，妳一定懂的。

因為天冷的原因。早晨醒來，竟傷了風。我一個人在異鄉客居，又遇到了一年將盡，在這樣的寒夜裡，想起了身世，我只覺得傷心之至。

我病了。我在等妳的回音，我想去杭州養病。這次去杭州，我要住到你家附近，好靠妳近一點。不曉得你以為如何？

現在已經是晚上十二點了，我一個人翻來覆去，在床上總是睡不著。

明天一早我打算就去請醫生看病，妳如果給我個「是」字，我抱病也要上杭州去的。我只在這裡等妳的回信。

達夫

王二南看完了信。看信的時候，守如一直觀察著父親，王二南始終沒什麼表情，現在也仍然一樣。守如忍不住：「爸，你看這信上寫的這樣，映霞跟人家，只怕關係已經不尋常了。」

「唔。」

「這郁達夫是結過婚的，映霞要跟他在一起，那映霞這一生不就完了！」

「唔。」

守如說不出話來了。她瞪著父親，忽然就哭起來了。「爸，你老說你最疼映霞，現在這事……這事要影響映霞一生哪，你怎麼倒一句話也不講，一個主意也不拿呢！」

王二南這才開了口：「我在想啊。」他也有些怒氣：「人家不過就寫兩封信，你急什麼呢，你女兒還姓王啊，又沒嫁過去。你就這樣吵吵鬧鬧的！年歲也不小了，還這麼沈不住氣！」

守如這時又成了小女兒，撒起賴來：「我要是沈得住氣，不管這些，等生米成了熟飯，爸，你臉子也沒地方放啊！」

「哼。就知道回我的嘴！」

「爸，那你看呢。」

「唔。」看著守如臉上又發起急來，王二南忙道：「我會跟映霞談的。」

話沒說完，寶垌跑了進來：「外公，媽，姐姐回來啦。」

王二南和守如都沒動。寶垌發急：「桌上的信，不收起來？」

王二南搖頭：「不收啦。讓映霞知道也好。」

寶垌看母親，守如說：「就讓你姐知道吧。做娘的看看女兒的信，也不犯天條吧！」

寶垌非常不能適應：「那我剛才在外頭守那麼久！白搭了嘛！」

外公和母親不說話，只瞪著他。寶垌做了個憤怒的手勢：「好，下回你們還要做什麼偷雞摸狗的事，別找我，老子我……」他忙打住，知道說錯了話。

守如這時候也沒心思對付他，往院子裡一指：「我不罵你，你自己去書房裡跪著去！」

寶垌這時候氣焰全消，可憐巴巴的：「外公……」

王二南說：「叫他回房去好了。都要過年了。童言無忌，童言無忌。」

這時映霞回來了：「爹爹，媽媽。我回來了。」寶堈趁機溜之大吉。

映霞把手套脫下來，又脫帽子。看見祖父和母親一言不發，臉色凝重，也感覺到了家裡頭的氣氛異樣：「怎麼啦？」

守如說：「映霞，你坐下，爹爹有事情要問你。」

映霞坐下來。這時候也看到了桌上的信，心裡頭已經明白了大半。

王二南問：「映霞，你跟這個郁達夫，到底什麼關係？」

守如也說：「你別說你們沒關係，這話我不會信。沒關係，他會寫這種信給你？」

映霞覺得有點百口莫辯：「他信上也沒說什麼啊。不就是勸我不要結婚嗎？」

「不止。他說他要來杭州看你呢。」

「信上沒這個話呀。」

「他又來了一封啦！」守如把信推過去給映霞。

映霞沒看，這時候倒是一股子氣衝上來了。她想起來上海臨走那幾天的委屈，開始哭：「我也不知道他為什麼老纏著我，我什麼事也沒做。我回家來，也是為了不想理他，沒想到他還是追過來。」

守如拿了信，抖了抖：「你要是不理他，人家信上怎麼會說這種話！你自己聽聽：『今天又想了一天，想妳的家庭，不曉得會不會因此而起疑心。』映霞，你自己說，你們要只是普通朋友，他到底怕我們家裡疑心什麼呢？」

「我不知道啊，我眞的不知道啊。」映霞直哭：「媽，你爲什麼不相信你自己的女兒，倒相信別人在信上隨便亂寫？我就只是跟他一塊兒吃過幾次飯，在孫叔叔家裡見過幾次，都是大夥一道的。我們眞的沒有什麼。你不信你可以去問孫叔叔，你去問孫師母啊。」

王二南看映霞哭得稀里嘩啦的，早已經不忍，這時就教訓起女兒來了：「守如，你就別再逼了。我相信映霞，孩子是我自己教出來的，我相信她不會對我們撒謊。」又去哄映霞：「映霞，別哭啦。你看看臉都哭醜了。」

他抽了手帕子遞給映霞。過去映霞要受了委屈，王二南總要把她摟在懷裡哄半天的。現在他也很想把映霞摟過來拍一拍，可是眼前的映霞，那個身量，體裁，十足是個成熟的女人。他忽然了悟映霞已經不是孩子，了悟映霞出外做事的這一年間，他跟他寶貝的孫女兒之間，那種牢固的親暱關係，已經完全失去了。

映霞也察覺了這一點。她接過祖父給的帕子抹眼淚抹臉。

守如不講話。她那表情，與其說是生氣，倒不如說是一種黯淡的，傷心的神氣。她嘆了口長氣，搖了搖頭說：「映霞，我這樣逼你，其實是希望你好。女人有沒有福氣，全看她是不是嫁對了人。郁達夫這個人，我又不認識，也沒法說他好或不好，可是人家是娶過妻的。」

她落下淚來：「你爹爹，還有我，自小是把你當心肝寶貝一樣的。我就不明白，我們自己家裡、玉潔冰清的孩子，又不是有哪兒見不得人，爲什麼要給人做小呢？這樣委屈你，我……我想著心疼啊。」

映霞聽著，才擦乾了的眼淚，又欷欷簌簌的掉了下來。

她又傷心又氣：「媽，我知道你疼我，可是，我說的都是眞話啊，你怎麼就是不信呢？信是他寫的，他愛怎麼寫，我管得著嗎？你也不想想，要是我眞的跟他要好，我爲什麼不在上海找事呢，我幹嗎要跑到嘉興去呢。」

眞是一語驚醒夢中人。映霞這話一出來，守如停了哭。她臉上已有了緩和的意思，但是還說不出反悔的話來。王二南這時開口：「守如啊，映霞說的對，我看她跟那個姓郁的，是沒什麼。」

「那……那……那他信上怎麼那樣寫法呢？」

「我哪知道啊！」映霞嘟著嘴。

「郁達夫是個文人，文人總愛胡思亂想的。我看，」王二南搖頭晃腦了半天，愼重其事的說：「恐怕是郁達夫，對映霞有點誤會。」

「我沒做什麼啊。他有什麼好誤會的！」

「落花有意隨流水，流水無情戀落花；守如啊，我看我明白這是怎麼回事了。」

「爸，你快說，是怎麼回事？」

「是郁達夫那朵落花，戀上了我們家的流水映霞。」

守如嘆氣：「流水！不要是禍水就好啦！」

王二南繼續搖頭晃腦的說：「古話又說：『紅顏禍水』。歸根結底，錯就錯在我們家映霞，長得太俊了點。」

映霞嘟起了嘴來。在肚子裡咕噥：「那也是天生的啊，能怪我嗎！」這時聽得祖父喊她：

「映霞。」

映霞應：「嗯。」

「我要你給郁達夫回個信，措辭要斬釘截鐵，不用客氣，就告訴他：你對他一點情意也沒有，請他不必來杭州，也不要再來打擾你了。」

映霞一口答應：「好！」

她當天晚上就寫了封回信。這時候滿肚子都是對達夫的恨惱，話說得很重。而映霞以爲，既然話已經說絕了，達夫應該會馬上斷了對她的雜念，或者，至少不會再寫信來了吧。沒想到事實不然。

第十一章

映霞的信到了上海的時候，正是大年初八。達夫沒回北京去過年。孫荃寫過信來，但是達夫不願意回去，主要原因還是映霞。他一直還在妄想著要去杭州找映霞。自從寫了那兩封信去，他就一直在等回信。

雖說是孤家寡人，但是上海的朋友多，又看他單身在外，幾乎每天都有人邀他去吃喝，要不就是打牌，上「百樂門」跳舞，再不就去永安公司頂樓的「天韻樓」遊樂場玩。達夫這個年，說是來作客異鄉，倒比在家鄉時，過得還要多采多姿。

日子忽忽過去，每日醉生夢死，卻也不大想起映霞。映霞信來的那天，他正爲宿醉所苦，人癱在床上爬不起來。他昏昏沉沉的睡了又醒，醒了又睡，陷在亂夢裡。

聽到了外頭的敲門聲，還當是夢，彷彿間，自己起了床，下去開了門，結果門外竟是映霞。就在夢裡，也知道這絕不可能，達夫在夢裡發笑：「映霞，你別耍我了。」迷迷糊糊中，外頭眞有人敲門，邊敲邊喊：「達夫！達夫！開門啦！」

又聽見有女人的說話聲：「他會不會不在呀？說不定回北京去了。」

「不會的，百剛說過，他在上海的。」

達夫就在這時完全醒了過來。他跌跌撞撞的下了床。門一開，屋子外頭亮煌煌的，陽光刺得他張不開眼。好半天才適應了光線，看見了外頭站的是志摩和小曼。

志摩道：「達夫，我跟小曼來給你拜年啦！」

達夫讓兩個人進屋。小曼穿了件毛皮大氅，毛色黝黑發藍光。裡頭一件湖水綠的緞子旗袍。整個人水靈靈的。她笑嘻嘻跟達夫一拱手：「達夫，恭喜恭喜！」

志摩道：「還有兩句頂重要的，你偏偏就忘了說。」隨也拱起手來，對達夫拜了拜：「發財！發財！」

達夫也還拜：「恭喜發財！恭喜發財！」

看著小曼神色有些不贊成似的，志摩把小曼一摟，對達夫說：「我這位太太不食人間煙火，聽到發財，嫌俗氣呢。」他看著小曼：「一家裡總得有個人俗氣一點，要不，怎麼過日子呢。」

小曼不高興，卻也不說話，只管鼓著嘴站著。達夫看兩個人彷彿有些不高興，故意要逗小曼開心，於是說：「小曼越來越美了。」小曼道：「有什麼用啊，又不會過日子。」

志摩說：「我就是愛你不會過日子。家裡兩個人都滿腦子柴米油鹽的話，那跟一般夫妻又有什麼不同呢。」小曼這才又笑了。兩人進了屋，小曼微蹙眉頭，四下打量，沒有要坐下的意思。

志摩忙走過來，見達夫書桌旁有張椅子，上面堆滿了隨手脫下的袍子、雜誌、報紙、還有幾疊稿紙就把椅子上堆的七七八八的雜物摟起來，往達夫床上一放，空出了椅子，對小曼說：「坐這兒罷。」小曼這才坐下。志摩自己就不那麼講究了，屋子裡也沒別的空位，他把床上的雜物朝牆邊推了推，就坐在空出來的那一點位子上。

他跟小曼回峽石老家過年，本來要呆到十五，小曼嫌悶，所以就提早回了上海。他問達夫爲什麼不回北京，達夫礙著小曼在，不想說實話，就說是創造社裡有些事沒忙完，走不開。兩個人有一搭沒一搭的聊著。小曼插不進話來，時不時就懶洋洋的抬起手腕來看錶。一邊看，一邊斜著眼瞟志摩。

她那意思很明顯。達夫就說：「好了好了，年反正也拜完了，志摩，你跟小曼還有事，就先走吧。」

志摩笑笑：「不忙不忙。達夫，這樣好了，你跟我們去吃飯吧，我有點事想問問你。」

小曼一聽就炸了：「還要談吶。你們都談了半天了，還不夠啊？」

志摩說：「小曼，我是眞的有要緊事，這非跟達夫談不可。」

「你不是答應陪我去聽戲的嗎？」

志摩看著小曼，盤算著，十分遲疑難決，後來他說：「小曼，就這一次，我這事也很要緊，你今天自己去好不好？」沒等他說完，小曼已經站起來，板著臉，開始整衣服。她緊抿著嘴向外走。志摩忙追過去：「我幫你叫車。」兩個人一起出了門。

達夫在屋裡，把剛才志摩抱到床上的那一堆，又抱回椅子上去，一切又恢復舊狀。正準備躺下來繼續睡，志摩又進來了。志摩一屁股坐上床，完全沒留意東西已經拿走了。達夫問：「什麼大事啊，非得現在跟我談？大過年的，弄得老婆不高興，何苦呢。」

志摩笑：「哪有什麼大事，那只是藉口。」他邊說話，從口袋裡掏出煙來：「我是不想陪小曼去看戲。他們票房裡排戲，一排就是一下午，好沒意思。」他把煙遞給達夫：「你試試看，是美國煙。語堂回來前，我叫他幫我帶的。」

「語堂回來啦？」

「是啊，說酸話的人一大堆，什麼他現在發了，挾洋以自重啊。中國人真沒辦法，就是看不得別人好！」

志摩往口袋裡掏火柴，忽然「噫」一聲，抓出一封信來：「差點忘了，剛才送小曼出去，幫你收了這封信。」

志摩把信交給達夫，兩人點上煙。志摩閉上眼，深吸一口：「怪了，怎麼外國煙一抽，『煙絲匹里純』就特別豐富呢。」

達夫大笑，同時忍不住嗆咳起來。志摩往達夫床上一倒，開始吞雲吐霧起來。達夫看了看信封，一看地址是杭州，馬上就心跳起來。他很想私底下看這封信，但是志摩也不知什麼時候才走。若是要他熬到人走了再看，他又實在是心急。

他看一眼志摩，他正在吐煙圈玩兒。達夫於是拆了信。志摩看著自己面前往上飛升的煙圈，邊道：「達夫，你這裡有沒有空酒瓶?咱們來噴點煙玩兒。」

達夫沒回答。志摩看過去，只見達夫手上抓著方才那封信，臉上是要哭不哭的神情。

志摩問：「怎麼啦?是哪裡來的信?」

達夫沒哼，只默默的把信遞給了志摩。

志摩看完了，問：「這王女士，就是上回你跟我說的那一位？」達夫點頭。

志摩：「這麼說，她是完全拒絕你了！」

達夫仍是一個勁的點頭，哽咽起來：「志摩，我……我眞不想活了……我從來沒這樣過……我……我覺得我一點價值都沒有！我……我根本就不值得活……」他大哭起來。

志摩生了氣：「你幹什麼啊！達夫！不過是個女人，你看看把你弄成了什麼樣子！」

達夫邊泣邊道：「你剛才問我爲什麼不回北京過年，我哪是爲了創造社！我是爲了她啊！原先指望她會答應讓我去杭州看她，現在這封信上看，她就連原先在上海的情分都沒了。」

志摩把信又看了一下：「那倒未必。她現在回了家，一定是受家人影響。女人都這樣，我跟小曼從前也是這樣，明明在一塊說得好好的，她一回家，聽母親兩句話，馬上就變了卦。」

達夫直搖頭：「我們跟你和小曼不同。你跟小曼，至少兩個人是明明白白知道是相愛的，可是我和映霞，一直到現在，她連一句接受我的話都沒說過。」

「那你就放棄了吧！這分明是沒有指望的事嘛！」

「我能放棄我早就放棄了！你當我這陣子不苦嗎？我從來沒有這樣過，我也說不明白是爲什麼。」達夫苦笑：「其實這也不是她第一次拒絕我，大概是過年，一個人待在客地，人特別經不起事……」他抹抹淚，又嘆了口氣。

志摩又把信讀了一遍：「達夫，我們說實話，這封信也還不算在拒絕你。」

「怎麼不算？她不是淸淸楚楚的說：我想去杭州的動機是不應該，不純正的！還叫我以後別去找她，也不要再給她寫信，這不是明明白白的拒絕嗎？」

「你眞是不懂女人！」

看志摩那種老道模樣，達夫倒笑了：「你懂！你懂你告訴我啊！」

「噯，女人不都這樣嗎？愛鬧彆扭，耍小性子。有話是絕對不會直接了當的說。難道你還指望她信上跟你說：達夫你來啊，來啊！那她成了什麼東西？只有堂子裡姑娘才會直通通的跟你說：郁先生，下次再來啊！有空常來啊！規規矩矩人家的女孩兒家，哪裡說得出來呢？」

看見志摩學堂子姑娘那一段，達夫忍不住笑了：「你說的也有道理。」

「達夫，你要是眞的放不下她，我就勸你還是想法子跟她見一面。當面談，不要讓她迴避，直接問她是不是眞的不喜歡你。她要是眞能當著你的面拒絕你，那，我看你就認了吧！到時候上我家來，我陪你痛哭一場！」

「你說的對！志摩，這事非了斷不可！是成？是不成？我不當面討到她一句話，我是絕不會甘願的！」這天，志摩走了之後，達夫一口氣給映霞寫了三封信，信裡不外乎是聲明自己一定要上杭州一趟。他是豁出去了。映霞一直沒回信。元宵節過完以後，她倒隨著西孄一起上來了。

西孄是因爲學校要開學了，映霞卻是因爲達夫的信。達夫這三封信寄到家裡，自然又是給映霞找麻煩。這次倒沒有人拆她的信看，母親和祖父也絕口不談，但是，反倒是這樣，讓映霞覺得自己非把這件事做個了斷不可。

她倒是和西孄談過。那時西孄問：「妳到底喜不喜歡她呢？」

「我……我……」這話比在上海時更難回答了：「怎麼說呢？我有時候氣他，有時候又覺得他可憐。西孄，我從來也沒喜歡過什麼人！到底是怎麼樣才叫做喜歡呢？」

西嫻馬上一副甜蜜表情：「喜歡啊，就是你人在杭州，可是心呢早去了上海，巴不得跟那個人牛皮糖似的成天黏在一塊，分也分不開。」

「那是妳跟默天，我對郁達夫可沒這種感覺。」

「我想也是啦！」西嫻嘆氣：「李默天這個死鬼！壞胚子！混帳王八蛋！我回杭州他一封信也沒有，等我去了上海，妳看我教訓他！」

映霞推她一下：「姑奶奶，妳夠了吧！默天三天兩頭來杭州，妳還挑人家不寫信！」

默天已經見過了西嫻的父母親，準備年後挑個好日子提親。兩個人這段姻緣，沒想到這麼快就要水到渠成了。

西嫻還賣乖：「見面算什麼啊！他要寫了信，那就算是證據，以後千秋萬世都跑不掉啦！」

映霞笑：「妳這麼說，我手上倒是有不少證據。」

「妳不嫁他的話，那證據就沒有用啊。不過，映霞，我倒是想起一件事，郁達夫是作家，他是會把他寫給妳的信拿去出書的，要是裡頭有些什麼露骨的話，對妳可不大好。」

映霞一想：「是啊，妳說的對。」她想起達夫在信裡喜歡用很親熱的措辭，要萬一眞被公開，她眞不知道一般人會怎麼想：「我看我還非去一趟上海不可，萬一郁達夫眞要把他的信拿來出書，那我就要請求他給我用個化名。」

映霞和西嫻商量過，到了上海，她還是住西嫻家。孫家人來人往的，她現在又回來了，實在是挺怕那些風言風語的。她帶了杭州的土產去孫家拜訪，百剛夫婦看了她也很高興。把映霞家裡上上下下都問候過了，又問映霞最近怎麼樣，找了工作沒有？映霞就把嘉興教書的事講了講。孫太太說：「那也很好啊，只可惜以後就不容易見面了。」

映霞道：「放寒暑假，我還是可以來上海看你們的。」

這時孫太太說：「對了，映霞，妳知道達夫跑到杭州去找你的事吧？」

映霞一聽，嚇了一跳，她沒想到達夫還是去了，一著急，忍不住怨道：「唉呀！他怎麼還是去了！我來上海就是不希望他去啊！」

兩夫妻聽出蹊蹺，對看了一眼，孫太太小心的說：「映霞，妳這次來上海，是為了郁達夫？」映霞瞪眼看著兩人，不知道得怎麼說。半天，她才開口：「郁先生給我寫了好幾封信，說他要來杭州看我。」

「妳答應他去了？」

「孫師母，我怎麼會答應他，我跟他非親非故的。」

映霞說著話，看到孫太太又和她先生又交換了一眼，她發起急來：「我也不知道他為什麼硬要上杭州來，我給他回了信，請他不要來，又叫他別寫信了，可是，他還是一直寫，說他一定要來杭州。」

「所以妳來上海，是想叫他別去杭州了。」

「是啊，我想當面跟他講。他這樣子，叫我難做人，萬一又在杭州惹上什麼閒話，那……那我眞不知道該怎麼跟我祖父和我媽交代。」

百剛這時才開口：「達夫沒去杭州啊，他還在上海。」

映霞吃了一驚：「那，那剛才孫師母不是說……」

「那是你聽錯了話。」孫太太說：「我指的是妳從上海回杭州那次。達夫瘋瘋癲癲的，到車站等了妳一天，後來又去杭州到處找妳。這事已經出了名，沒有人不知道的。」，

映霞聽了只好苦笑：「這件事我知道，陳西姍跟我說過。」她搖頭：「可是我眞的不知道……我不知道他為什麼這樣子……」

「映霞，」孫太太說：「達夫這是在追求你，妳應該明白吧？」

「這我當然知道，可是，我從沒答應過他，我甚至連一點點接受的意思都沒給過他，我不懂他是怎麼想的，為什麼就是不放棄呢？」

孫太太看一眼自己的丈夫：「百剛，你去勸勸達夫。」

「勸過啦！妳又不是不知道！」

「再去勸吶！」

「人要肯聽勸，你勸他才有用！我看達夫不是這種人。」

「這眞是……」孫太太嘆：「不過，映霞，我倒有句話想問你，你不接受郁達夫，是根本不喜歡他這個人呢？還是對他別的事有意見？」

「孫師母，郁達夫有妻有子，光憑這一點，我就不可能喜歡他。妳過去不也勸過我嗎？」

「是呀，我過去是勸過妳，可是……」

孫師母忽然打住了話。三個人一起朝門口看，進來的人正是達夫。

三個人看著他，他的眼光卻只落在映霞身上。與映霞已是一個月沒見，這一個月裡，這樣多的曲折與波折，幾度死了心又反悔，想割捨又放不下，恨過她氣過她也怨過她，現在，這個人又

在面前了，達夫只是呆呆的，覺得全身乏力，不知道要說什麼好。

還是百剛先開了口：「咦，達夫，你怎麼會過來的？」

「是啊，還眞巧吶，映霞也剛到。椅子都還沒坐熱呢。你居然就來了，還眞像是……」孫太太看看達夫又看看映霞：「心有靈犀一點通啊。」

達夫這才像還了魂，他仍站在門口：「我是聽默天說映霞回上海來了。本來是過來跟你們問個訊，沒想到映霞會在這兒。」

映霞也看達夫，看不幾眼就調開了目光。她知道孫太太準在觀察著自己和達夫，不願意落了什麼到她眼裡。她眼觀鼻，鼻觀心，肅穆的坐著，但是心裡卻不免起伏起來。

剛才看見達夫，雖只是短短的幾瞬，她卻很有些吃驚。達夫看上去更瘦了，頭髮又是稻草似的滿頭蓬著，臉色黃黃黑黑的，氣色極差。她不知道他這陣子是怎麼過的，看這樣子，不會好。記得信上老寫他失眠，睡不著，看來全是眞話，映霞又想：不知他是不是又病了。

孫太太也問：「達夫，你怎麼搞的，臉全黑了，你得去看病啊！」

「放心，禍害千年，像我這麼壞的人，一時是死不了的！」他看映霞：「映霞。」話出了口，一下卻有些恍惚，不知道要跟她說些什麼，尤其是還當著外人面前。映霞轉過頭來，對了他微微一笑。

達夫又喊：「映霞。」又打住，要說的話好像很多，又好像一個字也沒有。

孫太太看不過去了：「達夫，你倒是想對映霞說什麼啊？」

「我，我……映霞，你氣色眞好。比那時在上海還……還好看。」

孫太太笑起來了：「映霞，你也回回話吧，你看看達夫，他簡直是昏了頭了。」

映霞於是笑笑，站起來跟達夫拱了拱手：「郁先生，給你拜個晚年。」

她這一說，空氣隨即活絡。達夫也跟她拱了拱手：「恭喜恭喜。」

百剛道：「別站在那兒了，過來坐下吧。」

達夫過來坐下，正坐在映霞對面。他現在倒像是小學生似的，顯得生澀和慌張。

孫太太說：「聽說默天要結婚了？」她其實是沒話找話講，這屋子裡坐的四個人其實都知道這件事，但是達夫還是回了話：「是啊。他跟我說了，等結了婚，要幫忙家裡經營生意，創造社的事就不做了。」

「唉，大家好像都沒把辦雜誌當個事，結婚也要離開，找到工作也要離開，難道辦雜誌不是工作嗎？」

達夫笑了：「百剛，咱們這個雜誌不算是工作，每個月賣不了幾本，官府裡還抓得緊，發不了財，又出不了名。你能留人留多久呢？」

孫太太問：「對了，說起這個，達夫，這一期雜誌賣得怎麼樣？」

達夫搖頭：「根本沒送出去，還堆在倉庫裡呢。現在市面上這樣亂，根本沒有人敢上街，誰會買呀！」

這倒讓孫太太想到了話題：「映霞，你幸虧是現在回來，要早回來了幾天，說不定連命都保不住呢！」

「怎麼啦？」

「上海前幾天簡直是人間地獄啊，軍隊滿街殺人，抓了人就砍頭，屍身就那麼放著，也不准家屬收屍，虧得現在是臘月，要不屍體早臭了。」

映霞嚇了一跳：「到底是怎麼回事？我在杭州沒聽到這事啊。」

「唉，」百剛搖頭，沈重的：「十九號上海工人全體罷工，要求英國人退出租界。這本來是純粹的愛國舉動，結果有人說是背後有共產黨主使。軍隊滿街抓共產黨，見到人就搜身，看到穿洋服的，或者是洋學生，通通拉去殺了。」

「他們連小孩，連婦女都殺啷！滿街上都是砍了頭的屍體，人頭到處滾。」孫太太搖頭：「他們還搶店鋪，上老百姓家搶……根本就是無法無天，沒人敢出門。家家戶戶門窗緊閉，店鋪也不敢開。能躲的，都躲到租界去了。」

百剛道：「連創造社也被封了。要不是達夫連夜躲到租界去，恐怕也成了街上的無頭屍體了。」

達夫笑道：「所以囉，你想想看，辦雜誌非但不能發財，還有可能殺頭，我怎麼能忍心叫默天留在社裡呢。」

映霞問：「這麼大的事！怎麼我們在杭州，什麼也沒聽到呢？」

「他們封鎖消息。別說你，我看連租界裡，知道的人大概都不多。我在租界裡躲的那兩天，他們照樣歌舞昇平。」達夫嘲弄的一笑：「本來嘛！年還沒過完呢！」

眾人一陣欷噓嘆息，面色都很沈重。

這時孫太太說：「還是別談這些了。不管怎麼說，大過年的談這些，實在是不太吉利。」

「好罷不談了。達夫，我叫老婆去切半隻臘鴨，你跟映霞留在這吃飯，我們喝點小酒。」

映霞一聽就站起來：「不了，我跟西婣約一道吃晚飯，怕她在等我呢。我要告辭了。」

「我也有點事，我要回去了。」

「達夫，映霞有事要走，你就留著吧……噫！」正說著，百剛忽然覺得胳膊給老婆死勁扭了一下，正要爭論，孫太太已經開了口：「達夫，你是自己人，不跟你客氣。家裡實在也沒什麼菜，我也就不留你了。」

「沒菜去買呀……」

孫太太打斷了他：「噯呀，大老爺，你替我省省事不行啊，算我求你！」

「好吧好吧，達夫，那改天吧！」

「改天吧。」

「孫叔叔，孫師母，我走了。」

「映霞，有空就再過來啊！」

「我會的。」

兩個人併了肩一起出了門。人才走，孫太太就過來了：「孫百剛，你是個呆子啊！你沒看出來，達夫想跟映霞一起走哇！」

「我就是不要讓他們一起走哇！要萬一出了事怎麼辦？」

「映霞都回了杭州，又回來，你以爲她家裡不知道是爲什麼嗎？你還是別操這個心了！」

「我不懂？難道說王二南還贊成這件事不成？」

「我沒說他贊成，我只是覺得映霞變了。」

「變了？我怎麼看不出來？」

「郁達夫要眞去了杭州，映霞可以不去見他呀！難道他還能上你家去搶人？如果映霞眞的要躲郁達夫，留在杭州就成了，結果呢，她偏偏自己送上門來。我看，她回杭州這陣子，一定發生了什麼事情。」

「什麼事呢？」

孫太太嘆：「哎呀，我要是知道就好啦！」

第十二章

某方面來說，孫太太是對的。

映霞原本是要來和達夫說清楚的，回上海來就是爲了這個事。但是眞見到了他的人，卻不知怎麼搞的，覺得這種話說不出來。

兩個人在路上慢慢走，都沒講話。映霞肚子裡滾來滾去，想著要怎麼把話說出口，又覺得馬路上實在不是說這些話的合適地點。她正在盤算時，達夫忽然開口：「創造社搬了，你大概不知道吧？」

映霞的確不知道，她問：「什麼時候？爲什麼要搬呢？」

「不搬不成哪！剛才百剛不是說過社裡被查封的事嗎？我們前一天聽到了風聲，就連夜把重要的東西都搬到了法租界去，第二天軍隊就來封了。」他笑笑：「幸好我們動作快，要不然，那些東西給搜去的話，會出大事的。」

「你們不過是在辦雜誌，能惹出什麼大事呢？」

「這你就不知道了。知識的力量是很大的。當政者不愛聽我們說的話，所以就會想封我們的口。這次上海的暴動，說穿了，不也就是這回事嘛，國家不讓你說自己想說的話，你要是不滿，就把你殺了，不然就抓去關起來。」

映霞聽的有點驚心：「那不是很危險嗎？」

「也沒那麼嚴重。因爲最近正在抓，所以大家都有點緊張，我想過一陣子，等他們抓煩了，就會平伏下來。」

兩個人說著說著，達夫忽然一把抓住她：「映霞，停一下。」

映霞站住，一看，對街就是創造社的大門。門現在關著，看到門上兩道白色封條。路上很冷清，也沒什麼人。

達夫說：「你瞄一眼，別死盯著看。小心人家過來抓你！」邊說著，他沒事人似的，慢慢的又背了手走開。映霞也不敢多看，跟著他走。達夫邊走邊說：「你看到了沒有?大門上了鐵鍊大鎖，門口兩道交叉白封條，還有兵丁守著。我是看著滑稽，裡頭除了些廢紙，什麼也沒有。結果他們還防得什麼似的。」

映霞問：「哪，你們搬的那地方，安全嗎？」

「應該是安全的，在租界裡。這些軍人就只會在華界殺自己人，到了租界，他們連汗毛都不敢動我們。」達夫看看她：「你要不要過來看看？」

「不了，我得回西嫻那兒去。」

達夫沉默了，好一會，才又說：「其實是這樣，我不知道你今天上來。已經給你寫了信，正要寄。我希望你過來，我好把信交給你。」

映霞答應了，於是達夫叫了車子，一起往租界去。

創造社現在的房子比過去要小的多，到處堆著東西。達夫用鑰匙開門，帶她進入，屋子裡沒人。看出映霞的疑慮，達夫解釋：「還在過年呢，再加上最近也沒什麼事好忙。」

一進門，就看到地上落了十來捆綁扎著的雜誌，達夫抽出一本給她：「這就是這一期的，你要不要看看。」

映霞接過，略翻了一下，沒什麼心思看。達夫在前頭走，她就後頭跟著。除了進門一間大廳，後面是幾間小房。達夫開了間房門，跟她說：「你坐一下，我去給你沖杯茶。」

房間不大，裡頭東西也很簡單，挨了牆一排書架，上頭的書堆的滿滿，也不管書的尺寸大小，全無章法的塞擠著。書架前一張長沙發，映霞坐上去，才發現它柔軟得驚人。沙發對面牆上開了一扇窗，一張大書桌放在窗前，也堆滿了書，幾乎遮住了半截窗子。桌面上攤著紙張和筆。這應當就是郁達夫寫作的地方。

正打量著，達夫進來，卻是兩手空空。他說：「正在燒水。」拉開書桌前的椅子，調了面向映霞的位置，坐了下來。他模樣比方才在孫家看到的時候齊整了些，洗過了臉，頭髮也梳理過。映霞悄悄對自己微笑。達夫又開兩腿坐著，兩手放在膝蓋上。只看著映霞半天不說話。

映霞問：「信呢？」

「什麼信？」

「你剛才說的，你不是寫了封信給我，還沒發嗎？」

「哦，那信。」

他趕忙翻過身去書桌上找，找了半天，很尷尬的又轉過身來：「不知道擱哪裡了。也說不定我已經寄出去了。我也不知道。」他抱歉的笑笑：「最近我老是魂不守舍的。」

映霞不說話。但是表情很明顯，達夫也看出來了：「你不相信是不是?你以為我在騙你。」

映霞沒回應他這句話，只說：「那這樣，我回去了。」

她人站起來，但是達夫忽然往外頭衝去：「水開了。」

映霞只好又坐下。過一會，達夫進來。手上提了茶壺，還熱氣騰騰冒著煙。他準備把茶壺放桌上，左張右望著。映霞猜他是要找個東西墊底，忙站起來幫他，地上一疊舊報紙，映霞抽出兩張，折出四方，平放在桌上，達夫這才把茶壺放上去，不知有多感激似的說：「謝謝。」

他這就又坐下來。映霞也不說，只是抿著笑。達夫看看她，這才又想起到，從椅子上跳起來：「我去拿杯子去。」

拿了杯子又忘了茶葉，他這頓茶三進三出才泡成。

他這樣慌裡慌張，卻讓映霞很放心，看得出他在自己面前完全是手足無措。因為覺得自己控制了局面，想走的心思也就不那麼強了。她慢慢喝著茶，跟達夫聊了些回家過年的趣事。看達夫也放鬆下來，就問：「郁先生，我不是請你不要寫信來嗎?你為什麼還寫呢?」

達夫低下頭來：「我知道你不希望我寫信給你，可是，我沒辦法，我不寫不成……也就顧不得你高不高興了。給你帶了麻煩嗎?」

「倒沒有，可是，你是不該給我寫那些話的，好像……好像我們關係多親近似的，會……會讓別人誤會。」

「我是做小說的，你就當我都在說一些胡話好了。」

「你……你信裡都是隨便寫的？你只是在做小說？」

達夫沒回答，只看著她。這時聽到屋外頭有人喊：「喂！喂！有人沒有？喂？」

達夫起身：「映霞，你坐一下，我出去看看。」

他人出去，順手就把小房間的門給帶上了。映霞自己在屋裡呆著，半天沒見達夫進來，覺得無聊，就起身找書看。

她坐到書桌前。這裡應該就是達夫寫作的地方，她抓起筆來，想像著達夫在寫稿的樣子。桌上右前方，有個大煙盤，裡頭堆滿了扭擠的煙蒂。映霞想了想，把煙蒂給倒了，再替他把桌面上的理了理。就在書桌前，攤著厚厚一疊稿紙，正寫了一半，字裡行間的「映霞」兩個字吸引了她的注意。

映霞把稿紙拿起來，才發現這是裝訂成冊的一大本稿紙，前面已經寫了五、六十頁，滿滿的。她翻了翻，幾乎不隔幾段就有日期，原來是他的日記。

明知道不應該看，但是，又著實有些好奇。她隨手翻了翻，卻看見幾乎到處都是「王女士」，「映霞」，「霞君」的字眼。

映霞這時想起達夫出過幾本日記。現在這些日記裝訂成這樣，看來也是準備了將來要出書的。想到達夫不知會怎麼寫自己，映霞忽然理直氣壯起來，她覺得自己是有資格看看這些日記的內容的，索性拉了椅子在達夫桌前坐下來。

她翻了翻，找到了跟達夫初識的日期。果然，這一天有她，達夫寫著：「今天在尙賢里，遇見了杭州的王映霞女士，我的心被她攪亂了。」映霞心跳起來。她沒想到郁達夫一開始就在注意自己，而且，從日記裡看，他是一開始就對他動了心。之後，便是難忘難捨，有時候想她，有時候恨她，怨她，有時候還罵她。

映霞看的又心跳又心驚。心跳的是，她沒想過會有人這樣全心全意的戀慕著自己。達夫的寫法既大膽又熱情，她被搧惑了，覺得他又可憐又可愛。另外心驚的是，沒料到他會寫得這樣直率坦白。這時候覺得，和一個作家交朋友實在是有些可怕，他什麼事都會寫出來，還要出書的。如果寫的不是事實，或著是他自己的誤會，那麼，被他寫的人不是就毀了嗎？

她也有些生氣。想到這些日記要是給印出來了，旁人不知道會怎麼看自己呢。她眞想把這些日記給撕下來帶走，但是又覺得這樣做不太好。她不知道得怎麼辦，正在胡思亂想著，卻聽見門上的響動，達夫進來了。

達夫進屋，一看見映霞坐在書桌前，心裡已經有幾分明白，再等映霞轉過身來，看見她沉了臉，馬上有了數。

他說：「映霞……」話還沒完，映霞已經打斷了她，她猛第一起身，說：「我回去了。」人就往外衝。

達夫忙去攔住：「你別走。」

映霞站住，低著頭看地面。

「你，你看了我日記了？」這是廢話，桌面上日記就攤著。映霞也不回答。

達夫又說：「你……你要是看了不高興，我，我跟你賠不是。」

映霞只低著頭：「你讓開，我要回去。」

達夫人不動，堵在她面前。

映霞低聲說：「郁先生，你讓我回去，時候晚了……」

達夫說：「不要。」他搖頭：「不要，不要，不要。映霞，我想你想了這麼久，我不能讓你回去。」

映霞抬頭看他，冷冰冰的：「郁先生，你想幹什麼！」

「我……我只求你給我個機會解釋……」

達夫忽然走開，把桌上的日記闔上，捲成了一大捲，拿了過來：「映霞，你要是為了我日記裡寫的東西不高興，這日記你拿去，你愛怎麼處理，就怎麼處理！」

這一來映霞倒躊躇了：「我不能拿，這是你的心血。」

「映霞，我這些日記是為你寫的，惹得你不高興，那我寧可不要它！你拿去，隨你拆了，撕了，燒成火，化成灰，都可以！」

映霞只是不接。於是達夫把日記抓在手裡，刷啦一下扯成了兩半！

映霞驚叫：「唉呀，你幹什麼！」

達夫不理，把那扯散了的紙張抓起來，又要撕。映霞忙去搶：「不要撕啊！你拿來！」

達夫不給：「我不要它了，留它幹什麼！」

「你不是說了要給我的嘛！這是我的，你不准撕！」

爭了半天，那七零八散的日記總算到了映霞手裡。她站到書桌前整理，邊忍不住念叨：「你這是幹什麼嗎！花了那麼多的心血寫的，說不要就不要，你這個人脾氣眞壞！」

她這時候了解，自己其實不是不高興，多半還是害羞。她的生命裡從來沒有經歷過這樣的事，被一個男人日思夜想著，影響他的生活，在他的心房裡佔有地位，這於她是既新鮮又迷惑的事。而達夫日記裡有些話語，在看的時候，還會覺得心頭甜甜的。她並不想毀掉這些日記，她想留著，但是希望不用跟人分享。

她把日記整理好，扯裂了的幾頁，也並在一塊放好。轉過身來，看見達夫坐在沙發上，抱著頭。

映霞道：「我沒不高興，我只是不懂，你爲什麼要那樣子寫我。」

達夫抬起頭來：「映霞，我喜歡你，你應該知道吧。我第一天見到你，人就亂了。你看了我日記，也該曉得。」映霞不說話。

「我知道我沒有資格喜歡你，追求你。不管怎麼說，我有家庭，有老婆，有孩子，可是，我沒辦法，我就是管不住自己。這一個月裡，我就像中魔了似的，說來笑話，我也是這個年紀了，可是，映霞，我看到你的時候，我還會心兒蹦蹦跳，人發傻，說不出話來。」

映霞還是不說話，可是嘴角悄悄迸出了一點笑意，臉蛋也微微的紅了起來。

達夫看著她那美艷的樣子，覺得喉頭發乾，心頭發緊。他沉了聲說：「映霞，映霞，你要害死我了！」他一把抓住映霞的手。

映霞忙掙：「你放開！」

「不放！」達夫說，他把映霞的手抓緊著慢慢放到了自己心口上：「你自己試試，你把我的心給弄成了什麼樣子。」

映霞的掌心貼著達夫的心口，手背上頭又壓著達夫的手，到底是什麼感覺，她完全分辨不出來，反倒是自己的心跳得厲害。臉也漲的越發紅了。

達夫只使勁壓住映霞的手，把那滑嫩柔軟的手摀在自己心口上。自己也不知道到底這時候有沒有心跳，只是捨不得那感覺。映霞原還力掙，這時卻也不動了，手平貼著，溫順的覆在他掌心裡。達夫這時把映霞的手拿下來，卻也不放開，仍是緊緊的攥在手裡。再看映霞，她臉紅紅的，垂著眼，完全不敢看他。她那手馴順的縮在他手心裡，就像一隻睡熟了的鳥。

屋子裡一點聲音也沒有。因爲對方的慌亂，達夫這時倒非常的淸楚理智起來。他知道這正是個機會，好得不得了，怕是一輩子再也不會有第二次。他胡亂回想了一下，剛才把來找他的人送走之後，門到底是鎖上的還是沒鎖上。他想起來，沒鎖。這表示隨時會有人進來，會在門口喊人，就像剛才一樣。

那麼，現在這做夢一樣的時刻就會立刻中斷，消逝，很可能永遠不會再來。這麼一想，他橫了心，把映霞一拉，她整個人隨即落入他懷裡。達夫開始低下頭找她的嘴唇，務必要在現在這時候就得到她，不管她願不願意，只要現在親了她，她就會成爲他的。那所有的不確定，猶豫，似有若無的情愫都會成爲眞的。而他的痛苦和折磨也會就此結束，成爲過去。

映霞在他懷裡掙著，達夫只管緊箍著她。她柔軟的軀體在他懷裡掙動的情勢，反倒挑起他的慾望，兩個人緊貼著，廝磨著，最後，達夫找到了她的嘴唇，吻下去的時候，他感覺四周像開徧了鮮花似的，溢滿了無以名之的，清甜的香氣。而透過兩唇相接，他聽到了映霞腦門裡傳來的鼓聲，不，不是鼓聲，那是心跳。

那是映霞的心跳和他自己的心跳，在這一刹那，融合在了一塊。

這天晚上，達夫叫車子送映霞回家。兩個人在車子裡偎著坐，達夫一路上緊緊握著她的手。而映霞覺得新奇和迷惑，達夫在這個下午成爲了她最親密的人，然而對她來說，這幾乎是完全陌生的經歷。另外，這件事的發展完全在她的盤算之外，也讓她覺得不安，她陷在極大的混亂中，完全不知道該怎麼辦。

達夫自然不知道她的想法，相反的，他心滿意足，覺得多日的苦戀終於成了正果。在車子裡，他不時把映霞的手抓過來親吻，心裡充滿了感激，充滿了幸福，覺得這輩子從沒有這麼幸運過。車到了坤範小學門口，車伕下來給映霞開車門，達夫也下了車，正要招呼車伕回去，映霞說：「達夫，你別下車，你就原車回去好了。」

「沒關係，我送你進宿舍去。」

「不用了。沒幾步路的。而且，」映霞低聲：「西嫻說不定在裡邊。」

「她在就在啊？」

映霞不說話。達夫這時懂了她的想法：「你……你是不想讓西嫻看見我送你回來？」

映霞還是不說話。達夫心有些冷下來：「爲什麼呢？我又不是不認識西嫻。難道你是怕她知道，我們現在關係不一樣……」

映霞輕呼：「你別說了好不好？我們這事也沒有什麼好張揚的。」

達夫想了想：「好吧，依你。映霞，你要怎麼我都依你。」

他抓了映霞的手，依依不捨的用嘴唇在她掌心裡印了一下，然後放開。兩人正要分開，卻聽見有人在邊上「嘻」的一聲笑。看過去，是默天和西嫻，一前一後，正從西嫻的宿舍出來。這兩個人一臉笑，看看達夫，又看看映霞，卻是一句話也不說。

達夫招呼：「默天，西嫻。我送映霞回來。」

西嫻說：「是啊，我們看到了。」

映霞聽了，臉立即飛紅，恨不能有個地洞鑽下去。她也顧不得了，低下腦袋，自己進宿舍去了。過一會兒，西嫻進來。

「王映霞，妳完了。」

「西嫻，妳說什麼啊，妳……」

「妳出事了，對不對？」

半天，映霞才回答：「你怎麼知道？」

「嗳喲小姐，你們兩個一副偷了腥的樣子，我要看不出來，那我眞是白活了。」她笑嘻嘻的把映霞拉到床邊坐下：「趕快告訴我，怎麼發生的？」映霞被逼不過，只好說了。聽完之後，西嫻倒是一反向來的嘻嘻哈哈，正經的說：「映霞，我勸你，你最好現在馬上回杭州去。」

「我是要回去，可是，爲什麼要現在就走呢？」

「你不要再見他了。你趕快回杭州，從此不要再理他，他寫信給你，你就退回去。趕快讓你家裡給你許個好人家嫁了！」

「可……可是……我跟他都……他要是把這些寫到小說裡，那我不是毀了。」

「你跟他繼續下去，你才毀了呢！」西嫺說：「唉！人家結過婚的，你當眞要做他的小老婆嗎？你趕快回杭州去，當這一切都沒發生吧！」

映霞不說話，低了頭。西嫺看她情形，明白了幾分：「映霞，這麼說，其實你是喜歡他的，對不對？」映霞白他一眼：「你現在還問這個！」

「好吧，你既然喜歡他，那一樣，你最好趕快回杭州去！」

「怎麼也要回杭州呢？」

「他現在還沒完全得到你！你要他做什麼他都會肯，所以，你現在馬上回杭州，等他追去的時候，你就要他離婚。」

映霞吃了一驚：「要他離婚？我……我沒想到這麼多……那他老婆怎麼辦呢？」

「噯呀！王映霞！你還管他的老婆！管管你自己吧！現在是民國，法律規定了是一夫一妻制，郁達夫要是不離婚，你跟他在一起就是犯通姦罪，你們生的孩子就叫雜種！你要不然離開他，要不然，就要叫他離婚，沒有別的路走！」

西嫺說的是實話，雖然很難聽，但是映霞明白她是爲自己好。她點了頭說：「好吧，我明天就回杭州。」

西嫺拍拍她的肩膀：「這就對了。」

「郁達夫那裡你就跟他說……」

西嫻打斷她：「我知道怎麼跟他說。你也不要太捨不得，我敢打包票，過兩天他一定會追到杭州去！到那時，就看你自己了！」

第二天，映霞回了杭州。如西嫻所料，她到家一天後，達夫追來了。

這天，映霞跟母親出去買菜，回來的時候，看到門口停了部黑色大車，正在奇怪，來開門的老媽子說：「小姐的朋友從上海來了。」

映霞聽了一驚，立刻猜到是達夫。她知道他應該會來，只是沒想到來得這麼快。

守如在問：「映霞的朋友？是誰啊？」她邊說邊轉頭看映霞，只見女兒低著腦袋，只管往屋裡走。守如這時猜到了幾分。

她特意避過堂屋，從院子繞過去，先在廚房把菜放下，問老媽子：「是什麼樣的人？」

老媽子形容了一下，卻有兩個人，一個胖的，一個瘦的。那瘦子的模樣，聽上去就是達夫。

守如問：「映霞，你該知道來的人是誰吧？」

映霞點頭，小聲的說：「是郁達夫。」

守如看著她，心裡明白幾分，但還是不願意相信，她問：「郁達夫來幹什麼？映霞，你跟他沒什麼事吧？」映霞頭越發低了，不講話。

守如又急又氣：「你這個傻孩子！你怎麼這麼糊塗呢！」

映霞說：「我……我也不知道怎麼搞的……」

「什麼時候的事？」

「就是這回去上海……」

守如一跺腳：「造孽！」她死命搖頭：「映霞，你眞是糊塗！糊塗！你明明知道人家有家有室，你怎麼還做出這種事呢？我們家在杭州也是有根底的，這種事傳出去了，你叫我跟你爹爹怎麼做人哪！」映霞只管低著頭，二話不說。

守如氣得要哭：「你……你眞是！我白養你了！」

這時寶垌跑到後頭來，興高采烈的喊：「姐，有人來給你提親呢！」

守如轉了身就罵：「你樂什麼！你姐姐這一輩子都要葬送了，你知不知道！」

寶垌倒呆住，半天才囁嚅著說：「媽，外公說客人來了，要你出去。」

守如沒反應，動也不動。寶垌又說一遍：「媽，外公說……」

「你煩不煩哪！我聽到了！」寶垌腦袋一縮，忙閉了嘴。

守如閉上眼，深吸了一口氣，平息了怒氣，這才走出去。映霞和寶垌兩人你看看我，我看看你。寶垌說：「姐，媽怎麼啦，那麼大的火！」

映霞心情也不對，沒好氣的說：「還不是你害的嗎？」她要回房，寶垌卻不識好歹，笑嘻嘻追過來：「姐，外頭那兩個人，你喜歡哪一個？」

映霞站住，問：「寶垌，外面那兩個人姓什麼你知不知道？」

「知——道，一個姓郁的，一個姓孫的。」

那應當是孫百剛了。映霞又問：「他們什麼時候來的？」

「哦，早就來了。姐，那姓郁的好闊氣，外頭那大車你看到吧！就是他的，還有個司機幫他開呢。還有，」寶垌掏口袋，拿出幾個銅錢出來：「你看，他給我的袁大頭！」

「他給你袁大頭幹什麼？」

「壓歲錢哪！」

「壓歲錢！年都過完了還壓歲錢！」

「沒呀！現在還在正月裡呢！」寶垌忽然精明起來：「姊，這個人一定就是你男朋友吧，要不他不會對我這麼好！」映霞用手指喀了寶垌腦袋一下：「人家人本來就好！」

「我告訴你一個秘密，外公好像很喜歡他喔。」

「眞的？」

「當然是眞的。外公跟他說話的時候，一直這樣……」寶垌學樣：「嗯，嗯，還猛點頭。」

「那他們說什麼？」

「噯喲，誰耐煩聽那些啊！姐，你要嫁給他的話，我是不反對的！」

「關你什麼事啊！」寶垌腦袋上又挨了一下。

達夫和百剛坐到中午才走。二南本想留二人吃飯，但是達夫說有事，還是離開了。在他和百剛待在王家的時間裡，映霞始終沒有出現。

兩人出了門，車子裡的司機正在位子上打瞌睡。看到兩個人出來，忙跳下來開車門。這車子是達夫向朋友借來的，純爲了充場面。也不知這場面是不是充出了效果。現在事情完了，便吩咐司機開回朋友家去。

達夫心情不定，只管盯著窗外看，其實是視而不見。好半天，回頭問：「百剛，依你看，映霞他家裡人，對我的印象應該還可以吧！」

「豈止是可以！我看王二南對你滿意得不得了，簡直就把你當他的孫女婿了。」

達夫笑了：「噯，眞的耶，我也有這感覺。」他滿意的嘆了口氣：「沒想到這次來提親，這麼順利。」

百剛提醒他：「達夫，你別忘了，人家可是有條件的。」

達夫臉又暗了下去：「是啊。你說的對，那件事得處理。」說的那件事就是孫荃。

映霞不告而別回了杭州，達夫立刻慌了手腳，還以爲映霞生了氣。他找百剛，想問出些蛛絲馬跡。百剛和他老婆都不知道，反倒是達夫自己把他和映霞的進展全說了出來。

百剛自然是不贊成，他勸達夫要適可而止，但是達夫一再表白自己對映霞是眞心的，百剛卻也不能說什麼。後來是西嫻前來攪局，她要達夫給映霞交代，這才促成了達夫前來杭州提親的事。

百剛原本擔心王二南會興師問罪，是硬著頭皮來的，猜想免不了要讓王二南訓斥一頓，沒料到二南愛才，一見達夫便很歡喜。達夫也努力表現，算得上賓主盡歡，談得雖然愉快，卻是不曾進入正題。直到映霞的母親出現，才得了機會把達夫的意思說明白。

守如態度很客氣，但是很明顯，並不贊成。二南有認可的意思，不過，兩個人都一致認爲，達夫如果不離婚，這件事是談不下去的。

百剛問：「達夫，你覺得這樣子，値得嗎？你老婆也沒做什麼錯事，況且，又還有孩子。就爲了映霞，這些都要割捨下來，你覺得値得嗎？」

「當然値得！」達夫答得很爽快：「百剛，映霞可是杭州名士王二南的孫女兒。無論是家世，長相，知識程度，孫荃跟她都沒得比。不是我說，這兩個人放在一起，別說是我，天底下任何一個男人都會選擇映霞，你說是不是？」

百剛不哼。他對達夫的回答其實有些反感。不管怎麼說，孫荃就算是樣樣不如映霞，人家到底是跟你一起吃過苦的，這幾年來替你帶孩子養母親，沒有功勞也該有苦勞。但這到底是別人的家事，他沒立場說話，另外也不想弄得不愉快。所以他打了個哈哈，把達夫的話混過去：「你別把我算在裡頭就是！我們家裡那個可是母老虎！」達夫大笑。

第十三章

孫荃在廚房裡忙。她肚子已經很大了，因爲人瘦小，倒像是患了水腫病似的。她一手扶著後腰，一邊淘米。三歲的熊兒抓了她的衣襬在哭：「娘，我要出去！你帶我出去買糖炒栗子！娘！」

孫荃心煩，轉身給了他兩巴掌：「你沒看著我在忙嗎！吵什麼！」熊兒被打慣了，卻也不怕，抓著她衣襬，依舊嗚嗚咽咽的哭。孫荃拖著他，把淘好米的鍋子端著，放到爐子上。蓋上鍋蓋。對熊兒說：「你別吵啦，去！到外頭去，去看你爸回來沒有？」

熊兒不爲所動，仍纏著她，哭哭啼啼的說：「我不去，爸不會回來的！」

孩子說的是實在話，但是孫荃聽了仍是有點刺心，她舉了手又想打孩子，低頭一看，熊兒臉上，剛才讓她打的那一巴掌還沒退呢。她嘆口氣，把熊兒抱起來：「好了，好了，等飯煮好。媽就帶你出去逛！」

熊兒沒養好，已經三歲多了，身量瘦小得可憐，可是孫荃抱著他還是有些吃力。她讓熊兒叉腿坐在自己肚皮上，扛什麼似的，喘著氣把熊兒扛到了門口，放下他來，這才鬆了口氣。

快到正午，太陽光暖暖的，母子兩一起站在門邊，向路口張望著。

從去年年尾，孫荃就一直盼著達夫回家，結果他一直沒回來，只寄了封信來說，上海時局亂，要等平靜一點才能走。孫荃幾乎每天都要到門口看好幾趟，雖然從來也沒盼著他，可是不去門口等著，好像就更沒指望了。

她這兩天覺得腿更腫了，下身沉得厲害，估計孩子恐怕快要下地了，她真希望達夫能趕回來。熊兒生的時候他就不在，直到滿月了才見到父親，結果父子倆一直就不親，肚子裡這個是龍兒死了以後懷的，孫荃總覺得這孩子是龍兒來投的胎。她真希望達夫能趕回來，看著孩子出世。

她抓著熊兒的手站在門外，看了半天，街上人來人往，可是沒有達夫，雖然明知道這樣，她還是有些失望。熊兒本來在屋裡鬧的厲害，現在站在門口，看著人群走來走去，一下子也忘了吵。他張著嘴呆呆的看著，嘴裡口涎流下來。

孫荃彎身幫他把口水擦了擦。熊兒說：「媽，糖炒栗子在哪兒啊？」孫荃說：「馬上就來。熊兒，媽去裡頭做飯，你在這裡看著，等糖炒栗子的過來了，你喊媽，媽就幫你買。」「好！」熊兒直點頭，在門檻上坐下來。

孫荃回屋裡。在屋簷下的醬缸裡拿酸白菜，準備配臘肉煮個砂鍋，和熊兒對付一頓。家裡頭年貨其實不少，可是她總想著達夫要回來的，想留給他回來吃。她自己吃的很簡單。

她抓著屋簷下吊著的臘肉看了看，挑了段肥肉多的，正伸長了手，要去切臘肉，聽到門口有人喊：「三嬸，三嬸。」孫荃掉頭去看，是她大嫂。

曼陀的妻子牽了熊兒進屋裡來，邊喊：「三嬸，怎麼放孩子一個人在外頭呢？你看他給風吹的。」她拉著熊兒進來，一邊用手捏掉他鼻子下的鼻涕。

孫荃道：「大嫂，你坐啊！」忙拉過熊兒：「沒辦法，我在做飯，他盡吵！」又說：「熊兒，喊大媽。」熊兒喊了聲大媽又要往外跑，曼陀的老婆把他又拉回來，她說：「三嬸，你給熊兒換換衣服，你飯也別做了，上家裡去吃吧。」

孫荃說：「不了，我飯都煮上了。」

曼陀的妻已經在關灶門：「這鍋飯讓它慢慢燜著，另外的菜你就先放著，別做了。先上家裡去，達夫在等你。」

孫荃詫異道：「達夫，達夫回來了嗎？他爲什麼不回家來呢？」

曼陀老婆不回答，拉著熊兒往屋裡走，邊問：「孩子衣服收在哪兒？你告訴我。我幫他換。」孫荃忙道：「我來，我來。」她追進房裡去。

給熊兒換衣服的時候，她問：「大嫂，達夫該不會是出了什麼事吧？」

曼陀的妻看她一眼，想說什麼，結果還是憋住，她低了頭給熊兒穿棉鞋，只說：「達夫好得很，他好得不得了！」她這話不知道爲什麼，充滿了不高興。

三個人雇了兩部黃包車，孫荃自己坐一部，她大嫂抱著熊兒坐一部。孫荃一路上狐疑，覺得這整個事有點不大對，卻又想不出不對在哪裡。

她嫂子的車先到，牽著熊兒在門口等她，等孫荃下了車，才把熊兒交到她手裡。孫荃問：「大嫂，達夫是什麼時候回來的？」她大嫂不回答，像沒聽見，自己往屋裡去。孫荃只好牽了熊兒慢慢跟著。她一路上胡思亂想。熊兒問：「娘，是不是爸爸回來了？」孫荃說是。熊兒問：「那他給我帶新鞋沒有？」達夫有封信裡說過給熊兒在上海定做了一雙鞋。孫荃說：「你等一會自己問他。」又說：「等下要記著喊爸爸，懂不懂？」熊兒說：「懂！懂！」

母子倆進入了堂屋，達夫和曼陀，養吾三兄弟都在。三個人都坐著，臉色凝重，看這樣子是有大事了。孫荃先喊了大叔二叔，之後拉了熊兒到達夫面前，對熊兒說：「熊兒，喊爸爸。」

熊兒看著達夫，好一會兒才喊：「爸爸。」達夫看看他，說：「乖。」

父子倆顯得很陌生。達夫一動不動，沒有要把熊兒抱過來的意思。熊兒看了看三個大人，選了養吾，偎到他懷裡去。養吾一直是他們三兄弟裡最隨和的，這時就把熊兒抱起來，放到腿上坐著。曼陀對孫荃說：「弟妹，你找地方坐下，達夫有話要跟你說。」孫荃看看達夫，達夫並不看她，像跟誰生氣似的沉著臉。

孫荃坐下以後，曼陀對達夫說：「你告訴她吧！這件事你總得自己做。」孫荃有點驚慌，看看曼陀，又看看養吾，這兩個人都沒看她。孫荃覺得他們有意的在躲避她的眼神。她覺得需要把熊兒給抱過來，摟在自己懷裡，只有自己的孩子是一定向著自己的。但是熊兒正抓著養吾的懷錶在玩兒，根本心不在父親或母親的身上。孫荃決定一切要靠自己，她吸了口氣，把兩手護衛的圈著，摟住自己的肚子。

達夫沒開口，眉毛擰在一塊，很苦惱的樣子。他每次生了氣，就會這樣子，能悶一整天不開口。曼陀又喊：「達夫！」達夫這才開口說話。他不看她：「孫荃，我要離婚，希望你答應。」

孫荃沒說話。人一動不動，臉上表情也沒變。曼陀跟養吾對看了一眼，對她的平靜覺得驚奇。養吾說：「弟妹，三弟說的話你聽到了嗎？」孫荃當然聽到，但是卻覺得跟那句話眞正的意思有點連不起來。她低了頭答應：「聽到了。」

曼陀說：「弟妹，達夫要跟你離婚，我跟養吾都是不贊成的。這一點，我要你知道。」

孫荃還是低微的說：「我知道。」

養吾說：「我跟大哥都勸了他，可是他執意要這樣，我們也沒辦法。不過，你倒不用擔心你日後的生活，達夫還是會負責的。」

孫荃到這時候反應才出來，她開始嗚嗚咽咽的哭起來：「這……這是爲什麼？我……我沒做錯事啊，怎麼就這……這麼不……不要我了呢……」

熊兒看到母親哭，慌了，也開始大哭起來。哭雖哭，他還是倚在養吾懷裡，並沒意思要到母親身邊來。養吾忙去哄他，拍他的背，把懷錶的蓋子打開又關上，打開又關上。熊兒有一下下分了心神，但是再看看孫荃，他就又哭起來，聲音還比剛才更大了。這次就再也哄不好，他的哭是因爲害怕，感覺到大人間有了不對的事。

曼陀厭煩的看著，過一會，高聲喊他老婆。他的妻從房間裡出來了，接過了熊兒，嘴裡呶呶的哄著他，帶進房間裡去了。孫荃還在哭，達夫低著頭不哼。

孫荃說：「你看看我，我還懷著你的孩子，你怎麼就忍心說不要我了呢？這孩子生下來，你叫我怎麼跟他交代？這孩子也是你骨肉，你怎麼一點也不疼惜呢？」

達夫忽然痛哭起來：「荃，我對不起你，你原諒我吧，可是我非跟你離婚不可！」

「爲什麼呢？」

「我不能說，荃，不是你的錯，是我不對，可是我沒辦法，我非跟你離婚不可！」

孫荃又氣又悲：「我聽不懂你這話是什麼意思？你不要我總有個理由吧，你不說出來，我不會答應的！」

達夫過去，跪在孫荃面前：「荃，妳打我吧，我不能說出來，可是你要相信，我是爲你好！我對你沒什麼不滿意，我知道你跟著我，吃了太多苦，我現在要放你一條生路，讓你活，也讓我活，你懂吧！」

孫荃不懂，死命搖頭：「我不懂，我不懂！我情願跟你吃苦哇！你爲什麼還要跟我離婚呢？」她邊哭邊訴：「我才剛沒了龍兒，你現在又要走，我受不了，我受不了！」

達夫在地上撞起頭來，磕得地面咚咚響：「荃，我求你放過我，你要不肯跟我離婚的話，我就不要活了！我求你行行好，你放過我，我一生一世感激你！荃，我求求你！」

兩個人面對面，哭得唏哩嘩啦的。曼陀和養吾交換了一眼，又是驚奇，又是難堪。曼陀先看不過去，他厲聲喊：「達夫，你跟你媳婦都起來，你們兩個怎麼攪的！也不是小孩了，鬧成這樣！」

達夫這才站起來。腦門上磕得紅紅的，倒有些滑稽相。曼陀說：「達夫，我跟養吾都勸過你，也跟你說了你媳婦不會答應，你現在總該死心了吧！」

「不！我非離不可！孫荃，我老實告訴你！你要是答應了離婚，我感激你一輩子，情願來生爲你做牛做馬，可是你要是不答應，我會恨你一輩子，我一樣會離開你，這一生一世，你就甭想再見到我郁達夫了。」

孫荃獃住，她說：「要我答應不是不可以，你……你別哄我，我也不是沒知識的……」她顫抖起來：「你說實話，是不是……是不是有人逼你……跟我離婚？」

達夫不回答。孫荃轉向曼陀和養吾：「大叔，二叔，請你們跟我說句眞話吧！」

很長的一陣沉默。曼陀看達夫：「達夫，你說吧，這事反正是瞞不住的。」

達夫只垂著頭，一聲不哼。曼陀於是轉向孫荃：「你猜的沒錯，達夫在上海認識了一個女人，對方要他離婚，不然不肯嫁他……」他話沒說完，孫荃忽然一聲慘叫，抱著肚皮往後倒。椅子讓她這一倒給弄翻了過來，她摔在地上，抱著肚子，整個人像澆了鹽水的蛞蝓，貼在地面上扭曲著。她邊哭邊痛叫。

三個男人都慌了手腳。曼陀忙喊人，他老婆聽到了孫荃的慘叫，早已匆匆從屋裡奔了出來。看到孫荃倒在地上，忙過去扶起她，她問：「怎麼回事？她怎麼會在地上？」

養吾答：「她自己摔下去的！」

曼陀的妻老道的一壓孫荃的肚皮，神色凝重的說：「不好了，恐怕要小產。」她喊：「達夫，你過來！把她抱到我房間床上去！」達夫不動。

曼陀過去，恨恨的瞪著他：「達夫，不管你喜不喜歡，孫荃還是你老婆！她肚子裡的也是你的孩子！你怎麼？你想看著你老婆死？」

孫荃邊捧著肚子，邊直起脖子來看達夫。只見達夫不但不過來，反倒往椅子上一坐。孫荃猛地一聲狂喊，急怒攻心，她這下是眞昏過去了。

曼陀也顧不得禮數了，他一臉怒容，抱起孫荃往屋裡去。曼陀老婆忙交待養吾：「二叔，麻煩你，去東門請接生婆來，我看三嬸快要生了。」

「我知道。」養吾抓起帽子戴上，匆匆出了屋子。

達夫自己坐在堂屋裡。就這幾分鐘時間，一切又恢復了安靜。既沒有孫荃的哭喊，也沒有大哥的責斥。那安靜的空氣涼涼的。達夫發著呆，曼陀說的那句話是對的。在孫荃哭喊的那時候，他的確是巴不得她死。她的死，代表他的難題會解決。他忽然覺得一切都非常陌生，他的妻子，他的孩子。老實說，他現在一點也不在乎孫荃肚裡的孩子，就像那塊肉和他一點關係也沒有。

他想起了跟孫荃在一起的日子，總是一件不如意跟著另一件不如意，從來沒有順遂過。他這一生，從來沒有稱心如意過。就連孫荃，也不是他要的，他根本不願意要她，是他母親逼他從日本回來結婚的。

映霞是他這輩子唯一一件他眞心想要又得到了的人。他做夢也沒想到居然能眞的得到她。因爲得到映霞，使他覺得自己受到了幸運的眷顧，也許一生都會就此改觀。他這時覺得他的妻和他的孩子，他的背運結合在一塊，除非離開，他沒有辦法掙脫這件事。

一個細碎的腳步聲傳來。是熊兒，他從屋裡走出來，手上抓了曼陀老婆找給他玩的一團毛線球。這孩子靠在玄關入口，看著自己的父親。達夫跟他對看，這孩子看他的眼神沒有絲毫感情，他不知道這是因爲他自己從來沒有付出過父愛，卻覺得熊兒對自己並無眷戀。

他起身穿上了大衣，戴上氈帽，走了出去。熊兒看著他，不說話，也不攔阻。他的父親於他只是個陌生人。等達夫離開了他的視線之後，熊兒坐到地上，開始專心的把毛線球上的毛線一根根拉出來，不一會兒，這些線便糾纏成再也解不清楚的許多許多的疙瘩。

■第十四章

達夫離開北京後，直接去了杭州。到達王家的時候是下午，他急著要把這件事告訴映霞。但是映霞不在，小學校開學，她已經到嘉興去教書了。守如和二南在堂屋裡接待他。達夫劈面便說了自己回鄉去辦了離婚。

二南和守如都吃了一驚，沒想到達夫這樣積極。從上回達夫來提親，到回家離婚，也不過半個月光景。二南道：「這麼快！」達夫規規矩矩的回說：「王老先生，這可見我對映霞的確是誠心誠意的。」

二南問：「還順利嗎？」

達夫苦笑：「老先生，這種事是順利不了的。」他嘆口氣：「我求了她很久，連我兩個哥哥也幫著勸，她好不容易才答應了。」

二南不好問下去，想也想得到，在映霞的婚事背後，是個傷了心的女人。他覺得不忍心，想了想，對達夫說：「你可要好好安置她。要有什麼我們幫得上忙的，你也直說。」

達夫低頭道：「我知道。」

話說到這裡，二南便打住，對孫荃的同情頂多就是這樣了，他當然不可能犧牲映霞的幸福來做什麼。如今看來，達夫對映霞確是認眞的，雖然達夫前頭結過婚，但映霞可是第一次，守如要求一切照規矩來，達夫要先下聘，訂婚，然後再辦婚禮。這些事達夫都答應了。

再回到上海，達夫覺得自己成了全新的人，就像自己的生命剛剛才開始。

這年的六月五日，達夫和映霞在杭州的聚風園定了酒席，邀約雙方親朋好友約四十人，公開了兩人的婚約。創造社裡的朋友大都來了，但是達夫自己家裡，只來了二哥養吾。達夫對王家說是母親身體不好，無法遠行，沒提其實全家強烈反對他和映霞結合的事實。曼陀並且寫了許多信來譴責達夫是犯了重婚罪，因爲孫荃還未答應要離婚。而且，她已經又生了一個兒子。

這些達夫都不講，他只揀好的說。而映霞完全相信了他。

訂婚之後，映霞仍在嘉興教書。有一天，正在上課，江校長派了校工來請她去。映霞只當是教學上的問題，自己尋思了一下，自己並沒有犯什麼錯誤，因此就坦蕩蕩的去了。

到了校長室裡，江龍淵先讓映霞坐下，之後說：「映霞，有件事要跟你商議一下！」

映霞問：「什麼事？」

「是這樣，有家長反映，不希望你教他們的孩子。」

映霞嚇了一跳：「爲什麼?校長，是不是我教學上面犯了什麼錯啊？」

「不是。映霞，你在這方面表現很好，我很滿意，學生也都很喜歡你。是別的原因。」她從桌子裡拿出了一本書來，交給映霞。映霞接過一看，封面上幾個字，郁達夫著——《日記九種》。她心先涼了一半，已經猜到了裡頭會是什麼內容。

江校長問：「映霞，這本書你看了沒有？」

映霞搖頭：「我根本就不知道他出了這本書。」

「會嗎？這書裡可有不少地方是寫你哦。」

映霞不回答，想起她在創造社裡，看到的達夫日記裡的內容，臉火辣起來。

江校長說：「映霞，照說你跟郁達夫已經訂了婚，兩個人談戀愛沒有什麼不對。不過嘉興這裡，民風保守，比不得上海，有家長對你有意見，認爲不該讓你在這裡教書，怕你帶壞孩子。」

映霞說：「我沒做什麼不該做的事啊。」

「話是沒錯，可是有些人不這樣想。」江校長語重心長的說：「映霞，女人家最要緊的就是名節。老話說人怕出名豬怕肥，人只要出了名，問題就來。尤其是女人，就算是節婦烈女，讓人成天掛在嘴上的話，也一定會有些是是非非，就像你這事，我是覺得沒什麼，但是，我不能不對大衆交待。」

「那，江校長，你說我該怎麼做才好？」

江龍淵想了想，很爲難的說：「我看，還是你自己找個理由辭職吧，萬一我辭掉你，傳了出去，對你不好。」

映霞平靜的說：「那就照校長的意思好了。」她跟校長行了禮離開。

當天下午，映霞就收拾了行李回到杭州。二南和守如看到她回來，都很詫異，映霞沒說眞話，只說是因爲跟達夫要結婚了，所以辭了工作，想去上海找事。二南和守如這一聽，也覺得她辭了工作是對的。

本來映霞還在教書的時候，每個禮拜六，達夫都會去嘉興找她。映霞因爲達夫出版日記的事，有些不痛快，回來了也不告訴達夫。她原本打算氣消了再去找達夫，沒想到第二天，達夫竟到杭州來了。

那天映霞午睡裡，感覺臉上癢癢的，使手抓了抓，不一會，又癢起來。她於是清醒過來，睜了眼一看，面前有個人正蹲在床邊看著她。原本以爲那是寶垌，等揉了眼睛，仔細一看，才發現竟是達夫。他正湊著她的臉呵氣，難怪會癢。

映霞仰起身來問：「你怎麼會在這裡？」

她要起來，達夫忙按住她：「你不要起來，就這樣躺著，一樣說話兒。」

映霞於是翻了身，伏在床上。達夫原本坐在小凳子上，就拉了拉，靠近床邊，也把頭伏在床上，跟她對看。映霞覺得害臊，反倒笑出來。

達夫說：「映霞，我躺上來陪你好不好？」

映霞忙道：「不要！你進我房間都已經不對了。奇怪，誰讓你進來的？」

「那有什麼不對！映霞，我們訂了婚了，你等於是我老婆了，我進老婆房裡有什麼不行的？」他說著，一掀被子爬上床來，躺到了映霞身邊。兩個人雖則要成親了，這麼親密的接觸還不曾有過。映霞給驚得完全清醒了，她一翻身從床上坐起來，達夫要拉她，映霞想起了他日記的事，一把甩開他的手：「誰跟你開玩笑！」她下了床，走出房間去。

家裡沒人，只有寶垌坐在堂屋裡寫學校的功課。映霞問：「寶垌，家裡怎麼沒人呢？」

寶堒慢條斯理道：「外公還沒回來，媽和你一樣，在午睡啊。」

這時達夫也出來了，招呼著：「寶堒。」

寶堒回話：「姐夫。」

映霞聽了生氣：「什麼姐夫，時候還不到吧！」寶堒於是伸了伸舌頭，忙又低下頭去寫字。

映霞找了地方坐下，達夫就蹭到她旁邊來。映霞發火：「你不要老黏著我好不好？」

「我就愛黏你不行啊！」映霞說：「不行！」她沉下臉：「我問你，你爲什麼要把你日記出了，你裡頭寫的有我，你自己說過，出版的話一定要問過我的。」

達夫嘻皮笑臉：「唉喲，還沒過門呢，就已經管起我啦？」

「我不是管你，你這樣做害了我，你懂不懂？你說我爲什麼不繼續在嘉興教下去，你以爲……」映霞忽然住口，看到寶堒正大瞪兩眼，聚精會神在聽呢。

映霞說：「寶堒，到書房去，不要聽大人講話。」

寶堒興致盎然的：「姐，你要跟姐夫吵架是不是？」

映霞發火：「你再亂喊，我生氣了。」

「好好好！」寶堒息事寧人的，他收了收東西，回自己房間去。

達夫這時候已經換了表情，一樣沉著臉。映霞說：「我不教書了你知道嗎？」達夫說：「知道，我就是去了嘉興，所以才知道你回杭州來的。」

「你去嘉興幹什麼？」

「找你啊。結果你們校長說你辭職了。我問爲什麼，他只說不清楚。」

達夫問：「書教得好好的，爲什麼辭了呢？」

映霞舊仇新恨一起上來：「你還說！」她把校長找她去談的事說了說，達夫臉色變得很難看：「把你們校長名字給我，我教育廳有熟人，我要攪得他幹不下去。」

「你幹什麼！錯又不在我們校長！」

達夫冷冷的說：「怎麼不在他，這什麼年頭了，他還滿腦子封建思想，這樣子怎麼能辦教育呢？」

「江校長對我很好的，要不是你出了日記，本來什麼事也沒有的。」這一想，又氣起來：「你爲什麼要出版呀？」

「我沒辦法，映霞，前面訂婚要錢，後頭結婚也要錢，孫荃那裡也要錢，我除了寫書，還有什麼別的本事？正好北新書局跟我商量，願意出我的日記，所以我就答應他啦。」

「可……可是，你出日記，可以把寫我的那部分刪了啊，爲什麼要放在一塊出呢？」

達夫想一想：「映霞，你是不是不高興，我把我們的事公諸於世？」映霞不說話。

達夫臉上露出受了傷害的表情：「你都是我的人了，爲什麼我不能把我們的事寫出來呢？是不是你其實到現在，還不甘願？」

「你說的什麼話，我那有什麼不甘願？」

「我知道你的理想對象並不是我，映霞，我知道，你愛我並沒有我愛你那麼深，你是我硬追來的。」達夫有些傷心起來：「我知道我年紀太大，長相又平常，要錢財沒錢財，要家世沒家世，我除了對你的這片心以外，沒有任何地方是比人強的。你……你一直不答應我的追求，不也就是這個原因嗎？」

映霞看他那沉痛悲傷的樣子，有些同情，但也有氣：「我沒有啊，你不要亂侮蔑人，前頭我一直拒絕你，你自己心知肚明，是因爲你有家庭啊。」

「我現在爲了你，把這家庭也拆了。難道我的犧牲還不夠大嗎？我犧牲了這麼多，現在不過是把日記公開出來，還是爲了籌錢好辦我們的婚事，你就發這麼大的火。難道你就不能了解，不能體諒嗎？」

映霞無話可說，雖然達夫這段話聽上去，不是那麼能讓她心服口服，但是，她沒辦法駁斥，又看達夫眼紅紅的，確實是難過著，一時不忍起來。她說：「我眞不知道要怎麼才能讓你相信，達夫，我這輩子，除了你，就沒有別的男人。我們都訂了婚，除了跟你結婚，難道我還有別的路走嗎？我也沒那本事把婚姻當兒戲啊，我只是要你也顧慮一下我的心情！你自己想想，你明明答應了我不發表這些日記的，結果現在又發表了，你叫我怎麼來相信你？而且，不認識我的人看了這書，恐怕會以爲我是個隨隨便便的女人，我不是啊！」

「不會的，不會的！他們知道我是寫小說嘛，寫小說總是有些部分寫得過頭一點，看我的書的人，都知道的。」

「那可不一定呢。」映霞想起自己看《沈淪》時的印象：「也許有人會當眞的。」達夫笑了：「當眞了更好啊！我就是要大家都知道，你王映霞是我郁達夫的人，有了這本書，你就再也跑不掉了！」

達夫笑得很開心，映霞卻覺得背脊上有點什麼涼上來，她覺得毛毛的，又覺得有點寒心。這時達夫過來摟住她，柔聲說：「映霞，這全是因爲我太愛你了，就看在這一點分上，我就算是做錯了什麼，你原諒我吧，我以後再也不會這樣！我再出書，一定先問過你，絕對不讓你難堪。」

他說的誠心誠意，映霞覺得自己心頭那點不舒服的感覺消退了，她忽然覺得自己實在是太計較了，這個男人既然這麼愛自己，又爲了自己拋妻別子，那麼，自己就算是讓世人誤會，相較之下，實在不算是什麼犧牲了。

既然辭了工作，映霞索性專心開始準備結婚的事宜。就這麼個寶貝孫女兒，二南當然希望能辦得體體面面，跟達夫商議，達夫說：「爹爹，」他已經跟著映霞管二南叫爹爹了：「我有個計畫是這樣，日本有個雜誌社邀請我去訪問，我想不如我和映霞的婚禮就在日本舉辦，順便度蜜月，您看呢？」

二南一愣：「這……這我跟映霞他母親不是就沒法參加了嗎？我們是不可能去日本的。」

「我們可以在中國請個客，請完了客再去日本舉行正式的婚禮。這樣子，不但是中國的報紙會報導，日本的報紙也會報導。」他有些抱歉的笑了笑：「我什麼也沒有，唯一比人強的是有點名氣。我一定要讓映霞的名字在國際上出現，我要讓大家都認識她，這是我唯一能給她的東西。」

二南和女兒對看了一下。這主意太新奇，一時也難以判斷到底是不是好事，可是聽上去是挺風光的。二南看看守如：「守如，你看呢？」

守如則轉頭問映霞：「映霞，你自己想法呢？」

「我沒意見，都可以。」

「我在日本待了十年，那裡有許多我年輕時候的足跡和回憶，我希望映霞能夠陪我回去，到處走走，看看。」這個想法很動人，也很吸引人。換了守如來勸映霞了：「映霞，達夫這個想法很好，也很有意義。我覺得，你們就去日本結婚吧。」

「好啊。」

映霞點了頭，這件事就定了案。達夫於是聯絡他在日本的朋友，替他訂飯店，由於飯店裡訂席的人太多，婚期不得不順延，最後決定了隔年的二月。達夫還特地到日本去印喜帖，雖然費用比較多，又花時間，但是達夫堅持一切都要給映霞最好的。婚期反正也還早，時間夠。

這段日子裡，達夫因爲還要忙創造社的事，人住在上海，只是不時來杭州看映霞。因爲奔波勞累，得了黃疸。二南爲他找了中醫診治，爲了替達夫治病，也就不再避嫌，讓達夫住在王家。這一段日子，雖則短暫，但是達夫覺得非常幸福。映霞家裡上上下下以他爲主，守如與映霞母女全心全意的照顧他，二南餘暇之時就來和他談天論文，寶垌更是對他崇拜得緊。他每天除了看病，休養身體，看看書，幾乎沒有別的事。

在達夫生病的這段日子裡，他與映霞一家已經非常熟習，雖然正式的婚禮還不曾舉行，但是全家都默認了兩人的關係，等達夫病好，就索性帶了映霞回上海去。映霞仍借住在孫家，但是現在身分不同，人人都知道她跟達夫馬上就要結婚，雖然還是有人說閒話，但是內容轉成了羨慕她的手腕，居然能把郁達夫收伏下來。這些映霞都不知道，她正忙於到處認識新朋友。

達夫去任何地方都一定帶著她，映霞容貌出衆，性格又開朗，很快就贏得了達夫那些文友們的好感，尤其魯迅特別喜歡她，每次到上海來，都一定要達夫帶映霞去赴會。魯迅這時候正和許廣平在一塊，也一樣是拋妻別子。映霞現在發現，在文藝圈裡，跟她和達夫一樣情況的人多得是。許多人都休了家鄉的糟糠妻，然後跟年輕女性鬧戀愛，有的成功，有的失敗，但是對這件事，大家的看法似乎都把它當作是一種進步和勇氣。映霞本來一直有些心虛，擔心被人當作是破壞達夫家庭的女人，這時候也理直氣壯起來。

秋天的時候，映霞帶了達夫回去過節，二南告訴了他們一個好消息。原來上海群治大學聘二南去教書，二南已經答應，舉家現在要遷到上海去了。

因爲二南跟哈同公園的大總管姬覺彌很熟，多年來，他一直斷斷續續幫哈同寫一點東西，這時就請姬覺彌幫忙，在哈同公園的附近找了棟房子。這棟房子在民厚里，座落在弄堂底，鬧中取靜，非常雅緻。一共是前後兩棟樓房，中間以過街樓相連，二南帶了一家人住在後樓上，樓底下是廳堂，前樓則隔成了書房和客房，二南讀書寫字和處理公事都在這裡，客房平常空著，偶而達夫過來陪二南喝兩杯，聊得太晚的時候，會在這裡過夜。到後來這就成了慣例，達夫留在民厚里的時候越來越多，逐漸比在他自己的住處更久了。

這年十月，默天和西嫻終於喜氣洋洋結成連理。西嫻漫天撒帖子，女師範的同學幾乎都到齊了，婚禮儼然成了同學會。招待把她們都安排在一桌，結果大家唧唧喳喳的，像又回到了學校，這裡頭有人結了婚，有人生了孩子。但是都一起又回頭成了女學生。

映霞當然是同學裡最受注目的，衆人七嘴八舌問著她跟郁達夫的感情，又問映霞認不認識魯迅，見過徐志摩和陸小曼沒有，還問冰心，林徽音，林語堂，胡適是長什麼樣。當年在課堂上老師提過的那些名字，由於達夫的緣故，都成了映霞生活裡的人，她一邊跟同學們聊著，一面感覺到大家那種欣羨的心情，頭一次想到，跟達夫在一起，她自己雖然不這麼看，大概有許多人是很羨慕的。

正在胡聊著，忽然有一雙手過來掩住了映霞的眼睛，之後就是一個粗裡粗氣的聲音直著喉嚨問：「你猜我是誰？」映霞其實一聽就聽出來了，在學校時，懷瑜老來這一招，把聲音裝的粗粗的學男人。但是眞沒想到這時候她會出現，一下子有點恍惚。背後那聲音又說：「猜不出來是吧？連這麼簡單的事情也搞不明白，那你們讀聖賢書，所爲何來？」

這話一出，整張桌子都笑翻了。從前的國文老師總愛拿這兩句話訓他們。映霞馬上喊：「劉懷瑜！」

懷瑜放了手：「映霞，你一定把我忘了，猜這麼久！我好傷心啊！」

「我早就猜出是你了，只是沒想到你會來……」映霞很興奮：「天哪！懷瑜！我們有多久沒見了？兩年了吧！」

懷瑜拉她站起來：「來！快讓我看看，你現在變成什麼樣了！」

映霞站起來，跟懷瑜兩個人面對面彼此打量。懷瑜模樣很時髦，頭髮剪的很短，用髮夾兩邊往腦後夾去，前面幾綴留海，直頭髮長度只齊耳朵。腦門上一頂薄薄的小帽。她黑了，也瘦了。映霞說：「懷瑜，你現在變的好摩登！」

「是嗎！」懷瑜說：「大小姐，我告訴你，我現在可是見過世面的，不是往年在學校裡的笨丫頭了。」衆人七嘴八舌跟懷瑜招呼，又擠出位子來給懷瑜坐。當年在學校裡，懷瑜就因爲個性調皮搗蛋，花樣多，特別引人注目。現在也還是一樣。她逃婚的事大家都知道，現在她自己又重說一遍，精彩處自然是不在話下，這一桌笑得嘻嘻哈哈的，特別引人側目。直到上了菜，衆人開始動筷子，才算安靜下來。

懷瑜夾了筷冷盤裡的菜往嘴裡送，一邊問映霞：「映霞，你知不知道，我是爲你回來的。」

「爲我？怎麼是爲我呢？」

懷瑜從皮包裡掏出一張名片給她看：「我現在在這家雜誌社做事。我們主編聽說我認識你，要我替你寫篇文章呢。」

「我，我有什麼好寫的！」

「噯喲，小姐，你是眞不知道還是裝不知道？你現在可是大名人呢！」

由於達夫的書，映霞出了名，許多不認識的人都從達夫的書裡認識了她，甚至對她產生好奇。這些映霞都知道，憑良心說，她自己對這情形並不是很喜歡，這種名聲並不是靠自己的本事掙來的，而且，她多少疑心別人有些看熱鬧的成分。

她索然的對懷瑜說：「出這名也不是我願意的啊！有什麼好寫呢？」

「什麼！你不知道嗎？北京有報紙說你跟達夫這一對是『才子佳人浪漫愛情的最佳典範』，除了徐志摩跟陸小曼，現在北京學生最崇拜的就是你跟郁達夫了。」懷瑜邊說邊搖晃她的手膀子：「答應嘛，好不好？我要沒法採訪到你，我老闆會炒我魷魚的！」映霞只好答應了。

兩個人約了隔天下午到民厚里來做採訪。映霞也答應了要把達夫一塊找來。

這天，喜宴結束之後，一夥人又到默天的新居去鬧新房，都是年輕人，百無禁忌，鬧得默天求爺爺告奶奶。映霞看到這份亂，這時慶幸不用跟達夫在中國結婚，要鬧成這樣她可受不了。

結束以後，達夫叫了車和映霞返家。最近達夫簡直就不回創造社了。倒是時常在忙完了社裡的事情之後，就急急忙忙趕回民厚里。兩個人住在同一個屋簷下，映霞除了那最後一關堅決要留到新婚之外，對待達夫其實也就像個小妻子。

到了家，全家都睡了。映霞到廚房弄來了熱水，讓達夫梳洗睡覺。達夫在洗腳的時候，她就替達夫把被褥展開來，枕頭拍鬆。邊忙著，想起了懷瑜的事，映霞於是說：「達夫，明天下午你能不能早點回家來？」

達夫問：「有事？」

「我今天碰到了懷瑜，她說想採訪我們。」

「懷瑜？就是你從前提過的，逃婚的那個？」

「是呀。」映霞笑出來：「她今天又把經過從頭說了一遍，可惜你沒聽見，懷瑜那張嘴，說的活靈活現的，我們整桌都快笑翻了！」

達夫也知道懷瑜，映霞跟他說過當初自己是怎麼因爲懷瑜，才看了《沈淪》那本書的。她說：「眞可惜你今天跟她沒碰上面。我後來帶她去找你，想給你們介紹一下，結果你不知道到哪裡去了，問仿吾，問華林，都沒人知道，後來就算了。」

達夫不哼聲。映霞轉頭看他，見達夫已經洗好了腳，卻坐在凳子上，一動不動。他那臉沒在燈影裡，顯得陰沉。映霞問：「洗好了嗎？」達夫沒說話，依舊沈著臉。映霞過去，拿了乾布，想替他擦腳，不想達夫忽然站起來，一踢腳盆，滿盆的水立即潑了一地。映霞愣住，不知道他爲什麼會這樣。

達夫說：「你還問了誰？你給不給我面子啊，大庭廣衆的，到處問！你是想幹什麼！」

映霞聽不大懂：「……我就只問了仿吾和華林，後來找不到你也就算啦！我只是想讓你跟懷瑜見見面，這有什麼不對嗎？」達夫不說話，站在原地。

這裡是二樓，水潑在地板上，隨即從地板縫漏了下去，映霞看著那水痕逐漸縮小，同時開始聽到樓底下的靜默裡傳來輕微的「趴搭」，「趴搭」的聲音。她忽然驚覺水滴一定是透過了樓板滴到樓下的書房去了。她連忙抓了乾布到樓下去。

水滴落處正好是柚木書桌的位置，所幸映霞有做完了事收淸桌面的好習慣，所有的稿件書籍都放在桌子兩邊。正面的空桌面上已經積了淺淺一灘水，在赭紅色桌面上幽黑發亮。映霞抬頭看，天花板上一小片水漬正慢慢擴大，水珠正向中心聚攏，聚成了一個大大的，飽滿的水滴之後，就趴搭一聲落下來，濺的書桌上到處。映霞忙收拾善後，把書籍都挪開，又去拿了臉盆放在滴水處正下方接水。看上去倒像是下雨天房子漏水，但是這次漏水的原因，並不是天災。

相識以來，第一遭見達夫發這樣大脾氣。更糟的是，完全不知道他是氣什麼，自己是怎麼惹了他。映霞邊疑惑，邊也有些氣，想自己也是人生父母養的，受你這個，都還沒當眞嫁過去呢，他就這樣！等眞結了婚，他還得了嗎？

她胡思亂想著，又氣又委屈，另外心裡又還期待著達夫或許會下來道個歉什麼的，結果，都沒有。等她再上樓去收洗腳盆，看到客房裡沒人，被褥枕頭動也沒動，腳盆還維持著他踢的半翻的樣子。盆裡還有半盆水。

映霞看看他的大衣跟鞋帽都不見了，這才確定他是走了，恐怕是趁她下樓收拾的時候走的。

這樣不交代一聲就走，映霞很生氣。她把達夫房間裡收了收，回自己房間去睡。一整夜裡睡不安枕，老是一翻就醒過來了，覺得聽見了達夫的聲音。直到快天亮才睡著，而達夫一直沒回來。

二南是家裡起得最早的，他向來習慣是起了床，要先到書房裡看一下書，喝杯釅茶，讓整個人清醒過來。這天到了書房，卻看見書桌上放了一個臉盆，盆底積了一圈水。書桌上的書都被挪到了旁邊去。他是講究「格物致知」的，這時也就隨便「格」了它一下，推想這「天上之水」跟樓上的客房是脫不了關係的。達夫和映霞昨天既然是去吃喜酒，多半是達夫喝多了，洗腳的時候不慎踢翻了腳盆。他這猜法其實也八九不離十，可惜的是他沒上樓到客房去看看，如果發現達夫根本不在，那這個謎題又可以讓他再「格」個一兩個鐘頭了。

映霞睡到下午，懷瑜來了以後才起來。

守如上來叫她。映霞忙忙洗了臉，換了衣服下去。堂屋裡坐著兩個人，一個是懷瑜，另一個是個穿了藍布大掛的男士，戴付眼鏡，很有點書生味。映霞下去之後，懷瑜給她介紹：「這是我們雜誌社的牛先生，專爲來給你們做現場素描的。」

照相片既昂貴又麻煩，許多報社和雜誌社因此採用了國外報紙的作法，用素描畫來代替照相。這劉先生帶了畫架，和炭筆、畫紙，看到映霞，這就張開了畫架，顯然就要開始畫了。懷瑜對映霞說：「你別緊張，先讓他畫畫好玩，他也是要畫個幾張才試得出感覺來的。」

又問映霞達夫什麼時候會來。映霞不知道得怎麼說，事實上昨天並沒把事情跟達夫說清楚，她根本沒把握達夫會不會回來。當了個外人在，她又不能跟懷瑜說實話。她只是微笑著，有點尷尬的發著呆。懷瑜幾年歷練，變得很能察言觀色。她問：「映霞，你是不是忘了告訴他。」

「哦，是啊。」
「那這樣子得改期了？」
「是啊，大概是要改期了。」
懷瑜轉身跟那穿藍布大掛的說：「噯，啊，今天不訪問了，你別畫了。」
映霞忙道：「劉先生，不好意思，痲煩你白跑一趟。」
她這一喊，兩個人都笑起來。穿藍布大掛的說：「很抱歉，我不姓劉，我姓曾。」懷瑜笑完了這才來說明：「他姓曾，叫曾十牛，十頭牛的十牛。我都喊他牛啊。」映霞窘得不得了，忙忙道歉，懷瑜倒說：「道什麼歉啊，這種事常有的。」又笑說：「我常說我誰都能嫁，就是不能嫁他，嫁了他就變成曾劉氏，又是十牛，又是眞牛，一窩牛。」又大笑起來。
曾十牛倒是很冷靜，只微微笑著，說：「十牛兩個字其實是有典故的。」
懷瑜沒讓他解釋這典故，跟他說：「你先回旅館去，我要和映霞敘敘舊，今天沒別的事了。」十牛問：「那吃飯呢？到哪裡吃呢？」
「嘖！出了旅館，到處是飯館，你不會找一家進去啊？」
十牛開始撿他的畫架和素描紙。臨出門時，懷瑜說：「站住！」十牛站住，畫架夾在胳肢窩下，又老實又呆的模樣。懷瑜過去，把手袋打開，抽出了幾張紙鈔，折兩摺，去塞在他大掛的口袋裡。十牛這才走掉。
兩個人的關係很明顯不大尋常，懷瑜當著映霞的面也不忌諱，讓映霞覺得懷瑜還是從前的那個懷瑜，兩年的距離就像不存在。她帶了懷瑜進房間講話。兩個人關了門，趴到床上去。映霞先問：「那個『牛啊』，」她故意學懷瑜的腔調：「是你什麼人啊？」

「男朋友啊。」懷瑜很爽快。

映霞大爲興奮：「眞好，懷瑜，你也有對象了，什麼時候結婚呢？」

「大概，」懷瑜抬了下巴，眼睛往上翻，神氣活現的：「一輩子也不結吧！」映霞問：「爲什麼不結婚呢？我看他很好啊！還是，你們之間有什麼問題？」

「我跟他之間沒問題，是他跟他老婆之間有問題，這樣你懂了吧？」

映霞懂了。原來，跟她和達夫的情形一樣。

受新文學的影響，許多年輕男女都在鬧自由戀愛。女的多半用逃婚來掙脫舊婚姻的枷鎖，男的卻只是把老婆放在鄉下，其作用不但是幫他持家、養孩子、奉養雙親，又是他人生苦悶的具體象徵，是他不能不發展自由戀愛的藉口。

她和達夫現在算成了正果，懷瑜卻還是沒名沒目的。比較上來，達夫還算是負責的。映霞對達夫的一肚子氣忽然消散。她跟懷瑜說了昨天晚上達夫的舉止，但是，她還是不了解達夫爲什麼會這樣。他把整個情形講給懷瑜聽。懷瑜全部聽完，老道的說：「他有事瞞著你。」

「你怎麼知道？」

「他有事瞞著你。我們在婚宴上找不到他，一定跟這事有關。結果你還到處去問，他大概以爲你發現了，所以惱羞成怒，先發火再說。」

映霞一頭霧水：「我發現了什麼呢？我什麼也不知道啊？」

「可見他心虛啊，他以爲你知道啊。」

這時守如進來，端了個托盤，托盤上是兩個蓋碗。守如說：「映霞啊，你看看你也不請懷瑜吃點東西。」懷瑜忙從床上跳起來，喊：「伯母！」

「沒關係，懷瑜，你不用起來，別客氣，把這兒就當你自己家，不要拘束。」她把一個蓋碗送到懷瑜面前，說：「懷瑜，嘗嘗伯母燉的紅棗冰糖梨。又補血，又續氣，最補不過。」

懷瑜馬上舀了一口入嘴裡，提高八度嗓子，讚嘆的說：「好好吃㗎，入口即化，伯母，您的手藝眞是不得了！」

守如很高興：「其實這道點心，就是要花時間，其他倒簡單！」映霞看她母親大有要立即對懷瑜傳授秘方的態勢，忙說：「媽，我跟懷瑜事情還沒談完呢。」守如於是說：「好，你們談你們談。」她出了房間。

映霞繼續問懷瑜：「懷瑜，你說，達夫到底瞞我什麼？我從來也不管他，他到底在怕什麼呢？」「讓我想想。」懷瑜說，她邊吃邊想，房間裡迴盪著磁湯匙和磁碗撞擊的脆響。後來懷瑜說：「我想起來了。昨天白薇也來了。」

「白薇來又怎樣呢？」

懷瑜用不可思議的表情看他：「映霞，你先生的書你都不看的嗎？《日記九種》裡面寫的一清二楚，白薇跟郁達夫好過，昨天吃喜酒的時候，兩個人大概是偷偷跑到哪兒去敘舊了！」

第十五章

這天回了家，映霞忙把達夫的《日記九種》找出來看，果然，裡頭提到了白薇，看來兩人之間是有點什麼。但是這關係在映霞出現之後就迅速結束了。這很顯然，映霞的魅力是大過白薇的，所以達夫才這麼輕易的立刻放棄了她。映霞一邊覺得小小的虛榮，對於達夫愛自己比別人多這一點；另一邊又有輕微的不安，眼睜睜看著一個男人在她面前喜新厭舊，總忍不住要懷疑那是不是他的本性。

她很想問達夫，他跟白薇到底是怎樣的，關係到什麼程度，但是開不了口。有一天，陪了達夫去創造社，達夫忙著看稿，她就在旁邊翻書，看著達夫茶喝光的時候，替他續水。她最近老這樣，否則就沒時間能和他在一塊。他在趕東西，爲了賺兩個人到日本去結婚的旅費，也爲了要離開中國一陣子，所以許多東西得先寫出來。

在看著他寫東西，看稿，偶而批評別人文章的時候，映霞也覺得他很有魅力，是一個有自信的男人。他正在編這一期的雜誌，要提早作業，因爲馬上就要去日本了。兩個人要到日本結婚，幾乎已經盡人皆知，這當然是風光的事。

他邊看邊笑。映霞問：「誰的文章？寫得那麼好嗎，看你喜歡的。」

達夫說：「錯了。就是因為寫得太糟了，所以我才笑。」

「既然糟，還笑什麼！」

「我笑我又少了一個對手。」

這時華林進來，這群年輕人已經不避諱的開始叫她大嫂，進門便喊：「嫂子！」之後才說：「達夫兄，白薇這篇稿子你看我們是用，還是不用？」「怎麼？」達夫接過來看。

「好像太『傷他悶透』了，不合咱們創造社的精神。」

「先擱著好了，這一期先不用她，等我有空看過之後再說。」

華林離開後，映霞便問：「什麼是『傷他悶透』啊？」

「這是個西方字眼，意思是傷感啊，濫情啊，風花雪月的。」

「寫文章不是都得靠感情嗎？」

「要有感情，可是也得有節制，否則就肉麻了。」

達夫興起，於是給映霞開起文學課來，說了半天的「質勝於文」，「文溢乎質」的。映霞瞪著雙大眼睛看著他，其實話是左耳進右耳出，全心只在怎麼樣逗達夫談一談白薇。好不容易達夫話告了一段落，映霞裝作漫不經心問：「那這白薇寫的，是質勝於文呢，還是文溢乎質呢？」

達夫這時候人轉過來，面對面向著映霞，他也是精得不得了，笑笑的問：「你對白薇挺感興趣的嘛。」

「我沒呀，只是你們剛才正在談她的文章嘛！」

達夫說：「白薇跟我的事，你別信，都是假的。我跟她什麼也沒有。」

映霞不哼，只眼睜睜看著他。達夫說：「就算人家說我們有什麼，你也不用信，人家還不是從我文章裡看出來的。你也知道，文章都是我編的，內容不盡然是事實。」

映霞說：「那不是事實，你爲什麼要寫成那樣呢？」

「那就是寫作的技巧啊，文學家本來就應該想像力豐富的嘛。」他這些話無論如何聽上去像託詞。但是後來達夫又說了句話，這卻很實在，像句眞心話。他說：「白薇有病，你知道吧，不能碰的。」

白薇的病像是肺癆什麼的。達夫說：「你要見到她，千萬站到側邊，要是在她正面，她口沫噴你兩下，你就完了。」邊說著，他把白薇的稿子拿遠些，在空氣裡甩了甩：「這一說，還眞難講這上頭有沒有肺癆菌呢！」他扯嗓子喊人：「嗨，外頭的，進來一個。」還是華林進來。

達夫說：「下回白薇送稿子來，她喝了水的杯子都得煮過，懂不懂？別把我們好好的人都傳染了。」這態度實在是刻薄極了。而因爲刻薄的對象不是自己，映霞只覺得安了心，卻不理解這其實就是達夫性格的一部分。

婚期訂在二月廿一號。帖子早已發了出去。二南問起船票買了沒有，達夫總說已經託了人。爲了達夫工作的問題，去日本的日期一拖再拖。到了十八號，終於確定要成行。映霞在整理行裝的時候，問他日本的氣候如何，穿些什麼比較合適，達夫都只說：「都可以。日本跟我們這兒也差不多少。」

映霞猜他大概是事忙心躁，沒心思來搭理他，於是自己到內山書店去跟內山完造打聽。內山完造夫婦在中國已經待了十幾年了。中國話說得非常好，若不是他那種見到人馬上來個九十度鞠躬的習慣，眞看不出他是個日本人。他非常敬重作家，達夫因爲經濟不十分寬裕，時常跟他借錢，而且買書也多半是先拿書後付款，但是內山對他仍是十分恭敬。每次映霞去，他一定會把他的妻子叫出來陪她。

去日本的時候是二月，仍是初春，在日本，天候還是偏涼。內山太太勸映霞要帶幾件夾衣，知道他們是去東京，又很熱心的介紹了一些名勝，要她一定要叫達夫帶她去玩。映霞對於這趟出國，好奇新鮮之外，也充滿了憧憬。她唯一擔心的是自己會不會暈船，吐了可不好看。

十七號晚上，守如在家裡整治了一桌飯菜，又特地點了一對大紅蠟燭，對達夫和映霞說：「達夫，我跟映霞她祖父實在是因爲年紀大了，經不起舟車勞頓，要不然，婚禮我們是怎麼樣也要參加的。」

「是呀，」二南說：「映霞的終身大事沒能在我們面前舉行，我們還眞有點覺得遺憾。所以我叫守如特地點上這對大紅蠟燭。達夫，你是新派人，我嘛，也不大在乎傳統，你跟映霞就在我和他母親面前拜堂，就算你們成親了。」

達夫和映霞於是雙雙跪下，給二南和守如都磕了響頭，又彼此對拜。二南呵呵笑著說：「達夫，你這下子才眞的是我的半孫了。」

守如也說：「達夫，我們家映霞現在就交給你了，你可要好好待她。這丫頭脾氣硬，吃軟不吃硬，可是心眼是好的，她要是臭牛脾氣發作的時候，你可要忍一忍，讓讓她。」

達夫笑：「領教過啦，我會忍的。」

映霞聽了白他一眼。守如看在眼裡，說：「我這女兒從小被她祖父給慣壞了，也許有些任性，本質是不壞的。」

二南呵呵大笑：「映霞是我頭一個孫子輩，疼是一定的。達夫，映霞有沒有告訴你，她小名叫什麼？」

「沒有啊！」

「映霞，告訴他。」

「噯呀，早就不喊那名了，還提它幹什麼！」

達夫說：「告訴我啊，我想知道。」

映霞死不肯講，最後依舊是二南說了：「映霞小名叫做瑣瑣。」他用筷子沾了酒，寫在桌面上：「這字拆開來，就是王，小，貝三個字。」

「哦，我懂了。王家的小寶貝。」

「沒錯，就是這意思，到底是讀書人。」

二南忽然嚴肅起來：「達夫，你現在該知道了，我跟我女兒，是把整個家最寶貴的東西給了你，你也要拿她當個寶貝，要不，我跟他母親都不會饒你。」

達夫也嚴肅起來：「我懂，爹爹。映霞是我嘔心瀝血追來的，我不可能不疼惜她。可是，現在說得再多，也都是空話，你們兩位，等著看日後好了。」

有了這番承諾，二南和守如好像是放了心。

嫁女兒雖然是喜事，心情上卻有種骨肉分離的感受，所以，雖然是喜宴，卻很有點傷感。守如和二南都不免喝多了點。第二天，竟起不來送行。達夫和映霞於是自己叫了車，載了行李出門了。

但是車子並沒往碼頭的方向去。

映霞先還以爲車伕走錯了，跟達夫說：「達夫，路好像不對嗳。」

達夫說：「沒什麼不對，我們不去碼頭了。」

「不去碼頭怎麼到日本吶？」

達夫遲疑了半天，才開口：「映霞，我們不去日本。」

這話完全不像是眞的，映霞一點也不信：「達夫，你眞是，這時候還逗我玩兒！」

「我沒逗你玩，我們是眞的不去日本。」

「可是，船票不是都買了？還有，你不是在日本東京也訂了館子嗎？」

達夫不耐煩起來：「我也想去日本哪，可是，錢不夠，你怎麼去？」

「錢不夠？你不是一直在趕稿子嗎？你不是賣了很多文章嗎？」

達夫不說話了。這時候車子停下來，路邊是一家小旅館。達夫默不哼聲的下了車，指點車伕幫著拿行李。映霞沒下車，她還坐在車上，人整個呆住，沒法相信這是眞的。直到行李都送進了旅館，車伕過來拉開車門請她：「太太，地點到了，您下車吧，車子我還得開回去呢。」

映霞下了車。心頭上也說不大清是憤怒還是傷心。只覺得自己被騙了，陷在一個騙局裡。達夫在等她。在人前，他表現得很有紳士風，伸出手臂讓她挽著。映霞手搭在他手臂上。達夫這時用日本話跟櫃台裡的人打招呼，映霞這才頭一次注意到，這是個日本式旅社。

女侍把兩個人帶到一間有拉門的房子前面，跪下來，拉開了紙門，笑嘻嘻的講了句日語，達夫回了一句：「阿里阿多。」這話映霞是懂得的。這是內山書店裡唯一還在使用的日語。

她近乎機械的也回了句：「阿里阿多。」兩個人進了和室。女侍又微笑著欠身行了禮，之後拉上了紙門。達夫熟練的盤膝在榻榻米上坐下來，一臉笑：「你只要不出門，這跟在日本又有什麼兩樣呢？對不對，映霞？」

就在這幾分鐘的時間，映霞已經想起了許多事。她想到達夫從一開始就不起勁的樣子，想到他把赴日的行程一延再延，又想到他預定了這棟日本式旅館。映霞恍然大悟，達夫根本從來就沒準備去日本。一開始，所謂的去日本成婚，就是個晃子。

她眞是不明白他爲什麼要這樣。映霞說：「達夫，你跟我說實話，」她記起喜帖上所寫的結婚地點：「眞的有『精養軒』那個地方嗎？」

達夫有點不高興：「當然有，你以爲我騙你？那你回去問內山太太好了。」

映霞不看他，牆上掛著幾幅日本仕女畫，她走到牆壁前去打量著，竭力忍住，不把心裡的懷疑露出來：「萬一有人眞的去精養軒，又沒看到我們在那兒，那，怎麼辦呢？」

「不會有人去的，我日本的朋友，我都沒發帖子。」

映霞轉過身來：「那你早就知道我們不會去日本了嘛。」

達夫不回答。他沈著臉，兩手兜在袖口裡，咕嚕了一句日本話。映霞猜他是在罵她，雖然完全聽不懂，還是覺得氣得很。她在地板上隨便坐下來：「你爲什麼要騙我？」

「我沒騙你，我是的的確確想帶你去日本，只是，最近社裡出了點事，我錢都栽上去了，所以錢才不夠，這是很現實的事情。日本物價高，東西貴得很，尤其是東京。我要靠這一點錢帶你去東京，那我才眞是害你呢。」

「我並不一定要去東京啊，就老老實實在杭州結婚，我也會很開心啊，你既然做不到，爲什麼說要去日本呢？」

達夫說：「我還不是爲了要討你喜歡！」他那聲音裡現在有一絲冷酷的意味：「說了要去日本，不是人人都羨慕你嗎？你不是也歡歡喜喜的？看著你到處跟人問，衣服怎麼穿，氣候怎麼樣，我就知道，去不成的話絕對不能說出來！」

「我哪知道你是準備騙我！」

「映霞，你要是分不清騙你和愛你有什麼差別，那我們眞的是不用講下去了。」

聽了他這話，映霞忽然哭了出來。全不對！這整個事全不對，她低了頭掉眼淚，淚水模糊了視線，眼前一片白茫茫的。過一會兒，聽見拉紙門的聲音，女侍又回來了，有東西在地板上挪動的聲響。達夫跟女侍對話，講的日語，映霞完全聽不懂，她不僅覺得自己在這環境裡是外人，而且還被達夫和那個女侍摒棄在外。

過一會，紙門又拉上。然而這屋裡有種特殊的靜默，除了她自己吸鼻子的啜泣聲，幾乎沒有別的。映霞抬起頭來，這才發現達夫不在，大概就是剛才跟著那女侍一起出去了。她立刻就收乾了淚，沒有達夫在面前時，這抗議變得完全不必要。坐著哭了半天，那彆扭的姿勢讓她腿腳發麻。映霞試著站起來，站穩之後，她想起她其實無處可去，於是又坐下來。

她無處可去。她不能走出這屋子，如果讓祖父和母親知道，去日本這件事完全是個謊言，兩位老人家不知會有多難過，不單是無法面對親友，恐怕更多的是，明白達夫其實不像他表現的那麼可靠和完美。想到才在昨天晚上，祖父告訴達夫自己的小名「瑣瑣」的意思時，祖父那不捨又疼惜的表情，映霞就覺得心痛。她現在，不管願不願意，都得幫著達夫把這謊扯下去。不爲別的，是爲了祖父和母親，她不能讓他們爲自己傷心。

地板上是一個木拖盤，上面放著一壺酒，兩個杯子和四碟小菜。另外，一件折疊好的日本浴衣放在一旁。映霞哭了半天，覺著眼睛澀澀的。她換上浴衣，推開紙門。一有響動，立刻，有人趕了過來，是剛才那女侍。映霞正在煩惱要怎麼跟她開口，她不會說日語，對方倒說了話：「太太，你要洗澡嗎？」她會說國語。

映霞點頭，又問：「我先生呢？」

「在湯池裡泡著呢。」女侍乖巧的：「要不要我帶你去？」映霞點頭。

女侍帶著映霞去洗澡。旅館裡有大池和小池，小池一間間分隔著。女侍把映霞帶到一扇寫著「華之湯」的門前面。說：「在裡面。」

映霞進入。屋子裡白濛濛的，煙氣蒸騰，幾乎完全看不清。但是她知道達夫正在裡面，在等她跨進去。他就像個險惡的洞窟似的，大張著口在等她。然而她非踩進去不可，事已至此，她除了走下去，沒有別的辦法。她滑進池裡，水很燙。但是她忍耐著。浸入溫泉後，總會慢慢習慣。

達夫在池子對面。霧茫茫，看不清他的臉，只覺得又熟悉又陌生。

兩個人在這間旅館裡一口氣住了半個月，幾乎足不出戶。映霞盡量不去想達夫對婚事說謊的這件事，兩個人倒也相安無事。畢竟是蜜月，雖然有怨懟，有不滿，在只有兩個人的小世界裡，這些事很容易化除。

大體來說，映霞還是快樂的。他們有時候也會出門走走，那總是天色極晚之後。四處一片黑，只有少許星光，和達夫牽著手，在晚風裡慢慢散步，身上穿著日本浴衣，幾乎也眞像是在異鄉。兩個人邊走邊聊天，達夫會說些她沒聽過的奇聞異事。他經過見過的事太多，聽他談話是很有樂趣的。到底是蜜月，映霞在幸福中，只是這幸福像烏雲遮住的月亮，綴飾了陰影的黑邊。

最近這些天，吃飯的時候，達夫總要映霞陪他喝點清酒，她也逐漸習慣了這種日本酒的味道。這天吃過了晚餐，兩個人都有些微醺，達夫說想出去吹吹風。這時正是冬末春初，晚間仍有些涼風，空曠的馬路上一個人也沒有，仗著夜黑，又是有點酒意，達夫拉著她：

「映霞，過來，靠近一點。讓我摟著你。」

「幹什麼，大馬路上的。」

「又沒人。」

「還是不成，萬一待會兒有人出來呢？」

「你就是這麼放不開！我們都是夫妻了，摟一摟不會怎麼的！」

「可不是在大馬路上啊。噯，達夫，你放開啊！」

達夫鬆了手，有點不高興：「中國女人就是這樣。扭扭捏捏的，不像日本女人，叫她做什麼，她就做什麼！」

映霞惱起來了，心裡想：那你去找日本女人啊，娶我幹什麼！隨即又想到他這話絕不是憑空而來，說不定在日本留學時，根本就有女人。這一想，馬上覺得不對勁，散步的閒情一下子全打散了。

映霞說：「達夫，回去了吧！」

達夫不理她，走在馬路中央，開始拉嗓子唱起日本歌來。看來他是把家鄉當了異鄉，這會兒，正置身在日本街頭呢。他那聲音很大，在靜夜裡尤其響亮。奇怪的是並沒有人出來探頭看，也沒人理。這裡是日本租界，看這樣子，大概醉漢當街高歌，也是常有的事。

映霞走近達夫：「達夫，你醉了，我們回去吧。」達夫不理她，一手揮開她：「你別管我！巴格亞魯！」嗓子放得更大了。

映霞看到街邊上的房子有人探出頭來。她忙避到一邊去，離達夫遠遠的，她實在怕丟醜。但是達夫顯然沒這想法，他正在忘我的狀態，在馬路上搖來晃去，大聲唱著日本歌，任何人看了，都會當他是個日本浪人吧。

映霞覺得她看到了達夫在日本讀書的情形。《沈淪》裡的章節又清晰的浮現到腦海裡。他就是這樣，嬉遊，四處晃蕩，這男人性格裡放浪的那一部分，就這麼明白的呈現在面前。而在婚前，甚至住在嘉禾里的時候，他這性格從來沒顯露出來。

這放浪使她不安。映霞由於家教，性格是有點拘謹的。她實在不想待在街邊上，跟著他丟人現眼，但是又怕達夫出事。於是她在十來步距離外，遠遠的跟著他。兩人就這麼一前一後走著。

這時映霞忽然聽到有急驟的腳步聲，在她背後，一步緊似一步的趕過來。有人喊她：「映霞，王映霞！」

映霞頭皮發麻，就像見了鬼似的。她和達夫在這段時間裡，是絕絕對對不能見到任何人的。她頭也不回，快步走著，巴望那個人會以為自己認錯了。但是那腳步聲還追著，喊得更大聲了：「別跑啊，王映霞。」

映霞站定，在那一霎那，胡亂想著可以說得通的理由，偏是腦袋一片空白。那腳步聲追近了，一隻手搭上映霞的肩頭。

是懷瑜。看到她，映霞放了心：「你嚇死我了，懷瑜，你怎麼會在這裡？」

「我才要問你呢！大小姐！你怎麼會在這裡？你跟郁達夫不是在東京嗎？」

映霞不講話。遲疑半天，決定老老實實告訴這個老朋友：「懷瑜，我跟你說實話，你可千萬不能告訴別人，也不准寫出去，要不，我跟你的友誼就完了。」

「出事了？該不會郁達夫甩了你吧！」

「他就在前面呢！」映霞往前一指，這時才發現，達夫早不知什麼時候，人已經不見了。映霞急起來：「哎呀，他剛才還在，就在前面……糟，到哪裡去了？」

懷瑜問：「剛才你前面只有個日本鬼子啊。喝的爛醉！我的天！半夜三更的，還唱呢，我就是讓他給吵醒的！」

映霞啼笑皆非：「就是他，那個人就是達夫。」

原來懷瑜和十牛湊巧住在這附近。聽得樓底下人吵，懷瑜推窗來看，卻看到達夫後頭的映霞。這才下了樓來追她。兩個人往前追去，找了兩條街，完全沒看見達夫，不知道他上了哪兒去，只好放棄。懷瑜陪著她回旅館。映霞覺得一切荒唐到了極點，自己本來是到東京結婚的，結果別說沒去成，竟然連新郎都失蹤了。

她苦笑著對懷瑜說：「懷瑜，你這下可拿到大獨家了。在日本東京結婚的郁達夫，現在在上海虹口失蹤了。」

懷瑜啪地打她一下：「映霞，你把我當什麼人啊！我不會說出去的。」懷瑜這句話讓映霞兩眼裡立刻充滿了淚。懷瑜說：「他不會有事的，映霞，你放心。」映霞這時倒不是想到達夫，而是懷瑜那體己的話，讓她一霎時心頭又暖又酸。這一陣子婚姻裡的不對和不適應，一下子排山倒海的湧過來。她只管掉淚，一句話也說不出來。

懷瑜像明白了什麼，也不說話。陪了她回到了旅館房間。在房間裡，映霞把事實全說了。懷瑜神情很凝重：「映霞，你這以後出門可眞要小心點，最好就不要出門了。你知道嗎？你們這新聞發的很大，全國都知道你跟達夫去日本結婚，連日本報紙也登了呢。你幸虧是碰到我，要是讓別人看見你們，事情可就大了。」

懷瑜答應幫她瞞著。勸映霞和達夫要早點「回國」，呆久了難免出事。

這一夜，達夫沒回來。映霞急得像熱鍋上的螞蟻，壞就壞在完全無法可想，除了枯等，也不能報警。懷瑜一直陪著她，兩個人等了一夜。要不是懷瑜，映霞眞不知道自己怎麼能撐得過去。

達夫是第二天回來的。

那時已是中午，他拉開紙門，看見映霞和一個人一床睡著。兩個人身上蓋著被子。被頭上露著映霞的臉，和另外那個的短頭髮腦袋。達夫腦門轟然一響，隨即心頭乒通乒通跳起來。

面對面看到這個，奇怪的是他一點不覺意外。他恐怕一直就在擔心這件事。從追求映霞以來，他從來沒覺得自己得到了她。下意識裡始終覺得她遲早會背叛自己，但是，就在新婚期間，不管怎麼說，現在到底還是蜜月，映霞居然就把男人帶回來了。

達夫靠牆坐著，開始掉淚。把自己從以前到現在所有悲慘的戀史又從新回味了一遍。他不氣，只覺得人虛，他的生命，他的感情，一下子全無意義。

哭了半天，看見被頭裡，映霞的身子動了動。他連忙把淚抹去。

映霞醒來了。看見牆邊坐著人，揉了揉眼，看清是達夫。她坐起來：「達夫，你回來了？」

達夫問：「你被裡頭那是誰？」

他語氣尖酸，映霞也聽出來了。有點火，但是礙著有外人在，不願意跟他爭吵。她只是簡單的說：「是懷瑜。」懷瑜醒過來，也坐起來。她是留著短頭髮的女人，不是不相干的男人。可歎他剛才昏了腦袋，完全沒想到這點。

映霞和懷瑜昨天等達夫等了一晚上，兩個人都累了，於是就鋪上了臥具，在榻榻米上合衣睡去。現在醒來，懷瑜一看，身上那套緞子旗袍，滾的全是縐褶。她做了個鬼臉：「我的天！要讓十牛看見，還當我這晚上跟哪個男人去鬼混了呢。」看到達夫，她問：「郁達夫，你昨天晚上跑哪裡去了？再見不著你回來，映霞要去報警了。」

達夫臉色難看起來，不過懷瑜一向對別人的情緒沒什麼感應力。她高高興興的拍拍映霞：「我說了他不會失蹤的。這麼大個人！也沒有誰會去拐他吧？對不對！」她興高采烈的一串笑：「你看，現在不是回來了嗎？」

達夫臉僵僵的，勉強做了個笑容。回說：「是啊。」

懷瑜站起來，扯身上的旗袍，半天也扯不平，下襬縮到了小腿肚上，看來是回不了原狀了。映霞說：「我給你一件外套，你先披回去吧。」

懷瑜說好。映霞在衣箱子裡找外衣。事實上，因爲是待在國內，許多預先準備的衣裳完全穿不上。現在看著那些原封未動的春衣，一下子又是舊愁新恨湧上來。

她挑了件陰丹士林大掛，給了懷瑜。懷瑜穿上了，說：「那，映霞！新郎既然回來了，我這就走啦！」

「懷瑜，謝謝你了。」

「謝什麼！」懷瑜跟她擠擠眼：「好了，你們兩口子繼續度蜜月吧！」映霞瞥見達夫臉色變了變。懷瑜這話明顯觸了他的痛腳。但是懷瑜一點也沒覺得。她拉開紙門走人，臨走時又拋了火上加油的一句：「對了！恭喜你們了！新婚愉快啊！」兩個人沉著臉聽懷瑜的腳步聲離去。聽到她和女侍打招呼，聽到女侍跟她寒暄。這屋子裡兩個人只悶坐著，一聲不響。

半天，外頭總算是安靜了。達夫這時候開口，聲音又沉又苦：「你這下總算稱心了吧。」

映霞聽不懂。她半天沒出聲，好一會才問，「你這話什麼意思？」

「你明知道這件事不能公開，你爲什麼找懷瑜來？」

「我沒有找懷瑜來。」

「哼。」達夫冷笑：「那她是靠她那新聞鼻子聞出來的囉！」

映霞氣了：「她是你引來的，不是我！」

她氣急敗壞的把昨天晚上的事說出來。達夫面無表情聽她說，也不知他是信還是不信。映霞因爲太氣，這時候也懶得去揣摩他的感情。她說完了話，又恨恨拋了一句：「你愛怎麼想，你去想好了。」

她別過身去生悶氣。過一會，達夫挨過來：「我是著了急，要是懷瑜說出去，或者是寫篇稿子發出去，對你我都不大好。」

映霞簡單的說：「懷瑜不會說出去，她答應了我。」

達夫說：「是啊。」他口氣溫和，倒是討好的味道：「可是你當初根本別喊她來，豈不是更好？」映霞不想說了，她覺著灰心。他根本就沒去聽她前面說的話，要不就是聽了根本不相信。他反正就是只想他自己的。

達夫覺得自己的懷疑很合理，自己一個晚上不見，映霞當然會慌。找她的好友來打商量也是對的，只是，她忽略了懷瑜是個記者。他覺得他的小妻子不大懂世故，可是他願意原諒她。

也由於她的缺乏世故，她居然忘了問他這一晚上是在哪裡過的。從這一點看，不懂世故，倒還又是個優點。本來他在堂子裡醒過來的時候，還眞嚇出了一身冷汗，簡直就不敢回來，一路上盡在想著要說眞話，還是編個什麼謊。現在看，一切都可以免了，他這時覺得輕鬆起來。

達夫嘆口氣：「噯，這麼看來，映霞，你我也該回國了。」

既然是從日本回國，自然少不了一些日本土產。他們在狄思威路，吳淞路上的日僑商店裡挑了些吃穿用的。這一點達夫很內行，他們甚至還選了禮物送給內山夫婦。那是一條北海道的「新卷鱖」，至於兩個人既然是去東京，爲什麼帶回來的是北海道土產，內山夫婦沒有追究，只是非常感動的謝了又謝，九十度的鞠躬禮行個沒完。看到他們那麼歡喜，映霞都覺得罪過了。

給母親帶的是日本衣料，非常漂亮，柔和的天青色底，上頭是一路遠過去的灰色芒草，星星點點綴著銀白色的芒花。達夫說在日本這是用來作和服的。攤開來完完整整就是幅畫。守如很喜歡，但是嫌顏色太嫩。女兒結了婚，在輩分上她是老太太了。她估量著眞要拿去做衣服，先要把顏色染深點，但是她一直也沒這樣做，大約也覺著那美麗的布料染了可惜，於是就完全沒法拿它派上用場。

給祖父和寶垌帶的就是兩件日式浴衣。二南很喜歡，早晨起床時拿它當外袍披著。衣服既大又寬，像床小被子似的，比中國衣裳要好穿多了。寶垌則拿它當古裝，一穿就擺起武俠的架式。

■第十六章

回來之後，因爲達夫希望自立門戶，二南替小兩口在原來的住家附近也找了個房子，有個雅緻的小樓。地方不大，但是足夠夫妻兩居住，最大的好處是離娘家很近。二南說隔得近彼此好有個照顧，其實就還是捨不得映霞住得太遠。

搬到嘉禾里的那天，達夫和映霞正在屋子裡忙，聽到有人在樓下喊：「達夫！達夫！」

達夫到窗邊往下看，不一會，也熱烈的喊下去：「你等一等，馬上下來。」他對映霞說：「是志摩跟小曼，一起下來吧。」

映霞一聽倒猶疑了，看看自己身上，一件藍掛子，因爲做事，忙得渾身皺皺的，前襟還有些灰不拉基的不知是哪兒沾來的髒。映霞說：「我換件衣裳吧。」達夫道：「換什麼啊，已經夠美啦！再說，志摩是老朋友，又不是沒見過。」

他說著人就下樓去了，映霞沒辦法，只好隨便把衣服拍拍，衣襬扯了扯。鏡子也還沒架起來，沒法看看自己到底臉色怎麼樣，只好隨便攏攏頭髮，也下了樓去。

樓底下，志摩和小曼並肩站在門口。看到映霞下來，志摩向來對小姐太太們都是特別禮數周到的，這時便先招呼：「映霞，我帶小曼來看看你們。」又對小曼說：「小曼，這是達夫他家裡，王映霞，你該聽過的。」

小曼抬眼看看映霞，沒說話。倒是映霞回了句客套話：「陸小曼，久仰大名呢。」小曼這才笑笑：「彼此彼此。」說完了話，就又把臉別開去。

志摩這天穿了件玄色長袍，裡頭是同色西裝褲，小曼則是一襲淺灰色旗袍，肩上另搭了片銀亮的針織披肩。挨近了看，才看出旗袍是絲綢的，灰底上有銀亮的刺繡，繡的是小片小片的竹葉。兩個人金童玉女般飄飄站著，自然有一股出塵之感，讓映霞想起「神仙眷屬」四個字。

志摩正在問達夫這裡的房租多少，又問租約打了多久，達夫一一告訴他。小曼在旁邊一言不發，皺了眉，顯然是不大耐煩。

達夫說：「映霞去倒茶。志摩，小曼，坐一下吧。」

志摩說：「不了，不了，我跟小曼馬上就走。」說是這樣說，他倒又走開去，摸摸樑柱，搥搥牆壁。達夫跟了他過去。兩個人開始評論起這屋子的結構，

映霞沒動。剛剛才搬過來，柴火都還沒買，叫她從哪裡變開水來泡茶？再說，就算有了開水，茶葉也還沒買，就算有了茶葉，茶杯也還不知道放在哪個箱子裡呢？她不動，不大高興的瞟著達夫，那一肚子想法都寫在臉上。這時卻聽到輕微的嗤一聲笑，看過去，卻是小曼。她輕聲說：「男人都這樣，粗枝大葉的。別理他們。」

小曼站在原處，換了隻腳支撐身體重量。映霞忙拉了張椅子過來：「坐一下吧？」小曼坐

下。笑瞇瞇的看映霞一眼：「謝謝。」

兩個女人開始彼此打量。小曼留著當下最時髦的前留海，完全沒施胭脂，一張臉素白素白的。她人瘦極了，長旗袍裡頭虛虛的，就像裡頭是全空的。一雙桃花眼，眼泡有點腫，眼尾上挑，笑起來瞇瞇的，極媚。

兩個男人聊著聊著上了樓去。映霞跟小曼聊，問些客套話，小曼都是簡簡單單的「嗯」啊「啊」的對付過去。她本來就不是那種見面熟的個性，聊不下去，也就停了下來。兩個人待了半晌。小曼瞇起眼來笑，拍拍她的手：「映霞，你不用找話跟我講，就這樣子靜靜的，其實也滿好。」

兩個人就默不作聲呆坐著。半天男人們才下來。志摩興高采烈的說：「小曼，我們也在這附近找棟房子吧。我剛才看了看，這地方眞不錯，而且房租也挺便宜的。」

小曼笑說：「你又喜歡這房子了？」她對達夫和映霞說：「志摩就是這種小孩脾氣，看到風就是雨的。前兩天他還說要搬到邵洵美附近呢。」

志摩也不辯駁，只笑。過一會，說：「那我們走了。達夫，託你的事你要幫我留意哦！」

達夫說：「會的會的。」志摩和小曼便告辭走了。兩人走了之後，達夫跟映霞講，志摩託他在附近找房子。他現在住的那裡，房子大，相對的用人就得多，房租貴不提，開銷實在大，他有些負擔不起了。所以想到這附近來找一棟小一點的，夠住就好。

因爲這房子當初是二南找的，現在就依舊把這事託給了二南。二南聽說是志摩和小曼的事，也滿口答應。

但是看了幾棟房子，小曼總不滿意，不是嫌樣式俗氣，就是風景不好。按了她的條件找下去，結果就是房子越找越大，也越找越貴。到後來，在四明村看了棟房子，是雙開間，前面二層樓，後面三層樓，宏偉壯麗，非常氣派，小曼一看就中意，當即付了定金，擇期搬過去。小曼派頭不小，出入有私家汽車，家裡頭佣人衆多，有司機、廚師、男僕、還有貼身丫頭，搬來四明村，又加了園丁和門房。志摩原是爲了想省開銷搬的家，可是看這光景，可能開銷更大了。

有了自己的家之後，心情上，達夫和映霞都覺得安定了下來。映霞因爲家裡頭寵愛，自小沒教持家那一套，簡單的開門七件事，柴米油鹽醬醋茶，就把她整得七葷八素。她一步步從頭學起，跟著母親到小菜場去認識菜，學習分辨雞鴨魚肉的新鮮度。長這麼大，頭一遭看到那些食物材料沒端上桌之前的原始模樣。對映霞而言，最難的不是記憶那些種類繁多的菜色，倒是提了菜籃上市場去拋頭露面，討價還價這件事。

映霞臉皮嫩，只要小販「太太，太太」的一喊，她立刻面紅耳赤起來。別說討價還價了，連認斤兩都不好意思，結果常買回來不足斤兩的東西。守如看到她這樣，很心疼。自此，上菜市場買菜的時候就多買一份，替映霞留在家門口。這樣做，一來是免除了映霞上市場的任務，另外，其實也等於是貼補映霞和達夫的生活。

現在才知道，達夫其實沒什麼錢。他的財務簡直是一場糊塗，多年來，他的主要收入是報紙雜誌的稿費，和出版社出書的錢。達夫一直以來的做法是，沒了錢便去出版社和雜誌社借。等到刊了稿子或出了書，就從所得裡扣。他自己不記帳，只管缺錢就去要，到底要了多少，扣了多少，完全沒個數。他又愛買書，在內山書店買書是不用先付錢的，再加上內山完造還借錢給他，這尤其是一筆亂帳。本來見到內山夫婦那謙卑的九十度鞠躬禮，總覺得這對夫婦謙抑溫厚，等到開始收到了帳單：達夫新買的書，新支的錢，該還沒還的舊帳，就會覺得內山夫妻彎下腰去行禮的模樣，很像是在掩藏臉上的笑容。

映霞不得不做惡人。她開始查達夫的帳，前面的管不了，婚後，只要達夫有了收入，她就記下來，一筆一筆追，該還的，該拿的，到後來便有了個完整眉目。達夫起先煩她這樣追來問去，到後來，發現手頭上開始寬裕起來，也就同意了她的做法。從此，映霞開始掌管了家裡的經濟大權。在清點達夫帳目時，映霞發現一件事，達夫完全沒有給孫荃母子寄錢。

在映霞和達夫結婚之前，有一天，二南特地把映霞找去。二南問她：「映霞，你知不知道達夫前妻的事？」

映霞不懂祖父爲什麼要問這話。她是一直迴避去了解跟孫荃有關的事，不管怎麼說，是她把這女人的丈夫搶來的，使得她沒有了丈夫，她的孩子沒有了父親。迴避這個女人，就不必面對自己給她和她的子女造成的傷害。

她照實回答：「不知道。」

二南大略把孫荃的情形講了講。跟達夫離異之後，孫荃目前帶著兩個兒子，和達夫的二哥養吾一家子住在富陽。除了跟著養吾過之外，唯一收入來源，大概就是達夫給家裡寄的錢。

二南說：「映霞，你嫁過去，替達夫當家，有一筆錢，你是萬萬不可以省，那就是達夫給他前妻和兒子的生活費。你們日子不管過成什麼樣子，窮也好，富也好，給孫荃和他子女的錢，只能多，不能少。」

映霞問爲什麼：「爹爹，難道說，我跟達夫日子都過不下去的時候，我還是得把照顧他前妻跟孩子當第一位嗎？」

「沒錯。」二南說，你要是眞爲達夫好，你就要替他做這件事。那邊也是達夫的骨肉啊。你不替他照料著，孩子大了要是恨他，那可是揪心的事。再說，這也是積德，不管怎麼說，」二南嘆口氣：「達夫是你從她那裡拿來的，你總得付代價。」

她一直以爲，雖然離了婚，達夫一直還在照顧她們母子，現在看，顯然不是。她想問達夫，又覺得爲難，一不小心，就會變成自己是在計較。達夫是問不出眞話的，這事盤桓在她心裡好幾天，一直想不出該怎麼問法。

因爲住得近，偶而還是會回娘家去吃飯。這天守如遣寶垌來喊她跟達夫回家去吃飯，說是買了新鮮的巴掌鯽魚，用蔥段煨了酥爛。這道菜下酒最好，達夫和二南都喜歡吃。二南要達夫過去陪他喝酒。

達夫那時候正在樓上書房趕稿子，跟映霞說他會晚一點去，映霞就跟著寶垌回家了。桌上早已放了四色小碟菜，都是下酒的，另外做了個砂鍋下飯。映霞幫著擺上碗筷，忽然就想起了，可以託祖父問這件事。

她跟二南講：「爹爹，你幫我問問達夫有沒有給鄉下寄錢好不好？」

二南不以爲然的看著她：「他就是寄了錢，那也是應當的呀。」

「爹爹，我沒反對這事。我要你幫我問一下，就是因爲達夫好像沒寄啊。」

「會嗎？」

你可要替他寄。」

「我幫他把進出帳都查了查，沒看到他給家裡寄錢。」

「眞的嗎?會不會他不想讓你知道，私下裡自己寄的。」

「不大可能，他進來的錢我都知道，沒有什麼多餘的。」

二南想了想：「好吧，我幫你問問。」他看著映霞：「映霞，達夫要是眞的沒寄這筆款子，給你老家寄錢，我這孫女兒，有沒有照著做啊?」

「我就是這樣想的，所以才要問淸楚啊。」

稍遲，達夫寫完了稿子過來，兩人開始對酌，二南就問了：「達夫，我交代過映霞，一定要給你老家寄錢，我這孫女兒，有沒有照著做啊?」

達夫一點遲疑都沒有就做了回答：「做了，映霞每個月都寄的!對這件事，我也很感激。」

他在說謊!映霞和二南立刻對看一眼。二南不再問下去。

晚上，回了家裡，映霞問達夫：「你今天爲什麼要跟我祖父撒謊?我根本就沒管給鄉下寄錢的事啊。」

達夫笑：「我知道，我替你做面子還不好?」

「做面子跟撒謊是兩回事。」映霞嚴肅的：「達夫，你說實話，你到底有沒有給老家寄錢?」

「沒!」達夫回答。

「爲什麼?」

「給她寄什麼錢!我們自己都不夠用了!再說，當初我要跟她離婚，她鬧得那樣!我還乖乖寄錢去供養她，那她不是要踩在我頭上了？」

「可是，至少你該養孩子，孩子總是你的。」

「養吾在養著啊。」達夫不在乎的：「孩子姓郁，理該郁家的人養他。就讓養吾得這個好處吧，反正將來我也不指望他們替我養老。」

這完全是謬論，映霞不安起來：「達夫，你是不是不喜歡孩子？」

「我怎麼會不喜歡？」達夫嘻皮笑臉的：「看誰生的。要是你生的，我一定愛的。」他說著又開始動手動腳：「映霞，你該不是生不出來吧，怎麼咱們都結了婚兩個月了，你一點動靜都沒有？」映霞嘟嘴：「誰說沒有動靜啊？」達夫一呆：「有了嗎？」映霞搖頭：「還不知道。」她月事已經停了一陣子，自己心裡頭有點數，但是拿不準。

第二天，達夫就帶著她去醫院檢查。西醫跟中醫不一樣，叫映霞留下尿液，說半個月後去問消息。想到要等半個月後，達夫急躁難安，在回家路上，又把映霞拖進了一家中醫診所裡。

醫生年紀很大，臉團團的，白裡透紅，讓映霞想起自己的祖父二南。

他在映霞手上捏了捏，之後兩指壓在她手腕上把脈。老醫師閉著眼，入定似的，半天，睜了眼，慈祥的微笑：「是懷孕。恭喜太太，你要做娘了。」

當天晚上，達夫帶了酒去映霞娘家，把這消息宣布出來。全家都很高興。二南更是欣喜。他說：「沒想到我王二南居然有這個福分，能活到抱重孫的年紀。。」

寶垌更是新鮮的不得了，直在問：「我是不是要做舅舅啦？」聽到達夫回答說是，寶垌一伸舌頭：「我可不敢抱小娃兒。軟軟的，跟條蟲似的。」

映霞敲他腦袋：「你自個還不是那條蟲長大的。」

守如關心的是：「這，測不測得出是男是女啊？」

「現代醫學還沒這麼先進吧。」

寶垌問：「姊夫，你愛男娃，還是女娃？」

「都愛。」達夫說：「你姊姊生的，是條蟲我也愛。」

寶垌立刻做了個怪臉：「咿，姊啊，這話你聽著肉麻是不肉麻？」

守如說：「達夫，你別亂講，這話要讓映霞肚裡頭的東西聽到了，他要討你喜歡，真要變條蟲怎麼辦！」

「噯……你胡說什麼啊！守如？」二南道：「子不語怪力亂神。我也教你念過書的，你怎麼會說出這種話呢。」守如這就不講了，只笑了笑。

可是，過兩天，守如帶了一籃子雞蛋過來，要映霞每天吃一顆，要生的吃，說是這樣會生男孩。映霞嘴巴上笑她，但是，後來幾天，她每次看到那籃子雞蛋，都有一種慾望想真的去吃它，生吃，一天一個。吃七七四十九天。假如它真能保證自己生男孩的話。

她希望生個男孩。孫荃那兒兩個都是男孩，自己要是生不出男孩，就像輸給孫荃似的。達夫寫信給家裡報喜訊。映霞把地址記下來。第二天，她到錢莊去匯錢給孫荃。這件事她沒告訴達夫，她心裡有種感覺，如果積德積得夠多，她就該有個男孩。

西醫那邊的消息下來，果然是懷孕。西醫雖然確定比中醫晚，名堂倒比中醫多，要映霞按時去做產前檢查，指導映霞該吃的東西，該補充的營養。另外就是要映霞每天散步。

原本映霞和達夫吃過飯了就愛出去散散步，現在有了名目，這件事做起來感覺更不同。在散步的時候，兩個人會聊些對未來的計畫。達夫喜歡描述他要為映霞肚裡的孩子做些什麼！就像那是他的第一個孩子。這情形不知為什麼讓映霞有點隱隱的不安。她逐漸在生活裡認識到，達夫的性格是兩面的，多情是多情極了，無情又無情到極點。

一天晚上，映霞和達夫吃了飯，在外頭做例行的散步。繞過哈同公園之後，達夫說：「去看看志摩跟小曼吧。」小曼和志摩的新家就在哈同公園旁邊，跟映霞他們家距離不遠。但是兩人從來沒有去過。

到了四明村，看到一排排洋房，都豪奢壯麗，不知怎麼的，讓人有些心虛。達夫牽了映霞的手，邊看邊讚嘆：「這房子眞漂亮。」映霞是很實際的人，這種房子超出她和達夫的能力之外，她是不會幻想的。但是達夫不一樣，他忽然捏緊了映霞的手：「映霞，有一天，有一天我也要賺這麼一棟房子給你。」兩個人到了志摩家門口。在門外一探頭，門房就過來開了門。

達夫問：「志摩在嗎？」

門房道：「先生今天上北京去教書啦，只有太太在家。」他邊說著帶了兩人往屋裡走。到了樓底下，又交代了另一個佣人，帶了映霞和達夫上二樓去。

二樓一進去，面對樓梯是個煙榻。小曼正和一個男人面對面躺在煙榻上。見到兩個人，小曼也不慌，再抽了兩口，才坐起來。問達夫：「怎麼會忽然過來呢？」達夫說跟映霞散步，順道走過來的。小曼問：「你們見過沒有？」她指一指還在煙榻上躺著的男人：「這是翁瑞午。瑞午，這是郁達夫，他跟志摩是小學同學呢。」翁瑞午瘦瘦黑黑的，只笑了笑，擺個手算是招呼了，還是沒說話。

映霞打量這房間，猜這是臥房，應當是志摩和小曼的臥房。陳設極精緻，家具全部是紅木的。煙榻之外另有一具鏤花的鋼鑄雙人床，西洋式的。雪白的蚊帳雲也似的浮在半空中。雪白的被褥整整齊齊鋪著，像從沒人睡過。可以想像，志摩不在的時候，小曼大約就在煙榻上打發長夜的。看著映霞眼光在屋子裡掃來掃去，小曼笑道：「亂七八糟的。」

「怎麼會，很雅緻的。映霞，你說是不是？」

小曼問達夫：「怎麼樣，要不要試一下？」達夫說：「不敢不敢。」小曼笑：「抽一兩口不會怎麼樣的。達夫，你不是很有實驗精神嗎？不試一試，你小說怎麼寫？」

「就不寫抽大煙的人囉。」

小曼大約看出了映霞眼色裡那點不贊成的意思，就放下了煙管，說，我們下去坐吧。她問：「瑞午，要不要下來？」翁瑞午又是回了個手勢，他整個是沒聲音的人。

在樓下坐定後，女佣送上茶水點心來。小曼這時又說：「達夫你不試也是對的，我都是給瑞午害的。我身子不好，老是這兒痛那兒痛，日子簡直過不下去，後來瑞午勸我吃大煙，起先還不錯，到後來就非靠它不可了。」

達夫說：「偶一爲之無所謂，別養成習慣就好。」

小曼這才瞇了眼又一笑：「這不會，我也只是抽抽好玩而已。」

第十七章

頂著曬得讓人頭皮發麻、汗珠直冒的太陽，好不容易走到了市場，一鑽進裡面，卻同樣熱烘烘的。賣菜的、賣肉的、賣南北貨的，一攤挨著一攤，全吊著亮不溜丟的燈泡；燈泡吊得低低的，讓顧客看清楚貨色的新鮮，卻和外頭的太陽一樣，照得人直冒汗。

身上濕答答的；蹭在一堆挽著菜籃子的胳臂之間，得留神別蹭到別人家也是濕答答的身上，但那還眞難。映霞輕輕皺起了眉，嘴角卻得浮著一絲微笑，好準備隨時跟人家打招呼；在這兒住了好一陣子，市場裡當然有不少熟面孔。

這是婚後第二年，一九二九年夏天的一個上午。

「太太，買魚？您看這鯽魚怎麼樣？還是要鰳魚？都很新鮮呢！」胖胖的魚販笑瞇瞇的，抓起兩條鯽魚，在映霞面前直晃。

「好啊！就鯽魚吧！買四條……鰳魚來不及醃，家裡來客人了！」

「欸，欸，是啊！……太太，多買兩條吧？」

映霞笑著搖搖頭，心想四條夠了；目光順著往鰳魚堆裡看。母親教過的，鰳魚得先醃上幾天，再和茄絲一起燒，好吃極了，是寧波人的一道佳餚。

魚販刮鱗片的時候，映霞下意識朝地面看了一眼。其實不用看，地面也是濕答答的。她怎麼也無法適應市場裡的這些景象。

映霞在王家做姑娘的時候一直挺嬌，母親疼愛，爹爹更是拿她當寶貝，寵極了。跟達夫成了親之後，映霞自然也學著做家事，尤其現在自己跟達夫築了這個小窩，而王二南和守如最近又搬回杭州去了。

守如疼女兒，但是在舊禮教薰陶、乃至迫使之下，不得不扮好丈母娘的角色，還在嘉禾里跟女兒做鄰居的時候，她教了映霞很多事，譬如買菜、下廚。剛開始，映霞對這兩樣都外行，也都不喜歡，尤其是買菜。除了不喜歡市場，更不願意勉強學著別人家的太太在攤子上東挑西揀的，還要扯著嗓子拼命討價還價，那多沒面子、多難爲情……

魚鱗刮好了，魚販把四條鯽魚在水桶裡漂了漂，算是洗過了；往地面甩了甩，甩掉些魚肚子裡的水，然後包在一張舊報紙裡，笑瞇瞇地遞給映霞。付了錢，映霞往四周看了看，繼續朝那一隻隻胳臂裡蹭過去；蔥燒鯽魚，這才買好第一樣呢！

家裡的客人是達夫的二哥養吾；幾個兄弟中，達夫和養吾最親。養吾這天從富陽來上海，晚上就住在他們家，映霞少不得要燒幾樣菜、準備一壺好酒，讓兄弟倆敘敘別情。

映霞從小跟在喜愛喝酒的祖父身邊，也有點酒量，但不太喜歡喝，偶爾的場合上總是淺酌即止。結婚之後，映霞卻發現達夫不但愛喝酒，還經常喝得過量。映霞每每勸他，兩個人爲了這個鬧過好幾回彆扭。

晚上在餐桌上，達夫照樣又貪杯了，映霞也照樣勸阻，但礙著二哥的面，她拐彎抹角的：

「酒喝多了，飯就沒胃口吃了。這烏參烤方、還有炒豬肝、油燜筍，可都是下飯的菜！達夫，你得讓二哥留著點肚子、吃點飯……」這辭兒映霞可是謹謹愼愼想好了才說出口的，因爲二哥總是兄長；而且，映霞知道達夫不愛聽擋他喝酒的話。

達夫也沒生氣，只不過用眼角瞄了映霞一下，沒有其他表情。養吾沒發覺有什麼不對，事實上，他也無從發覺，因爲這弟弟跟弟妹爲了喝酒的事鬧過的彆扭，他完全不知道。

「我一定吃，每一道菜我都一定吃個夠，衝著弟妹的好手藝，我待會兒吃兩碗飯！」

養吾在老家富陽是個開業醫生，天生的老實人。達夫常說，全富陽最好的人就是他這個二哥。映霞望著二哥，不自覺地露出親切的笑，像是對自己娘家的親人，然後，心裡放鬆了，先前的警覺也不見了，她提起了對自己親人才肯提起的事情：

「不瞞二哥，我總是勸達夫少喝點酒，酒喝多了傷身子，而且……而且說不準會發生什麼意外。」

「哦？達夫喝酒出過什麼事嗎？」

「也沒什麼啦！是冬天裡……」

映霞眞的毫無警覺了，她沒注意到一旁的達夫這會兒臉上已經有了表情：先是眉頭一皺，然後搖搖頭，那是達夫發脾氣的前兆。而她把冬天裡的那樁事一古腦地說完：

「那回一個朋友找達夫去澡堂泡澡，從下午到深夜也沒見他回來；十二月天，外面下著大雪，我能不著急嗎？……我一整夜沒闔眼，又不敢一個人出去找，第二天天剛亮，門上就有人急急敲著！二哥！您猜怎麼著？達夫喝醉了，倒在我們嘉禾里附近的赫德路上，幸好過路的人發現，扶著送回來；身上全沾滿了白花花的雪片！」

映霞只顧追憶那一幕，等她回過神、也回復了警覺，已經太遲了。達夫從餐桌旁站起來，就那麼頭也不回地走出大門，映霞和養吾心裡都明白：他是生氣了，走開了。

也就只是走開吧！一會兒就會回來的，達夫連衣裳也沒換嘛！映霞和養吾互相遞了個眼神，兩個人心裡一樣篤定。但沒有，這一夜達夫沒回來；跟冬天裡那回一樣，等到牆上自鳴鐘的兩根針都直直朝上、疊在一起了，達夫都沒回來。映霞和養吾只能對望，彼此間沒多少話，茶倒是泡了好幾回。映霞招呼養吾在客房睡了，自己卻睜著雙眼等天亮，還是跟冬天裡的那回一樣。不過，夏天裡，天要亮得早一些。

一大早，養吾回富陽去了，悻悻然的，也帶著點內疚、帶著點不安。

直等到天都又快黑了，才收到達夫從寧波青年會發來的電報，說是身上的錢被偷了，連手腕上的錶都不見了，他要映霞立刻送一百塊錢到寧波去。

沒二話，是自己丈夫出了事，遭了什麼小偷土匪的，丈夫的安危要緊，映霞得趕緊張羅。但家裡的錢不夠，映霞千不願萬不願，終於還是狠下心，拿了結婚時母親送的一對金手鐲送進當鋪，換了一百塊錢。把七八個月大的兒子託給奶媽，氣都沒來得急喘，趕到碼頭搭船。第二天清早到了寧波，下船直奔青年會。

「聽你話，給你送一百塊錢來了，吶！」一把錢從小皮包裡掏出來，往達夫面前一推。

「哦！」

達夫沒啥表情，只拿眼睛盯著映霞看，也不知道是不是映霞一廂情願的感覺，那眼神裡倒像是有那麼一丁點的感激與慚愧。衝著這眼神，映霞決定要問問這前前後後是怎麼回事，本來她是不太想問的。

「妳不讓我喝酒，又說了那麼多讓我丟臉的話，我氣不過，出去又喝了一些酒，到十六號碼頭買了來寧波的船票，然後躺下睡了一覺，醒來的時候錢沒了，手錶也不見了，船票還在，就上船了……」達夫說得輕描淡寫，映霞心頭卻結結實實發了一陣冷。

「回去吧！」

映霞忍著眼淚，裝也要裝得同樣輕描淡寫，而達夫卻眼睛發亮，像是突然尋著了寶的孩童：

「不要那麼快吧！……我們上普陀玩幾天！」

就這樣，兩人的足跡留在了普陀；畢竟是隨身帶著兩把刷子的騷客，除了足跡，達夫還留下詩句：

山谷幽深策丈尋，
歸來日色已西沉；
雪濤怒擊玲瓏石，
洗盡人間絲竹音。

詩人寫詩的時候，心境是美的，眼裡看出去，也一切都是美的。即便是悽楚無比吧，詩人會說那是「淒美」。但普陀景緻再怎麼美，映霞心底卻隱隱約約被劃上一道傷痕。到寧波轉普陀走這一趟的時候，映霞其實是又懷了身孕的，已經有四五個月了。

一九二九年九月中旬，安徽大學拍了一封電報給達夫，聘請他擔任文學系的教授，月薪三百四十元。雖然不是大數目，但每個月有固定收入，總比只仰賴不踏實的稿費和版稅要來得穩當，而且稿費和版稅照樣有指望，只要他自己繼續勤快地寫。

達夫略加考慮，決定接受，回了電報，還去買了些參考書，準備動身到安慶去。第二天，他又接到一封更確定的電報，還附了電匯來的一個月薪水。

映霞替達夫買了船票，是半年期有效的來回票，她直覺地認爲這份教職並不十分可靠。

船期是九月二十七日，達夫提前一天上了船，四年前達夫在武昌師大任教時的學生李俊民，和曾經跟達夫一起辦《大衆文藝》雜誌的夏萊蒂到船上送行。兩天後抵達安慶，卻立刻碰上安徽兵變，暫時棲身在安徽大學校園內。才上了幾天課，沒想到達夫被列入黑名單，倉皇之下，所幸有那張回程船票，才及時脫身回到上海，連行李都沒帶。

映霞對這件事的不甘心尤甚於達夫，她主張向安徽大學要求賠償；達夫發了幾封電報都沒下文，映霞乾脆挺著大肚子到安慶走了一趟，居然替達夫要到了一個學期的薪水，還帶回了達夫留在那兒的行李。

一個多月後，第二個孩子降生了，是個女孩，取名「靜子」。

「密斯王！達夫！……是密斯許跟我，我們來啦！」

門外站的是魯迅和許廣平夫婦；魯迅才剛過五十歲，但也許忙得沒時間理髮吧，加上鬢腳又低，只覺得頭髮整個蓋在面孔上、脖子上，看上去挺蒼老，身上穿著件灰色長袍。

達夫開門的時候，映霞也從廚房裡出來，她正忙著準備菜餚。

「大先生！密斯許！歡迎歡迎！」映霞腰裡圍著圍裙，顯然在廚房裡剛洗過手出來迎接貴客，一雙手下意識地在圍裙上拍了拍。

魯迅挺講究西方禮儀的，平日裡走路坐車，總習慣性地讓女士在前頭，稱呼人也一樣。像剛才在門外，他一定先喊映霞、再喊達夫。比較特別的是，魯迅向來稱映霞「密斯王」；但一聽他喊自己太太「密斯許」，就一點也不覺得奇怪了。映霞稱魯迅「大先生」，她是打從心眼裡隨著達夫對魯迅肅然起敬。

一招呼客人坐下，達夫趕忙道謝：「大先生！上回賢伉儷還捎了禮物來，眞是過意不去！」

「應該的嘛！這類賀喜的事，我是最高興不過的了！而且我得鄭重道歉，不知道密斯王是添了位千金……怎麼，聽說你們把這孩子送回杭州了？」

「是啊！也不知道怎麼回事，這孩子好哭，挺吵鬧的，我跟達夫商量了一下，就決定把她送回外婆家了。」

「這樣也好，讓老人家帶，也許就轉了愛哭的脾性。映霞呀！如今你們是有兒又有女，可讓人羨慕了！」

感受著許廣平眞誠的語氣，映霞稍稍覺得安慰了些；當著這麼一對貴客，有些話是說不出口的。事實是，達夫在安慶挨了一記悶棍回到上海，情緒一直很不穩定，靜子好哭，總是攪得他心裡更煩。看得出達夫對這個女兒是不怎麼喜歡的，剛滿月，映霞就把她送到杭州去了。

魯迅和許廣平在靜子出生後四十多天才得到消息，而且以爲他們又添了個壯丁，寫了封道賀的信，還附了禮，是男娃娃的絨線衫和圍巾。收到之後，映霞用達夫的名義寫信道謝，還邀魯迅夫婦到家裡吃飯。看見映霞身上的圍裙，廣平站起身：

「映霞，我到廚房幫妳，這兒就留給他們男人聊天吧！」

「那怎麼好意思……」

映霞說著已經走在前頭帶路，拋下一句客套話：

「大先生，那就讓達夫陪您多聊聊，……達夫！茶壺空了喊我一聲！」

魯迅以他一向對女性，尊重的儀態，在座位上欠了欠身子，然後把目光轉向達夫：

「每次都必得跟你說那句由衷的話：密斯王的秀外慧中，是你前輩子修來的福！」

「謝謝！」

達夫很快就轉到了他關心的話題：

「大先生！關於中國自由運動大同盟……成立的時候，我一定第一個在宣言上簽名！」

「達夫，難得你這麼熱心！」

「是您帶著我朝前走的！您不是常說，眼光要遠、要定，步子要邁得大、邁得穩？」

「那是我對自己的要求！哈哈……」

「我是以眞師爲師！從您這兒，我領受到的何止是傳道授業解惑？」

「好說好說！哈哈……」

「對了！『北新』的事有沒有新的進展？」

「他們近來還眞是痲木得很！你知道我上回說過的那句話，我這回是請律師和他們開了個小玩笑……難爲你了！達夫！自己的稿費讓他們欠著，還忙著出面替我調解。」

「中國自由運動大同盟」是魯迅、達夫和一些文化界的朋友發起的一個組織，籌備工作正進入緊鑼密鼓的階段。「北新」則是一家書局兼出版社；達夫跟著魯迅編《奔流》雜誌，交給他們出版發行。由於「北新」老是拖欠版稅和作者稿費，魯迅忍不下去了，請了律師打官司。

提起稿費和版稅，達夫從安慶鎩羽而歸，映霞出面爭到的一個學期薪水，頂不了多久之用，夫妻倆還是靠達夫寫作和編輯的收入過日子。說也有趣，出版社欠他們錢，還是由映霞按月代夫出征，到社裡催討，逢年過節或是有急用的時候，映霞更是卯足了勁上門要錢。

「準備吃飯了！達夫，痲煩你幫著把餐桌布置好！」

廚房裡傳來映霞的聲音；緊接著，廣平先出現，端著菜上桌。

餐桌上，魯迅對菜色極爲滿意，不全然是因爲好吃，還因爲映霞的細心週到。豬肝、肚子這類動物內臟全免了，那是有一回和魯迅夫婦在館子裡吃飯，映霞親耳聽見魯迅告訴廣平，肝啊肚啊不容易消化，最好少吃。映霞還記得，餐後魯迅也不讓廣平喝咖啡，因爲廣平胃不好。魯迅叮嚀的時候是帶著告誡的口吻，但語氣卻極其婉轉誠懇又熱情，充滿對妻子的愛和對女性的敬重。

映霞常想，達夫如此尊敬魯迅，魯迅對達夫來說，眞算得上是「亦師、亦兄、亦友」。如果達夫能從魯迅那兒多感染些好的氣質，譬如溫柔、體貼、翩翩紳士氣派，那該有多好！

命運之神常常會開人們一個惡劣的、彌補不來的玩笑；當這類事情發生在你熟識的朋友身上，你尤其會措手不及、難以置信。

一九三一年十二月二十日靠近中午時分，映霞從市場買菜回來；剛進門，正準備告訴達夫菜籃裡全是他喜歡吃的，達夫卻是一臉悲戚，緊緊抓著手裡的報紙，用沙啞的嗓音狂喊：

「志摩死了！」

「嗄？……志摩？怎麼回事？」達夫痛苦地搖搖頭，把抓皺了的報紙遞給映霞；映霞匆匆放下菜籃，接過報紙的時候，兩手是發抖的。

那是一份《新聞報》，報上顯著的版位上刊載著那則消息。前一天，十一月十九日，志摩搭中國航空公司郵務包機「濟南號」，從南京飛往北京；飛機在徐州落地後再度起飛，經過濟南附近黨家莊上空遇到大霧，不幸撞山墜毀，正副機師王貫一、梁壁堂和唯一搭便機的乘客、北大教授徐志摩全部遇難。報上還特別提到，三個人正巧都是三十六歲……

映霞讀完，放下報紙，和達夫一樣，獃獃的、茫茫的，感覺得到臉上的每一根筋脈都在抽搐，全扭曲在一起。好久好久，兩個人都沒說話，不時把空了神的目光移向茶几上的報紙，好像希望某一次使勁望過去的時候，報紙突然不見了，那麼那晴空霹靂般的消息一定是個幻覺，是場惡夢，兩個人一起做的惡夢。

可是，任他們望了幾十回，報紙還是在茶几上躺著，上面多了映霞抓出的摺痕，更顯得皺巴巴的了。牆上自鳴鐘敲響，兩人都嚇了一跳，十二聲，悶悶的，一點也不像平常聽起來那麼清脆、那麼鏗鏘有致。

鐘聲敲了十二響，志摩活了三十六歲。那麼，每敲一響代表三歲，映霞心裡莫名其妙地默默算著。這鐘聲是在憑弔志摩嗎？

終於，是達夫先把自己的遊魂找回來，他的聲調忿忿的：

「志摩是十二號那天從北京回來；為了小曼抽鴉片的事，兩個人又大吵了一架。小曼還拿煙管砸志摩，幸好志摩躲開了，但眼鏡卻掉在地上、碎了……唉！」

「你怎麼知道的？沒聽你提起志摩回來了啊！」

「是前兩天聽洵美說起的，志摩氣得跑了出來，還在洵美那兒住了一晚。也不知道志摩搭飛機回北京之前，夫妻倆嘔的氣消了沒有。」

「都怪小曼！沉迷在鴉片煙裡，捨不得離開上海，讓志摩這麼兩頭趕。」

志摩是達夫杭州中學的同學，兩個人交情一直很好。映霞聽達夫說起過，小曼不肯到北京去，志摩除了飽嚐奔波之苦，還得應付兩地的開銷；小曼手頭又鬆，志摩只好到處兼課，他常常自況為一根兩頭燒的蠟燭。

達夫說這些事的時候，語氣裡很替老同學抱不平。可是這會兒，達夫卻不怎麼同意映霞對小曼的怪罪：

「他們之間的事複雜得很，我看外人是很難理解的，完全怪小曼也有點失之過偏。還是小曼母親說得好，陸家老太太總是說，志摩害苦了小曼，小曼也害苦了志摩！」

映霞沉默了，不知怎麼的，她開始拿小曼和志摩之間的景況跟自己和達夫相比。映霞心裡想，自己這個家，雖然賺錢的是達夫，但理財的可是她這個做妻子的，而且理得中規中矩，連達夫賺的版稅稿費，常常還得由映霞去催討。此外，映霞自己不亂花錢，還得技巧地防著達夫亂花錢。總之，達夫在這方面沒什麼概念的，映霞這幾年下來撐得挺苦、挺累。

當天下午，映霞陪達夫去探望小曼，老媽子引她們進了客廳。小曼一身黑色喪服，頭上包著一方黑紗，斜躺在長沙發上。不僅無精打采，簡直只剩下沒了魂的軀殼，而且蓬頭垢面，像是一夜之間老了許多。

「太太，郁先生和郁太太來看您啦！」

老媽子眼眶紅紅的、腫腫的，聲音啞啞的，顯然哭了好一陣子。小曼還是斜躺著，右手有氣無力地揮了揮，算是打了招呼。

達夫和映霞就那麼站著，實在不知道該說些什麼。老同學的交情，這時候反而礙事，他們不能像一般朋友那樣隨便說些安慰的客套話。

陸老太太聽到人聲，從樓上走了下來，一見到達夫他們，當然觸景傷情，兩行老淚直往下流。這會兒，映霞他們總算聽見長沙發上的小曼發出了聲；是啜泣聲，但人還是像沒魂似的。

陸老太太自己先坐下，達夫映霞也跟著坐下。

「昨天夜裡接到電報的，小曼她……直到這會兒還不肯相信！整晚沒睡，哭一陣、又笑幾聲，就這麼癲癲狂狂的……就說哭吧，那哪是哭聲！簡直是扯起嗓門嚎著……冤孽喲！」

陸老太太低著聲訴說，小曼不是用耳朵、倒像是用兩隻眼睛，琢磨母親嘴裡吐出的每個字。映霞記不得哪個朋友在一次餐廳的聚會上說，小曼向來不喜歡掩飾內心的感覺，挺任性的，所以那張成熟的面龐上始終帶著一絲稚氣。這會兒望著小曼的眼睛，映霞看到了小曼的稚氣，確實像個懵懂的、但又不失天眞的孩子。志摩大概就喜歡小曼這份懵懂和天眞吧！

志摩的喪禮安排在萬國殯儀館，大廳裡擠滿了來來往往的人，文化界的朋友、志摩教過的學生；輓聯掛滿了，鮮花也擺滿了，從靈堂一直擺到天井裡。輓聯裡最令人矚目的自然是小曼的那一副：

多少前塵成噩夢，五載哀歡，匆匆永訣，天道復奚論，欲死未能因母老；
萬千別恨向誰言，一身愁病，渺渺離魂，人間應不久，遺文編就答君心。

達夫送了兩副輓聯，一副是映霞祖父王二南的弟子陳紫荷代撰的：

新詩傳宇宙，竟爾乘風歸去，同學同庚，老友如君先宿草；
華表托精靈，何當化鶴重來，一生一死，深閨有婦賦招魂。

另一副則是達夫自己撰的：

三卷新詩，廿年舊友，相逢同是天涯，只爲佳人難再得；
一聲何滿，九點齊煙，化鶴重歸華表，應愁高處不勝寒。

兩個月後的一天下午，映霞在四明村小曼家門口按門鈴，開門的還是同一個老媽子。

「郁太太，快請進！」

「謝謝。……太太在吧？」

「在！在！在樓上整理她以前的畫，我這就去通報。荷貞！郁太太來了！快去請太太！」

老媽子邊喊邊引著映霞往客廳裡走。荷貞是小曼多年來的貼身丫頭，當年在娘家就開始跟在身邊的。志摩走了，家裡經濟來源自然成了問題，先前請的廚子、司機、管家都辭退了，只留下老媽子跟荷貞。

樓梯上有腳步聲下來，是小曼的身影。她依舊婀娜，但臉上笑容變得肅穆多了，似乎還透著幾許安詳。

「映霞！怎麼想到我這兒來的？達夫呢？沒一塊兒？」

「他忙得很……一直想來看妳，老是抽不出時間。剛才經過這附近，就順道過來了。抱歉！事先也沒個電話給妳。」

「老朋友還計較這些？怎麼樣？你們近來好嗎？」

「這話該我問妳的，小曼！我們都好，妳呢？這兩個多月……」

「都兩個多月了，我學會了讓自己平靜，少去想、多做點事。」

小曼看來是學會了平靜；說話的語氣和神態比以前穩重成熟，像是變了個人似的。映霞盯著她看，沒接話。

「奇怪是不？我娘跟荷貞她們都說我變了，我自己也覺得不一樣了。重要的就是感覺，我感覺得到自己不一樣了。」

「在家都做些什麼？她們剛才說，妳在房裡整理畫？」

「是啊！以前我說風就是雨，高興了拿起筆就畫，畫了一半有別的事，像是應酬、打牌那些，就把筆一扔，……不怕妳笑，我正在整理的全是沒畫完的畫，有一百多張呢！我盡量琢磨當時的心境跟靈感，打算一張一張補完它。」

「妳……就只打算補完那些畫？」

「不！還有著呢！……畫畫、看書、聽聽留聲機，再就是整理志摩留下來的那麼多手稿，他的日記、詩、散文，另外，我自己也想學著寫詩。」

「還唱戲嗎？」

「不了！這些夠我忙的了！」

映霞聽說小曼喜歡唱戲，還粉墨登場過，現在當然沒那樣的心情，映霞覺得自己問得好多餘。她又盯著小曼看。小曼眞是鉛華洗盡，臉上已完全不見脂粉，髮型從先前的電燙捲曲改成了平平順順，身上穿的衣服也素素淨淨的。

「前幾天我翻出了一堆不合適的衣服，讓她們全拿去送人。」

發覺映霞在自己身上打量，小曼冒出這麼一句。映霞知道小曼所說的「不合適的」，指的幾乎是她從前所有的衣服，花俏的、艷麗的、最新款式的。

「到樓上坐會兒吧！咱們邊聊，我繼續整理那些畫……而且，你們是志摩的好友，在我房間裡，妳會覺得離他近些。」映霞的心被小曼觸動了！她站起身，跟著小曼上樓。

房間裡牆上掛著志摩的一幅照片，是很大幅的；照片底下長長的橫几上，玻璃板下壓著一張宣紙，正楷工工整整地寫著白樂天長恨歌裡的那兩句：「**天長地久有時盡，此恨綿綿無絕期。**」映霞猜想那應該是小曼親手寫的。

橫几上還有一束鮮花。

「艷美的鮮花是志摩的象徵，他是永遠不會凋謝的，所以我從不讓鮮花枯萎，我幾乎每天都換一束。」小曼輕輕撫著花瓣，嘴裡喃喃的。

待會兒回到家裡，映霞一定要把這個下午的心裡觸動，原原本本地告訴達夫。那天達夫參加了志摩喪禮，曾經感慨地說，他希望自己死去的時候也能有一樣大的場面。

經過了這個下午，映霞打算告訴達夫，死後的哀榮固然值得羨慕，但生前和自己心愛的人繾綣綣綣、了無嫌隙，或許才更眞切、更實在。

■第十八章

客廳裡靜悄悄的，茶几上攤著一張紙。

達夫兩隻手無意義、也無意識地來回搓著、捏著，臉上看不出是什麼樣的表情；映霞坐在他對面，一臉的凝重，不時還摸摸她又懷了六七個月身孕的肚子。兩個人這麼對坐已經好一會兒，也沒一句話。達夫雙手都像是搓捏得發燙、發麻了，映霞全身上下也覺得痠痛僵硬。

那張紙上字體比較大的三個字寫在第一行：「悔過書」，接下來另起一行，寫得密密麻麻的。最後一行是下款，字體又比較大，是「郁達夫」三個字。記不清有多少次了。也不知道打從什麼時候開始，夫妻倆嘔氣嘔得兇了，達夫就使出他那一招：故意把腳步聲踩得響響的、大踏著步子往外走、關門聲也故意弄得響響的。那絕對是在向映霞示威；沒說出口的話也一定是「我不跟妳吵了，我出去了，看妳能把我怎麼樣？」

出去多久？不一定，多半是深夜帶著濃濃的酒氣回來；可笑的是，嘔氣吵架的原因經常還是爲了映霞不讓達夫喝酒。

也曾有過好幾次，達夫第二天才回來，裝作沒事人似的，倒頭就睡，或是坐到書桌前開始寫稿。映霞要是實在忍不住了，就跑幾步路到娘家把祖父請過來，逼達夫在祖父面前寫悔過書。達夫對王二南還是很有幾分敬畏的。

那是祖父跟母親住在他們附近的時候，而如今二南和守如都回杭州去了。

映霞突然站了起來，挺著大肚子走到房間，回到客廳的時候，手裡多了一疊紙，還有一個相框，那是祖父的一張生活照。

達夫對那相框當然是眼熟的，映霞一直把祖父的照片擺在梳妝台上；至於那一疊紙，達夫也不陌生，參參差差的、一張疊著一張，絕大部分是達夫平日用的幾種稿紙。達夫何等機伶，他立刻明白了是怎麼回事。

映霞把相框和那疊紙放在茶几上：

「這件事我本來想讓你到房間裡去做的！」

映霞把相框轉了轉，讓達夫正對著相框裡的照片，然後拍了拍那疊紙：

「這些全是你以前當著爹爹面寫的悔過書，我也懶得去數有多少張了！你是聰明人，當然知道我要你做什麼。你現在就面對著爹爹，在今天這張悔過書上再簽一次名！」

達夫乖乖地掏出筆，在先前已經簽好了的名字旁，又簽了一次。爲了表示誠意，他還煞有介事地捧起悔過書，朝相框裡的老人舉了舉，再遞給映霞：

「行了吧？我可是絕對的、百分之百的誠心誠意。」

「但願你是眞的誠心誠意！」

「那就這樣囉！我得進去趕稿子了！明天得交好幾千個字，看樣子又是個通宵！」

達夫站了起來，正準備到書房去，映霞喊住他：「慢一點，還有件事！」

「還有什麼事？我不是又一次向妳爹爹懺悔了嗎？」

「沒錯！就是『又一次』這三個字！」

達夫這回真弄不懂映霞賣的是什麼關子，他滿臉狐疑地又坐了下來。映霞目光緊緊盯著他：

「剛才我說我懶得數你前後寫了多少張悔過書，但那並不表示我真的痲木了！而且正因爲如此，今兒晚上我們得說個明白！」

「說什麼？什麼說個明白？」

「我先問你，前前後後寫了這麼多張悔過書，內容都差不多，格式更是幾乎一樣，因此，大致上你應該記得自己是怎麼寫的、寫些什麼，對不對？」

映霞說的是事實，達夫這些悔過書可以算得上是公式化了；不外乎自己做錯了什麼事，譬如多喝了些酒、不聽勸；譬如嘔氣出門，隔天才回來，讓太太等門擔心。承認錯之後則是信誓旦旦地保證、保證不再犯同樣的錯……但其他的男人寫悔過書不也就是這麼回事嗎？心裡想著這些，達夫回答的聲調也就變得更顯得機械化了：「嗯，大概記得！」

「所以，你覺得寫這樣的悔過書有用嗎？就算寫上一百次、一千次，有用嗎？」

這種直搗核心的問題，達夫連機械式的回答都提不出了，而映霞緊跟著還有別的問題：

「假如你也默認那沒有用，我問你，什麼樣的方式才有用？」

達夫抿著嘴，還是不吭聲，其實正絞盡腦汁繼續猜想，映霞這究竟賣的是什麼關子？今天晚上這陣仗太不尋常了！

「假如你說不上來，我倒有個辦法。」

映霞的語氣是懸疑的，表情卻是堅定的，她所謂的辦法像是已經醞釀了一段時間。達夫不得不好奇了：「別打啞謎了！我說了要寫稿的。」

「好！我這就說。」

映霞定眼看了看達夫，他那模樣好可笑！明明急著想知道謎底，卻又抬出堂堂皇皇的理由，說是要趕稿子！映霞嘴角浮起的輕蔑笑意，讓她自己都覺得意外，什麼時候開始打從心底對達夫有了輕視的感覺？她端正了一下姿態和語氣，像是長官正式開始宣布命令：

「其實跟你這份寫稿的工作，還眞有直接關聯。」

映霞停了一下，清清嗓子：

「請你聽仔細，我已經嫁給了你，第三個孩子都快要生了。除了你之外，這一家等於還有四個人要吃飯、要穿衣，另外再加上一個奶媽，所以，我必須要有足夠的保證。這保證不是靠你悔過書上這些空空洞洞的花言巧語，我要的是實實在在的保證！」

達夫剛才是在打啞謎，這會兒則像是聽出一點名堂了。映霞所要的「保證」，恐怕決不簡單；他心裡更急了，巴不得映霞把話一口氣說完。而映霞卻慢條斯理地、鄭重地宣布她的「辦法」、和她所要的「保證」：

「我給你一點時間，兩天之內，請你把你那些已經出版的、還有簽好約就快出版的書，所有的版權轉給我！」

「這……妳……」

達夫獃住了，他怎麼也猜不到映霞提出這麼一個條件，更想不到映霞嘴裡所說的「保證」竟然是這個！看到達夫張口結舌，映霞內心有著報復的快感，但她是夠冷靜的。在達夫答應這個要求之前，甚至必須說是達夫正式完成動作之前，她不能高興得太早。映霞聽見達夫吐氣般地迸出三個字：「為什麼？」

「我已經說得很明白了，我們大大小小好幾口得吃飯、得穿衣，得應付平常各式各樣的開銷。你動不動就嘔氣離家，就算我不替你的安危設想吧，萬一你出去了不想再回來，我問你，我們往後靠誰？拿什麼過日子？」原來映霞是這麼盤算的，達夫總算明白了。

「好吧！我只能答應你……我會考慮妳提出的要求。」

「我不是不講理的人，剛才我說過了，給你兩天，這包括你考慮的時間在內，包括你寫下書面、完成手續的時間……還有，我要有分量足夠的第三者在場見證；至於是誰，我明天早上告訴你。現在，我把你今天這張悔過書撕了，我要的是一張眞正有用的東西。寫什麼、怎麼寫，你看著辦吧！」接著是撕紙的聲音，映霞還是慢條斯理地，一摺又一摺，撕得粉碎。

達夫被擊倒了，但他寧願相信自己是暫時被擊倒，映霞只是一時氣不過才提出這些要求的。但冷靜想想，又好像不是那麼回事；映霞這一連串的動作和談話，應該是事先準備好的。

不管這些了，趕稿子要緊；達夫終於能再站起來，默默進了書房。

映霞望著達夫背影，長長吁了口氣；眞不容易啊！自己居然挺直了腰桿和身段，不再那麼低姿態了！映霞心裡明白得很，她這一向的低姿態，只是盡力做一個傳統的中國妻子；既然嫁了人、生了孩子，就只能聽天由命、一輩子看丈夫的臉色。但骨子裡，映霞自認是個天之嬌女，也有著一股驕傲之氣，那是她從小在爹爹和母親呵護之下慣養出來的，映霞自己明白得很！

三天後，映霞如願以償了；達夫寫下一份「版權贈與書」，大意是由達夫把他已經出版的、和即將出版的各種集子的版權全部贈與映霞。在場見證並且也簽了名的，有律師徐式昌和北新書局的經理李小峰。這是一九三二年一月初的事。

哪知道，連這麼一張「實實在在」的文書都未必起得了眞正的作用；一個月不到，達夫又故態復萌了，而且還變本加厲。

這一天下午映霞從外面回來，習慣性地把手提袋裡的小錢包放回上了鎖的一個抽屜裡。重新鎖上抽屜之前，下意識順手地翻了翻，竟然發現家裡那張僅有的五百塊錢存款單不見了！這下可不得了！那是省吃儉用、好不容易才攢下來的。依當時的幣值，五百塊錢在一個普通人家來說，不是一筆小數目，那相當於一般市井小民至少兩三個月的薪水。映霞嚇獃了！

冷靜地回過頭，朝房間裡整個掃了一眼，沒什麼異狀。仔細回想，剛才打開那個小抽屜時，確實是用了鑰匙的。再起身檢查房門，然後急步走到客廳，四處巡了一趟；前後門和窗戶都關得好好的，大小家具不像有人動過的樣子，映霞首先排除了小偷闖空門的可能。

達夫沒在家，先前他倒是說了要出去看朋友，大概得晚上才能回來。看看手錶，時間是下午四點多鐘。每天這個時候，奶媽總會帶著三歲多大的陽春到附近散散步，映霞只有等奶媽回來再打聽情況了。奶媽是個老實的鄉下人，平常沒得到允許，連映霞他們的房間都不敢邁進去。絕不會是奶媽動的手腳，那麼……

映霞不願意再往下猜想。她刻意到廚房裡，找些菜洗洗、米也先淘好。她就這麼讓自己忙著。千盼萬盼，奶媽帶著孩子回來了。一進門，陽春衝了過來：

「媽媽！我們今天又到比較遠的那個小公園去了！那裡比較好玩，有很多小孩……下次妳也去，好不好？」

「好！過兩天我跟你們一起去……」

「還有爸爸！我要爸爸抱我盪鞦韆、溜滑梯，像別人爸爸一樣！」

「好！好！爸爸回來我跟他說！……陽春乖，去洗把臉，看你這臉上髒的！骯髒的小孩媽媽不喜歡喲！」

「哦，我知道了！」

陽春伸了伸舌頭，跑開了；奶媽帶著一絲靦腆：「太太！對不住！少爺又弄得髒兮兮的……」

「沒關係！奶媽！男孩子嘛，難免的！」

奶媽的確是個老實人，就拿對孩子的稱呼來說吧，她堅持要喊「少爺」，說那是規矩，不能亂的。映霞這時候急的是那張存款單：

「奶媽！你們是什麼時候去公園的？」

「三點剛過，只要天氣好，我帶少爺出去，都差不多是這時候，前後差不了一刻鐘的！」

「你們出去之前，家裡沒什麼事吧？……我是說，有沒有什麼人來過？」

「沒有呀！」

「那……先生是什麼時候出去的？」

「吃過午飯，一點鐘的光景。」

「先生有沒有說什麼？」

「沒有，就跟平常一樣，只說了一句『我出去了』，然後就走了。是我替他關的門，他沒說什麼別的。」

「呃……好了，沒事了，妳去忙吧！」

「是！太太！……太太！您剛才問這些，是不是家裡怎麼了？」

奶媽老實歸老實，反應倒挺機伶的；她似乎聽出了女主人這些問話代表著不尋常的狀況，但映霞覺得沒必要再說下去。

「沒什麼，妳去忙吧！」

奶媽到廚房裡去了；現在，只能寄望達夫回來把事情弄清楚。

而達夫沒回來。這天晚上、第二天、第三天……他一直沒回來。

就在第二天，映霞跑了一趟錢莊。其實她在去之前，心裡已經有了數，只不過不肯相信、想要證實一下。果然，五百塊錢被達夫提走了。至於爲什麼沒有映霞的圖章，錢莊照樣讓達夫兌了現，映霞沒有追究。她是低著頭、滿心羞憤地走出錢莊的。

好一陣子，映霞私底下託最親的親戚打聽消息；一般朋友面前，甚至奶媽面前，她只能編造理由，說達夫有事到外地去了。十幾天之後，映霞接到表姊張幼青的一封信，說是在杭州閘口江邊看見達夫上了開往桐盧的小火輪；手上也沒提行李，只帶著兩包旱煙。

桐盧?映霞聯想到了富陽，再從富陽聯想到了達夫老家。但達夫不可能是回老家去，至少他在二哥養吾面前就沒法解釋。於是，映霞又聯想到了一個女人。曾經有過小小的流言，說是達夫並沒有眞的辦過離婚；更有一種說法，是他跟家鄉的那個女人還藕斷絲連。映霞寧願不去信這些亂七八糟的傳說，因爲她絕不肯承認自己在五年之後，反倒又輸給那個女人。

但是這回，映霞的想法有點動搖了。那是很不可置信、但卻又油然而生的感覺。那種感覺當然不好，映霞到底還是把它歸諸於荒唐之念了。

又過了十幾天，前後都將近一個月了，達夫終於出現在家門口。

大門打開的時候，映霞只是極其輕微地楞了幾秒鐘，然後又極其輕微地擠出一絲笑容，就像是給外出工作、下班回來的丈夫例行的招呼。而達夫也只是微微點了點頭，但沒有笑容，匆匆走進客廳。

兩個人的沉著與靜默，讓自己、也讓對方都感到難以言喻的驚愕；但這驚愕也還是藏著的。映霞不打算興師問罪，這是她早計畫好了的。映霞曾經在一切想通了之後告訴過自己，一旦達夫回來，要嘛就根本不讓他進門；否則最好先忍著，再慢慢看著辦，反正有的是工夫。

可是，映霞看到達夫居然帶著行李，那是一只傳統式的網籃，而網籃上勾繡著四個字「富陽郁氏」。映霞覺得眼熟，她想起當年在孫百剛家裡剛認識達夫的時候，他就曾經帶過這麼一個網籃。更重要的是，映霞猛然想起那時候的達夫早已成婚。

證據就在眼前，映霞很可以提前興師問罪的，她也幾乎要那麼做了，但終究還是忍住。映霞覺得時機是成熟了，但她還是得再思、而後三思。

晚餐是食不知味的，兩個人都一樣。直等到奶媽帶著孩子睡下了，映霞這才關起房門，盡量壓低嗓子：「這些日子到什麼地方去了？」

「嚴子凌釣台、桐廬……」

「還有呢？」

「……富陽。」

「在富陽住了多久？」

「就……個把星期吧！」

「個把星期？鬼才相信！」

「……」達夫無言以對了，他發覺映霞顯然是有備而來。

「你在富陽這些日子，有沒有想過這兒才是你現在的家？你有沒有想過你現在的妻子、現在的孩子這一個月是怎麼過的？」

「你爲什麼不聲不響地走掉？爲什麼不說你要到哪兒去？爲什麼把我們那僅有的存款提走花掉？」

「你是不是打心眼裡想欺負我，欺負我在你之前沒有過男人，所以，才這麼傻瓜似地讓你兜著耍？」

「我問你，你究竟把我當作什麼？」

「別仗著你是文人、詩人，更別以爲我看不懂得你寫的詩！你說，你的那句『題詩報與朝雲道』，影射的是什麼？」達夫一直頭低低的、目光有點斜斜地看著地面。這會兒他不得不抬起頭，正眼看著映霞。

映霞所指的是達夫那首七律「登杭州南高峰」，詩的後四句是：

香暗時挑閨裡夢，
眼明不吃雨前茶；
題詩報與朝雲道，
玉局參禪興正賒。

映霞是在達夫失蹤的這一個月裡，翻閱他的一些作品時發現這首詩的。映霞讀了許久，才讀出自己極不願意相信的一層涵義，原來達夫把她比作蘇東坡的姬妾「朝雲」。自己成了達夫眼中的姬妾，是可忍，孰不可忍？

……………

就這麼一連串的有問無答，映霞都問得累了。而達夫除了一開始那幾句，從頭到尾沒吭過幾聲。這天夜裡，映霞又徹夜未眠，睜著眼睛看天花板等天亮。丈夫突然失蹤，映霞失眠；丈夫突然回來，映霞還是失眠。第二天，達夫出去了，映霞無意間又發現了達夫的幾篇詩稿，是他這回出走在外面寫的。其中又有一首七律「釣台提壁」，前四句是：

不是尊前愛惜身，
佯狂難免假成眞；
曾因酒醉鞭名馬，
生怕情多累美人。

有了解讀前面一首的經驗，映霞變得敏感極了，她非常仔細地琢磨詩句裡的意思。過了好一會兒，映霞有點歇斯底里地冷笑了幾聲，因為她明白了！這算是什麼詞兒？又一次，達夫把映霞貶得那麼低，把自己抬得那麼高。

映霞仍帶著歇斯底里的冷笑。哼！你喝醉瞎了眼、發酒瘋鞭打良駒也就罷了，憑什麼那麼托大地自以為是個情聖？以為你可以到處留情、卻又生怕你的濫情會害苦了我？你後悔對我濫情了嗎？還是可憐我這個被你那濫情套牢的女人？就算是吧！可是這個女人早已經是你的妻子，是你三個孩子的母親！你到頭來還寫這麼一句「生怕情多累美人」，不怕遭到天打雷劈？

但女人的心腸畢竟是軟的，尤其當映霞警覺到這第三個孩子就要生了，再一次，她把一切的忿恨都嚥了下去，只給母親寫了封信，吐了吐苦水與委屈。

三月十七日，映霞生了個男孩。照第一個兒子的先例，取個單名「雲」，小名叫「殿春」。生命像是潮汐，有漲有落；億萬年來任誰也排拒不得、阻撓不了。一代接著一代，生命交替著；嬰兒來了，老人走了。

殿春還沒滿月，杭州傳來噩耗，王二南腦溢血倒床不起。映霞和達夫連忙趕去，只來得及給老人家送終。從小不怎麼愛哭的映霞，跪在爹爹靈前，這回流了不知多少眼淚。實的是外祖父、論名分又是祖父，從小到大，從丫頭片子到身為人母，映霞感覺上一天也沒離開過最疼愛他的爹爹。這會兒只能紅腫著眼睛，在心裡一聲聲喊著爹爹；偶爾抬起頭，轉過眼，觸到的是母親那雙哭得更紅更腫的水泡眼。

劉懷瑜從杭州到上海來了，當年女子師範最要好的同學、少女時代無話不談的手帕交，乍一見面，反倒不知從何開口了。尤其是映霞，敘舊嘛，那屬於少女的日子已然遙遠；而闊別多年，自己如今的境遇，又有什麼值得提？懷瑜投宿的惠中旅館的房間裡，兩個人默默對望了好一陣子。懷瑜先打開話匣子：

「我們有一整夜的時間慢慢聊。我先問妳，這麼晚了還出來，又不打算回去，達夫他……不生氣啊？」

「我說了要來看妳嘛！老同學難得一聚，他有什麼好生氣的？……跟他約好明天來找我們，請妳吃早點。」

「先謝了！……達夫很忙吧？報上常看到他的消息。」

「還不就是寫文章、編雜誌；有時候被請到學校裡演講。」

「沒錯！名人就是這樣身不由己。告訴妳，現在學校裡的學生跟我們以前比起來，也差不了多少，還是發瘋似地崇拜偶像，尤其是作家！半年前徐志摩摔飛機的事……說起來妳不會相信，居然還有個女學生替他戴孝！」

懷瑜後來進了中國公學深造，畢業後回到母校杭州女師教書。想起當年在學校裡的歲月，映霞心裡像是打翻了五味架，說不出究竟是什麼感覺。至少有一件事是鐫刻在她心底，永遠褪不了色的，她偷偷讀了達夫的那本成名作《沉淪》。多久遠的事了！

「妳和達夫還那麼如膠似漆嗎？還是已經膩了？」

懷瑜是沒什麼心眼的人，尤其對映霞。她的快言快語只說明了一件事：當年的情分絲毫未減。映霞感動了，也感傷了；因爲懷瑜問的話刺到了她痛處。

面對著這麼一位老同學，映霞無從隱瞞；但近幾年來這麼多的傷痛，卻也不是三言兩語就交代得清楚的。映霞大致說了一些，眼眶裡是只能在老同學面前才滲得出的淚水。

「妳信嗎？先前的不算，我都替他生了三個孩子了！他還是不成熟得讓人咬牙切齒……有時候我眞懷疑是自己上輩子欠他的！」

「要不是聽妳自己說起這些，我說什麼也不肯相信。想當年，他追妳時候的那份癡迷、那份執著，我們同學當中，哪個不羨慕妳？……老實告訴妳吧！前一陣子我聽說……」懷瑜頓住了，似乎在猶豫該不該往下說。映霞哀怨的眼神裡泛起了一些問號，她在等懷瑜說出她聽說的事，那八成跟自己有關。

「我眞是聽說的，沒有親眼看到……有人在報上看到消息，說妳跟他在鬧離婚……」

「哦？有這回事？」

「哎呀！反正是道聽塗說嘛，妳就別放在心上了！」

懷瑜有點後悔說了出來，映霞倒是心知肚明。達夫那麼多次的精采演出，說不準哪個圈內的人知道了，把事情張揚出去，再加油添醋的。說他們「正在鬧離婚」，這已經是夠客氣、夠含蓄的了！

這天夜裡，映霞果眞睡在惠中旅館。兩個人秉燭夜談，大約四點鐘吧，才迷迷糊糊地睡去。

第二天一早，有人敲房門，懷瑜起身披了一件外衣。打開房門，是達夫。

「早啊！達夫！我們還在睡呢！」

「該起床啦！再晚了，就吃不到早點了！」

「是啊……要不要進來坐會兒？」

「不了，我還是到樓下等妳們。」

達夫正要轉身，映霞也醒了，她顯然睡得比懷瑜要沉些。懷瑜走回床邊，俯下身子拍拍映霞的面頰：「人家準時來請咱們吃早點了，快起來吧！」說著用手拂開映霞垂在額上的頭髮。達夫看在眼裡，臉上有一絲很奇怪的表情。

「我先下樓了！」說完回身就走。

早點吃了將近一個鐘頭，達夫只顧著吃，而且吃得很快；從頭到尾一句話也沒說，一會兒看看懷瑜，一會兒看看映霞，臉上還是那股奇怪的表情。逛了街、又一起吃了午飯。慢慢的，達夫變得沒什麼表情，但也沒什麼不對勁。

傍晚和懷瑜分了手，兩人叫了一部車子回家。映霞在家門口下了車，達夫卻坐著原車走了。他特地把頭伸出窗外，招招手：「再見了！」

汽車揚長而去，映霞一頭霧水。

這是達夫又一次的出走，半個月後他回來了。他在這期間寫過一封信，告訴映霞他是「負氣出走」的。原因是他受不了映霞和懷瑜之間的親暱，他說他瞧不起「兩個搞同性戀的女人」。

無語問蒼天啊！映霞那早已碎過無數次的一顆心，再一次被重重地劃上一刀！

■第十九章

郁達夫家的客廳裡變了個樣，重新粉刷布置過，也添了一些蠻有品味的擺設。看上去很雅致，感覺上比原來亮眼多了。

這些都是映霞張羅的，爲的是在這兒招待愈來愈多的朋友。

映霞刻意想要改變自己，目的是讓日子過得快活些，而這得從生活圈子的擴大做起。學生時代，映霞雖然不特別活躍，但喜歡交朋友，在同學之中人緣算是挺不錯的。結婚之後，甚至應該說自從掉進達夫鋪設的情網之後，映霞的生活圈子一下子緊縮了。這似乎是許多女孩子都會有的轉變，尤其當時他們的戀情不被大多數人諒解與接受。而現在映霞要轉變回去，她要把幾近閉鎖的門戶打開，接納丈夫和孩子以外的人。映霞恢復了和自己同學朋友的交往，甚至進入達夫的世界，從他那兒結交新的朋友。

這一天是週末，映霞約了幾個朋友到家裡吃飯、打麻將。這些人是達夫的同好，都喜歡舞文弄墨，在文壇上也都頗有名氣。沈從文陪著丁玲先到了。一進客廳，映霞就衝著從文打趣：

「怎麼？今天輪到你護花啦？」

「是啊！蓬子有事，他大概是缺席定了。」

「沒關係，反正不差他一個，牌搭子有的是……欸，丁玲！妳今天打算攤多少晚餐的開銷？」映霞指的是上一回的牌局，丁玲輸得好慘，而映霞是一吃三。

丁玲微胖的身軀在沙發上移了移：

「妳啊！先別把話說滿，今天我可是存心來復仇的，我要連本帶利從妳這兒要回來！」

「好！我就等著看妳再輸個精光！」

「咱們走著瞧！」

「哈哈……」

三個人都笑了，丁玲這會兒看見茶几上果盒裡的核桃糕和花生糖，大聲叫了起來：

「映霞，妳是存心不讓我瘦下去，是不是？瞧這些乾果，全是吃了發胖的玩藝兒！」說著抓起一塊核桃糕就往嘴裡送，沈從文搖搖頭：「唉！映霞！妳還眞冤……下回啊，什麼都別替她準備，連晚餐都只一盤炒飯，看她怎麼說！」丁玲白了沈從文一眼，不理他，邊在果盒裡繼續搜尋著，邊問映霞：

「廚房裡都忙完啦？要不要我幫妳什麼？」

「不用了。都差不多了，我這人可是急性子，該準備的都早就準備了！」

「那好。我帶了份資料來，要跟達夫討教……欸，達夫呢？怎麼沒看見他人？」

「買酒去了……其實我眞不懂，約你們來是打牌；酒一喝下去，這牌還怎麼打？」

「好了，映霞！就隨他吧，少說幾句，免得彼此又鬧得不愉快……從文！你跟映霞聊，我先把這資料再翻一下……映霞，達夫的書房借用一會兒！」

「妳就請吧！還客氣什麼？」丁玲進書房去了。

丁玲是姚蓬子介紹認識的。映霞記得，丁玲第一次來他們家裡的時候很生分，沒說上幾句話，連在牌桌上和餐桌上都很沉默。後來熟了，映霞發現丁玲非常健談，也很風趣。丁玲每次來，陪著她的不是姚蓬子就是沈從文。

映霞抬頭看了看自鳴鐘，四點半。她盤算著：這一夥人到齊了之後，大概能先打上四圈，然後吃飯、然後接著打，每回差不多都這樣。讓自己先喘口氣吧！打從中午過後就忙著，沒歇過；但她喜歡這麼忙著，任憑一群群朋友把笑聲帶進自己客廳，也把熱鬧感染給這原本冷漠的家。

看到映霞在沉思，沈從文謹愼地找了一句關懷的話：「達夫近來……還正常嗎？」

「還好……我是不再奢求什麼了。我總在想，我的奢求在他來說就是苛求。彼此讓著、忍著，也許可以相安無事，日子也可以過得比較平靜些。」

「也許我不該說，但我對達夫有著一份很特殊的關心。……那一年，我潦倒得連吃飯的錢都沒有，達夫帶我去見志摩，就靠著志摩跟《晨報》的關係，我的文章才慢慢被採用……」

「我知道這段經過。所以，我一直不把你當外人，也不把你當一般朋友。從文，我眞希望你對達夫能有些正面的影響；我是說在生活上、在爲人上……尤其是對家裡。」

「我倒有一種看法，或許達夫某些行爲跟常人有點不同，可是他也有讓人同情的地方。無論朋友、家人，都得從不同的角度去瞭解他、體諒他。」

「我知道，我看過你的那篇文章。」

映霞指的是從文在一九三一年寫的〈論中國創作小說〉，裡面有一段對達夫的評價：「郁達夫這個名字從《創造週報》上出現，不久以後成爲所有年輕人最熟悉的名字了。人人都覺得達夫是個可憐的人，是個朋友，因爲人人都可以從他的作品中，發現自己的模樣。」

映霞想了想，然後把自己這一段日子以來所悟到的看法說了出來：

「基本上我認爲，達夫大概從小就孤獨慣了，養成了他孤僻的個性，連最該活潑的青少年時代都沒開朗過！」

「這點我同意，我看得出來。」

「然後，他在日本一待就是十年……不知道你是否看過他寫的《血淚》？他自己承認，在異鄉飄泊了十年，他的個性差不多全變了……在我認爲，這兩個階段的環境讓他養成了一種苦悶的、而又頹廢的性格，使他不習慣有規律的家庭生活。你不覺得嗎？」

「……嗯，妳分析得有道理。」

「所以，到了某個時候，他會想恢復一下他的幻想，於是他無聲無息地出走了。但也不會走得太久、太遠，過不久自己也就會回來。」

「嗯……沒想到妳研究得如此透徹。」

「不研究透徹不行啊。從文，你不會瞭解，任何人都無法體會做郁達夫妻子的心境。老實說，光是應付他這種動不動就出走的舉動，已經讓我筋疲力盡了！」

映霞苦笑了一下，從文不知道該怎麼接詞，是從文帶出這段對話的，他覺得有點歉疚。映霞沒有察覺，她繼續像是在自言自語，目光沒有焦點，只是漂浮在無盡的遠處：

「有時候我想……假如我只是個傳統的中國妻子，懂得逆來順受，也許自己反而好過，也不會老是拿他這種性格做計較。但不管怎麼說，我是活在這個年代，受過一些新式教育，我必須承認，叫我裝聾作啞，是辦不到的！」

「可是你還是一再原諒他！映霞，這恐怕就是問題的關鍵。妳的不計較，或許正是達夫潛意識裡一再出走的藉口。」

「我原諒的動機是他的病態，是他那並不太健康的身體，甚至是太在乎他的才華。再說，不原諒行嗎？不原諒又能怎麼辦？我不能讓這個家毀掉啊！」映霞愈說愈激動，她突然覺得自己必須就此打住。身為主人，邀了朋友來家裡作客，談這些是很不得體的。

就在這個時候，門外有笑聲傳來。

「哈哈……恐怕全世界都沒有過這麼短距離的搭便車紀錄，十公尺不到！哈哈……洵美，這我得找機會寫上一筆！」

「寫吧！別忘了寫之前先拿尺好好量量。我覺得至少有十二公尺！」

「哈哈……」

是達夫和邵洵美，邊說邊笑進到屋子裡，映霞很自然地站了起來。達夫把買回來的兩瓶酒交給映霞，招呼都沒來得及打，立刻得意地朝從文肩膀上猛的一拍：

「告訴你新鮮事！洵美照例開著他那拉風的車子，我呢，拎著兩瓶酒正在人行道上逍遙自在。我瞧見了他，他也瞧見了我，離門口就那麼幾步路了，他非把車子停下來不可，還非把我拉上車不可，哈哈……」

「人家是禮貌嘛！欸，你是不是嫌這一點乾癮過得不夠？」

三個人笑成了一堆；映霞剛才的情緒被這笑聲抹掉了：「坐呀，洵美！我到廚房去！」

說著把酒放在餐桌上，閃身走開了。

人家都說邵洵美是最富有的文人，但那可不是靠稿費發財的。稿費不可能讓人發財，洵美是娶了個富家女。這都是命。映霞不羨慕有錢人，她只希望自己在精神上不那麼貧乏。而以一個自認爲天之驕女的少婦來說，某些方面她是太貧乏了……。

甩甩頭，把思緒甩開，得準備做菜了。

撇開日常生活的瑣事不說，對於比較重要的事情，映霞和達夫之間能夠完全有同樣想法的還眞不多，而把家搬到杭州去，是其中之一。

兩個人的這個想法已經有一段時間了，也商量過幾次，終於做了決定。

這天傍晚，映霞在孫百剛家裡；她把遷居杭州的事說了，孫師母先露出不捨的樣子：

「映霞，眞的決定了嗎？」

「決定了！」

「唉，叫我說什麼呢？捨不得妳是一回事，但也有別的正經理由嘛。你們在上海住得好好的，這兒的朋友多，無論交際、寫作，對達夫來說，整個工作環境也比較有利……」

「太太，妳就少說兩句吧。映霞不是當年的小姑娘啦，都已經是三個孩子的母親了！要是能在上海繼續住下去，她怎麼會有搬到杭州去的念頭呢？我相信映霞是經過深思熟慮的。」

「我知道！可是我這麼說也沒錯嘛。上海熱鬧，映霞他們還年輕，幹嘛窩到杭州去啊！那兒風景是美，可只能是去玩，要說長住嘛，那只有老頭老太太才會往那兒想……好好好！我不說了。我到廚房去，映霞！留下來吃飯……妳要眞搬到杭州去，以後見面的機會可就少了！」

孫師母朝丈夫噘了噘嘴，「哼」的一聲走開了。映霞不自覺地笑了，這對夫婦年紀差了一大截，也難怪孫師母在丈夫面前可以放膽撒嬌，不怕旁人笑話她。可是映霞自己不也跟達夫差十幾歲嗎？映霞怎麼從來沒有過那種感覺和意念？正想著，孫百剛輕輕喊著她：

「映霞！妳跟我說老實話，是不是手頭緊了、覺得住上海的開銷太大？」

「孫伯伯！您是長輩，一向又那麼疼我，我怎能不對您說實話？……您說得一點也不錯，最近家裡是很緊，這兩年達夫小說的銷路差多了！從前情況不錯的時候存下來的錢，已經貼得所剩無幾。我想，再待在上海，經濟上早晚要出問題！所以……」

「我倒十分贊成你們搬到杭州去。上海的生活程度太高了！杭州就低得多，恐怕要低上一半！而且說一句偏著妳的話，說不定到了杭州，達夫的心能定下來……妳明白我指的是什麼！」

「我懂！孫伯伯，我懂！……打從那一年跟著您和師母到上海來，這麼多年了，您一直把我當作親姪女兒般看待……倒是我覺得慚愧，達夫跟我是在您這兒認識的，這些年來，我們沒能像您所期盼的，我是說，我……我沒處理好跟達夫之間的感情……」

「妳別這麼自責，雖然你們婚後不常走動，但妳孫師母跟我都看得出來，是妳受委屈了！」

「孫伯伯……」

映霞覺得鼻頭一陣酸，祖父過世之後，除了母親，映霞沒有一位長輩像孫伯伯這麼親的了。她心頭又湧上另一層慚愧，孫伯伯說的，自己這些年在孫家的走動眞是太少了。

「好了，妳也別難過了！到杭州之後重新開始，達夫應該不是個粗枝大葉的人，否則他也寫不出那麼多好文章。我想，隨著年歲增長，他會醒悟的！而且，妳母親在杭州，也多個照應……對了！靜子怎麼安排？是把她留在淞江，還是……」

「就留在那兒吧。當初送過去的時候，就沒打算要抱回來……」

也許沒緣分吧，女兒靜子一直得不到父親的寵愛。三歲的時候從外婆那兒接回來，沒多久，達夫堅持要把靜子送走，送給人養。映霞起先不肯，卻拗不過達夫的堅持，只好送到淞江一個褓母那兒，說是長期託褓母帶著，但映霞心裡明白，達夫根本不想要這個女兒。

孫百剛沉吟了一會兒。他雖然疼愛映霞，但畢竟不是親人，縱使關心，有些事還是只能點到爲止。他深深地看了映霞一眼：「搬家的日子決定了沒有？」

「就這個月底吧！過兩天得開始整理東西了。」

「上海到杭州不過四個鐘頭的火車，我的老家還在那兒，我跟妳孫師母會常回去看你們，就當作去旅行……她說得對，杭州挺適合老頭子的！」

映霞點點頭，她聽見孫師母在廚房裡喊：「百剛，準備吃飯啦！」

一九三三年四月底，夫妻兩帶著兩個兒子，還跟著一個奶媽，細雨紛飛之中在上海北站上了車。一路上雨一直下著。望著車窗外，映霞心裡默禱，希望這場雨並不是此後定居杭州卻晦暗依舊的徵兆，而是能夠洗刷掉一切不順遂的甘霖。

到杭州一個月後，映霞產下了第三個兒子郁亮，小名耀春。

濟南院西大街的一家飯館裡，五歲大的陽春烏溜溜的一雙眼睛睜得好大，使勁拽著達夫的手：「爸爸！我不要，我不要看你們挑魚，走了啦！」

「陽春乖！一會兒就好，等爸爸跟李叔叔把魚挑好了，就帶你到隔壁買糖葫蘆！」

達夫一臉無奈的樣子，望著身旁的李俊民苦笑。

「先生！您就帶他去買糖葫蘆吧，魚我來挑好了！」

「也好，看來我沒福氣享受挑魚的樂趣，就只能等著吃了！走！陽春，我們買糖葫蘆去！」

達夫牽著陽春到隔壁去了。那是剛才進這家館子之前，看到賣糖葫蘆的；陽春當然吵著要買。但達夫跟映霞都哄他，答應他吃過飯再買，其實是怕陽春吃了幾粒糖葫蘆，飯就不想吃了。坐定之後，陽春卻耍賴皮，非要先買不可，達夫就依了他，順便跟俊民一起到門口的小池子裡挑鯉魚。

照俊民的說法，濟南有三道名菜是絕不能錯過的。第一道就是洛口供應的黃河鯉魚，鮮嫩極了，而且饕客們自己從小池子裡挑魚，樂趣無窮；第二道是大明湖的特產蒲菜，只取菜心煮湯，清新可口；第三道是小清河兩側種出的粳米，這種稻米青而發黑，是山泉水灌溉出來的，味道非常清香。

鯉魚挑好了，達夫也帶著陽春回來了。陽春手裡拿著一串糖葫蘆，小嘴舔呀舔的，一臉饞相，邊舔邊走回座位上，逗得四個大人都笑了。

映霞右手食指輕輕戳著陽春的小腦袋：

「看你饞的！待會兒這麼多好菜吃不下，連晚飯都罰你不准吃！」

陽春習慣性地伸伸舌頭，舌頭紅紅的，沾滿了糖粉。

達夫眼裡看著最疼愛的大兒子，心裡卻在想著上午看到的那三處山泉：

「俊民！人生在世不過幾十年，一切都會成爲過去的。你看那黑虎泉，當年黝黑發亮的虎頭，若干年後破損了，不再發亮了，剩下難以辨認的一堆碎黑石，虎口噴出的泉水，早在那碎黑石上鋪滿了青苔。再說後來在下面又添的三個虎頭吧，也已經老朽了。所以啊！世間事，實在沒什麼好認眞的，更沒什麼好計較的。你說是不是？」

「您說得是，先生！」

俊民是達夫教過的學生，對達夫恭敬得很。映霞聽了達夫這一番感嘆，心裡泛起了難以形容的滋味，達夫指的是什麼？他的有感而發，是衝著映霞來的嗎？人跟人之間有了芥蒂，總會變得格外敏感，有時還神經兮兮的；映霞覺得自己早已經變得神經兮兮的了，雖然這一陣子家裡還算平靜，這次的避暑之旅也挺愜意的。

「說起那三處山泉……先生！師母！我和蓁子都覺得過意不去。您事前沒通知我們，在濟南又只停留這一天一夜，我們都不知道該怎麼安排……」

「行啦！俊民，我就是不願意多打擾你們。而且，光是這一上午看的就夠我們回味好一陣子的了。尤其是千佛山，登上高崗之後所感覺到的那氣勢……當我遠眺華山、鵲山，中間是黃河大鐵橋，才眞正體會到『黃河入海流』這五個簡簡單單的字，爲什麼會成爲千古的佳句了！」

「下午還要帶您去遊大明湖呢！從那兒，您又可以看到千佛山在湖面的倒影！」

「哦？我有點等不及了！哈哈……」

從頭到尾，達夫說話時的語氣和表情跟他年齡並不相仿，平常也絕對看不到。映霞突然覺得達夫變得如此老氣橫秋，連他這個做妻子的都不認識了！

大概是在學生面前，達夫下意識的做作吧。映霞搖搖頭，笑了。傍晚五點，映霞達夫帶著陽春，在俊民和他的妻子汪蓁子的相送之下，來到津浦車站；下一站是北京。

夜快車上，映霞望著窗外的一片漆黑，長久以來未曾有過的一股快樂湧上心頭。憑良心說，這趟出來旅行，是相當愉快的。只帶著陽春，把兩個小的留在杭州讓母親照顧，更是明智的做法，映霞可以盡情享受這難得的旅行。

第一站的青島待了整整一個月，多半的時間是在海灘上度過的。游泳游累了，躺在沙灘上睡上一覺，聽憑海風把自己拂個清爽乾淨。映霞試著忘卻所有所有的俗念，過濾之後，讓自己的靈魂不知是沉澱還是昇華，總之，絕不再屬於這擾人的塵囂。

達夫並沒有時時刻刻陪著映霞，除了避暑度假，他還利用這趟旅行買書看書寫作，甚至還做了幾場演講。是誰曾經在映霞耳旁說過，「名人常常是身不由己的」？對了！是懷瑜。

懷瑜，這個最知心的朋友，又是好久沒見了。想到懷瑜，映霞很自然地想起那回達夫對她們倆莫名其妙的誤會和誣衊。事後，達夫還寫了一篇中篇小說《她是一個弱女子》，描寫女同性戀的故事，由於內容和文字被認爲過於不妥而遭到查禁。有人因而批評，達夫憑自己想像的框子寫作，把文學作品當作自己的思想圖解，連達夫本人都承認那是他最失敗的一篇創作。

儘管這趟避暑之旅再怎麼愜意，映霞內心深處還是有著濃濃的、抹不去的一大片陰影。她發現自己並不肯那麼輕易地原諒達夫。

車窗外還是一片漆黑，映霞聽見達夫微微的酣聲，以及陽春幾句分辨不出是什麼的夢囈。遊北京自然要把北戴河盤算進去；陪著映霞和達夫的，是不久前從上海轉來北京工作的孫百剛，映霞最高興不過了。他們是從北京搭夜快車到北戴河的，抵達的時候是早晨七點多。畢竟是個避暑勝地，大熱天裡，居然感覺得到一絲涼意。

「映霞！妳跟陽春都得披件外套，當心著涼！」

在孫百剛眼裡，映霞永遠是讓他心疼的一個女孩；一下車，他就叮嚀著映霞，映霞也乖乖地給陽春和自己加上外衣，又順手遞給達夫一件。火車直接開到海濱，住進了鐵路賓館，吃過早餐，立刻出發，準備把北戴河幾處勝地痛痛快快走上一圈。

「驢子租好了，達夫！陽春跟著你，映霞、我，一共三匹。」

孫百剛像是識途老馬，忙著張羅；陽春跟他挺親的：

「媽媽，我不要跟爸爸，我要跟叔爺爺騎一匹。」

「陽春聽話，去跟著爸爸，別纏你叔爺爺！」

映霞拿目光暗示陽春。小傢伙懂了，他走到達夫跟前，乖乖地讓達夫把他抱上驢背。達夫仔細檢查了一下，確定陽春坐穩了，這才繞到驢子左邊，跨了上去。

這邊，映霞和孫百剛一人騎上了一匹，驢子頸上的鈴鐺叮叮噹噹響著。

孫伯伯！怎麼這些遊客跟我們一樣、全騎著驢子？」

「妳仔細回想一下，從剛才下火車到現在，妳見過一輛汽車嗎？」

映霞仔細想了一下，果眞沒見到。她好奇了：

「欸！好像眞的沒有，一輛也沒有……孫伯伯，這是爲什麼？」

「北戴河海邊這一帶的別墅，住的都是些達官貴人，有中國人、也有外國人。這些人不願意汽車這玩藝兒干擾他們的生活。所以，這兒是禁止汽車出入的。一般遊客只好租驢子了！」

「嗯，有意思。孫伯伯，這就叫做『反璞歸眞』！其實，是有這個必要，這能讓整個地方乾乾淨淨，也安安靜靜的。」

「是啊！要是有時間，最好到海濱走走。在那兒妳會發現，除了潮汐衝上岸邊拍打的聲響之外，你能聽見的就只有偶爾的風聲，再就是樹林間小鳥的叫聲。」

「眞的？我等不及要體會那份安詳了！」

「趕緊抓住這份妳需要的安詳吧！欸？咱們顧著說話，連這驢子的腳步都放慢了。快跟上去！人家達夫那匹驢子還駝著兩個人吶！」

故都北京的景緻和避暑勝地的青島有著極大的不同，讓人留連的絕大多數是各式各樣的前朝建築，那都是人造出來的，就算是庭園也不例外。不像青島，或是其他有著秀麗山川的名勝，多半的景點全來自大自然。建築是藝術的一種，可是不記得哪位藝術大師說過，藝術其實是不分人爲的或是自然的，只要跟「美」扯得上邊的，都應該屬於藝術的範疇。而即使是人爲的，譬如繪畫、雕刻，乃至文學，不也有太多太多是人們取材於大自然的嗎？
想到文學，映霞無奈地笑了。到了北京之後，達夫不像是來度假。正因爲故都是屬於人文的天地，達夫一頭栽了進去，拜訪友人、參加應酬，甚至又忙著買書、作筆記、寫文章，也居然還有不少演講、開會的場合。對於這些事，映霞是興趣缺缺的。就像在上海或是杭州一樣，她盡量配合達夫，但多半時候寧願自己待在旅館，或是到熱鬧的地方走走。

八月二十五日，抵達北京的第十二天，接到映霞母親的一封電報，他們的小兒子耀春得了急症，病情相當嚴重。經過商量和安排，第二天，映霞帶著陽春匆匆趕上南下的火車；達夫留在北京繼續他推辭不掉的一些行程。

火車汽笛聲響起的時候，映霞眼眶一濕，淚水忍不住地流了下來。自從嫁給了達夫，這些年下來，那麼多的坎坷，映霞都能咬緊牙關硬撐過來，她絕少以眼淚表達對命運的抗議，她是個好強的女人。但這一回，映霞當著滿車廂旅客的面前哭了。她哭的除了是爲小兒子的病，也是爲那無法形容、更無處可訴的重重逆境。尤其讓她徬徨傷悲的是，她永遠要獨自承受這一切。

隔著車窗，達夫朝映霞揮揮手，臉上也寫著焦急與悲戚。映霞心裡雖然對達夫堅持在北京多留幾天而非常不諒解，卻也感受得到達夫的爲難。她只能抓起陽春的小手，一起無力地揮著。

達夫！你得趕快回來！孩子、我，我們都需要你！映霞在心裡喊著；對於任何一種的悲痛，她是壓抑慣了的，她一直只能在心裡吶喊。

耀春得的是腦膜炎，雖然請了小兒科的名醫錢潮細心診治，但杭州醫療水準落伍，連磺胺之類的藥品都買不到，更別說是抗生素了。達夫是趕回來了，但也只能陪著映霞愁眉苦臉。

孩子從一生下來就挺結實，體碩身健，長得尤其可愛，一雙耳垂特別長，人人都說是富貴長壽命，誰知道竟然遭到天妒？病得這麼重，卻不哭也不鬧，乖得讓人更加倍心疼。映霞和達夫眼睜睜地看著這麼一個惹人憐的小生命被慘酷地奪去，前後不到一個月。

當名醫束手無策、爲爹爲娘的也只能就此認命的時候，達夫做主，把垂危的孩子帶回老家富陽，打算把他葬在祖墳上。

耀春只活了兩歲；達夫爲這夭折的么兒寫了六首詩，其中兩首是：

贏博之間土已陳，千秋亭畔草如茵；
虛堂月落星繁夜，泚筆爲文記耀春。

魂魄何由入夢來，玉色細齒耳垂長；
九泉怕有人欺侮，埋近先塋爲樹槐。

■第二十章

孫百剛結束了北京的工作，他選擇回到老家杭州定居。這一來，百剛夫婦跟映霞又有機會常見面了。

這一天，映霞在孫家客廳裡正跟孫師母聊著的時候，來了一位客人，是百剛的朋友；孫師母把他從門外引進來的時候，映霞一張臉突然漲紅了。孫師母沒注意到，她招呼著客人：

「您坐一會兒，百剛在後院伺候他新養的那些蘭花，我去喊他！……映霞，這位是沈季康先生！」

「……孫太太！我跟王女士見過。」

「哦？」孫師母沒有追問，到後院去了。

映霞的臉這會兒不紅了，但沒開口說話，只是朝沈季康微微點了個頭。沈季康也點點頭，同樣沒說話。兩個人都有點不自在，映霞尤其覺得侷促不安。

那是將近十年前，映霞還跟著祖父和母親住在杭州的時候，沈季康託人向王二南提過親，王二南認爲映霞還年輕，談婚事太早了些，回絕了人家。

百剛的腳步聲替映霞解了圍。他進到客廳裡，邊把身上穿的一件工作圍裙脫掉，邊打哈哈：

「……抱歉抱歉！我正在照顧那些盆蘭花，朋友剛送的，我得好好跟它們打打交道。欸，季康啊！我太太說妳跟映霞認識？」

「欸……是啊，許多年前見過幾面。」

「既然認識，那我就不用介紹了。映霞！沈季康先生現在是浙江省救濟院總務部門的主管，很能幹的！」

「沈先生，失敬了！」

「不敢不敢！……聽說王女士跟郁達夫先生已經回杭州來了？」

「是啊！都兩年了。」

這就是名人之累，嫁給了郁達夫，妳就跟著成名，跟著被注意，成爲公衆人物。映霞當然早就習慣了，但面對著這麼一位當年向王家提過親的人，提起自己跟現在丈夫的事，總還是有著一份不自然。氣氛漸漸舒緩了。閒談中，沈季康客套地問起映霞的住處。

「我跟達夫從上海搬來，就一直住在大學路場官弄，是租的房子。」

「場官弄？這還眞巧！百剛兄，眼前我正在整理我們院裡的財產，場官弄裡有一塊空地是我們的，荒廢多時，很想處理掉。」

「哦？」

百剛的眼睛一亮，看了映霞一眼；映霞也有點驚奇，眼睛也是一亮。

「季康！那塊空地上是不是有一間破屋子？」

「沒錯！您知道那塊空地？」

「映霞他們就住在那塊空地旁邊！」

還眞是巧！就在上個月，映霞跟百剛提起，達夫跟她都看中了那塊閒置的空地；他們打聽過，但沒打聽出地主是誰。映霞心裡打的算盤是，結婚這些年來，花在房租上的費用眞是可惜，那像是按月把錢丟進水裡，換來的只不過是個自己暫時住在裡頭，卻永遠屬於別人的窩。租房子總是讓人覺得自己像是沒有根的浮萍。映霞有了買房子的念頭，而達夫也不反對。

但買房子談何容易？地點、大小、價格、房齡……太多的問題都得顧到。在醞釀的過程中，他們也考慮過買塊地自己鳩工蓋房子，聽說這樣比較省，蓋出來的房子也合自己的意。而場官弄裡那塊空地自然是第一個選擇，除了附近的環境已經熟悉了之外，主要還因爲那塊地不怎麼大，雖然是長方形的，面積卻挺適中。這時候，百剛在敲邊鼓了：

「季康！這大概是註定了的！妳猜怎麼著？映霞他們想買下那塊地！」

「哦？眞的嗎？」

「當然眞的，他們想買下來自己蓋間房子……所以，你們院裡是不是可以考慮盡快把它處理掉？我的意思是，事實上是你在負責，只要沒有人反對，買主這兒絕對靠得住，我可以擔保！」

「百剛兄，院產的全面整理，我只是負責規劃。決定權還是在上面……」

「這我了解，但是你負責規劃，也必定有相當的建議權。你這邊加把勁，只要價錢對雙方都合理，事情應該不難辦成。」

「好！讓我試試看。有您這層關係，王女士的事，我理當盡點力。」

說完看了映霞一眼，映霞不自覺地低下頭：「謝謝……」

事情有了眉目，映霞是最高興的。在杭州的這兩年，達夫雖然還是偶爾出些狀況，但比起以前已經好了許多。映霞的心情比較平靜、情緒也比較穩定，連夫妻倆的感情似乎也改善了。如果買地蓋房子的事情能夠順利完成，那不但是一件喜事，或許還是婚姻邁向坦途的一個重要轉折。

幾天後，對方有了回音，希望能夠用交換的方式，由買主提供三十畝的山坡地，交換這塊一畝多的建地。沈季康知道映霞他們在這方面毫無經驗，還主動替他們找了塊山坡地，價錢是一千七百塊。就這樣，開始把兩頭的買賣和交換手續辦妥，也簽了契約。一九三五年六月底，達夫和映霞成了這塊地的主人，接下來就是找人設計，準備蓋房子了。

原先只打算蓋一間普通的屋子，有四五個房間也就足夠了。但設計一改再改，尤其達夫堅持要有兩間獨立的書房，再加上孩子的遊戲間，甚至連貓狗的小窩、外地運來的花草植物都規劃進去。結果是，原來四五千塊錢的建築預算增加了三倍。映霞掏空了家裡這幾年的積蓄，跟朋友借了一筆錢；另外，一位一直仰慕達夫的丁姓富商，很慷慨地補足了還差的幾千塊。

一九三六年春天，「風雨茅廬」落成了，達夫請著名的文學家馬君武題了一方匾額；照達夫自己的解釋，這四個字的涵義是「避風雨的茅廬」。從此，映霞和達夫有了屬於自己的房子。對一個家庭主婦來說，這是多少年來夢寐以求的，這個願望的實現，讓映霞足足樂了好一陣子。

「我實在不懂，就讓我陪你到上海，送你上船，這有什麼不好？」

「我也不懂。妳爲什麼非要跑這一趟不可？」

「你以爲我喜歡這麼折騰啊？我說過了，我不放心，我得親眼看你上了船，等船開了，我才能確定你不會被上海的那幫朋友纏住！」

「我說過多少次了，我不會去找他們。我的事，我自己心裡有譜。兩條腿長在自己身上，誰還能把我綁架了不成？」

「那難說！你想想，這半月來，你的腳不也長在自己的身上？可是你做得了主嗎？人家一吆喝，你就得乖乖地抬起你那雙『自己的腿』，趕緊去報到！這半個月，你過的是什麼日子？家裡丟下不管，這倒也罷了，反正我早就習慣了。可是你自己的工作呢？欠了一大堆稿子，一拖再拖，到頭來人家都不催你了！……你以爲他們是不好意思催你這個大作家、大文豪啊？人家是懶得催！你不肯寫，他們找別人！」

「可是你知道我是情不得已啊！這次隨同委員長從南京來杭州的，哪一個不是要員？哪一個得罪得起？承蒙他們看得起我，要我作陪，我能說個『不』字嗎？」

「作陪？作陪得天天陪？得從早到晚陪？得陪到每天深夜醉醺醺地回來？你騙誰呀你？」

「應酬嘛，不都是這樣？……哦，你以爲我心甘情願天天醉得難受啊？」

「差不多！誰不知道你那愛喝酒的毛病……就算是應酬吧，就算是陪委員長本人吧，假如你一滴酒也不能喝，他的隨員還能拿著槍逼你、硬把酒灌到你喉嚨裡不成？別拿我當孩子哄！」

「就是因爲他們知道我能喝幾杯，所以我推不掉嘛。」

「你……你這是什麼歪理！」映霞吵不下去了！整個晚上繞來繞去，就是這些話，達夫也覺得這種架吵得無聊透頂。兩個人僵在那兒，都氣呼呼的。

這是新居落成沒多久以後的事。去年底，達夫在一個應酬場合裡認識了葛敬恩，他是福建省主席陳儀的左右手，很有點分量。不久後，達夫靜極思動，想要到福州求發展，跟葛敬恩說了。葛敬恩把達夫推薦給陳儀，陳儀還親自拍電報相邀，請達夫到福州去；至於安排什麼職務，等到了再說。

達夫倒是很認眞、也很誠懇地跟映霞好好商量了幾回，映霞同意了。就在這時候，蔣介石來杭州，隨行人員當中有幾個跟達夫是舊識，達夫整天陪著他們。直到蔣介石回南京了，達夫才回信給陳儀，約定過了舊曆年成行。這段忙著應酬作陪的時間，達夫全神投入，連賴以維生的寫稿工作都放下了；映霞對這件事很不以爲然。

好不容易決定了出發的日子，也定好了船期，準備搭火車到上海，直接上船轉往福州。映霞一方面想送達夫一程，另一方面實在不放心達夫的個性。生怕他獨自一到了上海，又跟那兒的老朋友聚個沒完沒了，說不定把盤纏都花光了，這種戲碼達夫演過不只一次。

所以，映霞堅持要送達夫到上海上船。而達夫則認爲映霞是多此一舉，映霞來回的開銷更是一層浪費。兩個人就這樣吵了一夜，第二天就是達夫啓程的日子了！

天都亮了，映霞終於讓步，只送達夫到杭州火車站，但兩個人都還在氣頭上，誰也不肯說些好聽的道別話。一整夜沒睡，映霞一張蒼白的臉隔著車窗，達夫看了著實也有些心疼，而且再怎麼說，映霞的出發點還是爲了他好。達夫想下到月台上、說幾句道歉安慰的話，但又覺得挺沒面子的。算了！等到了福州再寫信吧！

送走了達夫，映霞當然心懷忐忑。直到這天傍晚，託了關係打長途電話到上海，直接撥到碼頭邊升火待發的「靖安輪」上，證實達夫已經上了船，一顆心這才放了下來。

因爲途中機件故障，加上天候因素，「靖安輪」延誤了好幾個鐘頭，第三天、二月四日下午才靠岸。達夫在福州南台青年會落腳，當天晚上發了個電報給映霞報平安。

三天後是上元節。陳儀署名的派令下來了，任命達夫爲福建省政府參議，主管經濟設計，月薪三百元。這一天晚上，達夫思鄉情濃，他特地寫了一封信給映霞，還附上一首七絕：

離家三日是元宵，
燈火高樓夜寂寥；
轉眼榕城春欲暮，
杜鵑夢裡過花朝。

達夫希望映霞看懂這首詩。元宵當然是「佳節」，「倍思親」的感覺是很自然的，但願映霞能夠明白他客居異鄉的這份寂寞。除了鄉愁、除了思親，達夫在福州的日子其實是不寂寞的，他幾乎每天有見不完的訪客、數不清的應酬。不過，這天下午開始的一連串聚會，卻是達夫主動安排的。

達夫在茶館裡刻意擺下了龍門陣，雖然是臨時起意，但應邀前來的各路英雄好漢還眞不少。其中有來福州之前的舊識，也有來了之後才結交的新朋友。

慕名而來的攀附之輩也有好幾個，他們的心態是可以理解的。達夫早已經是名聞遐邇的大作家，又是省主席親自禮聘來的入幕之賓，官位雖然並不那麼高，卻也是許多人想要巴結的對象。

於是，席間的奉承話此起彼落：

「……我們陳主席眞是慧眼識英雄，能夠把達夫兄請來，眞是替全體福建人造福了！」

「欸！是啊是啊！達夫先生是不世出的才子，文學上的成就和造詣讓我們佩服得五體投地。那天的演講『中國新文學的展望』，三四百個座位的講堂，擠進去一千多人，那種盛況還眞沒見過！……除了文化方面，我們陳主席還把經濟設計的重擔也託付給達夫先生，福建省今後的建設，一定大步邁進，我們眞是有福了！」

「是啊！上回有幸在西湖與達公共進午餐，不才忝爲末座，聆聽達公一席高論，說是福州的西湖雖然規模比杭州的小，但景緻宜人，達公還用了『楚楚可憐』四個字形容，眞是高啊！達公說，福州西湖唯一的缺點在於西北面各小山上未曾植林，殊爲可惜，要向建設廳建言。諸位！達公之明察秋毫與高瞻遠矚，怎能不讓吾輩由衷感戴！」

「欸！閣下這是見樹不見林！這算什麼？達公前幾天針對交通問題提出的看法，才是精采絕倫！達公認爲福州對外交通不便，造成政治、文化、社會各方面與中原的隔閡，光是通往延平的公路不打通，福州就沒有進步的希望！各位！這才叫做一針見血！」

「還有！達夫先生的愛國精神更是沒幾個人趕得上！那天跟日本的須賀武官見了面之後，中午跟『閩報』的松永社長在日本館子吃飯，當著那麼多的日本人面前，達夫先生嚴辭痛斥日本對我國的侵略行爲。在座各位誰有這份情操和膽識！」

你一言、我一語，加上不斷的應和聲，場面顯得亂哄哄的。這家茶館有一個內間，挺大的，這會兒已經座無虛席，二十幾個人分坐好幾桌。達夫站了起來，同桌的人拍了拍手掌：

「各位！各位！我們的大文豪、經濟設計專家有話要說……」

「謝謝！」

達夫看了這個人一眼，清清喉嚨：

「……各位對達夫的抬舉，實在不敢當！承蒙陳主席不嫌棄，命達夫前來榕城為福建的建設略盡棉薄之力，實在惶恐！各位剛才的指教，令達夫汗顏！不過……」

達夫頓了一下，目光朝四周一掃，擺出瀟灑的姿態：

「自古以來，文人當中沒幾個喜歡聽人家歌功頌德的！」

此話一出，滿場的人面面相覷，噤若寒蟬；先前臉上諂媚的笑容也全消失了。達夫笑了笑：

「各位別緊張！我的意思是，寫文章的人不習慣官場上的客套話，我拿各位當作知己，說這話也不怕各位怪罪。今天約各位出來，除了表達對各位的敬意和謝意，最主要的是藉此機會大家聊聊天、無拘無束地喝杯茶……待會兒我作東，喝杯小酒，絕沒有別的用意。各位！失禮了！」

達夫雙拳一抱，瀟灑地坐下了。大夥又是你看我、我看你，然後有一兩個人帶頭鼓掌，全體都鼓掌了……

達夫眞是沒有用意地邀這些朋友一聚，如果非要說有什麼目的不可，那也只有他自己心裡清楚。達夫是為了消愁解悶才安排這場聚會的。什麼愁？什麼悶？當然也只有他自己心裡明白。

這幾天映霞接二連三地來信，說她也要到福州來。映霞信上並沒有說出什麼特殊理由，達夫只能胡亂猜想：難道映霞又不信任他了？難道映霞要來福州對他「就近看管」？達夫心裡很不痛快，他因此發愁、苦悶。

而在杭州，映霞也在納悶：自己信上提了好幾回，可是達夫就是不答應，甚至還拍電報阻止她。達夫同樣說不出什麼特別理由，映霞怎麼猜也猜不透。

這種拉鋸似的你來我往，久了也累人，映霞終於不再提了。

一九三六年中秋節的前一天，映霞生下他們的第五個孩子，又是個男孩，達夫在電報裡告訴映霞，他給這個兒子取名為「郁荀」，小名建春。

不久後，映霞嘴裡的「大先生」魯迅去世，達夫從福州到上海參加喪禮。十一月十三日，他從上海搭船到日本，映霞特地從杭州趕來送行。

表面上，達夫是由福建省政府派到東京去採購一批印刷機，順道講學。但實際上，他是肩負了一項由中央直接交下來的任務。那是在南京的委員長侍從室拍電報給陳儀，請達夫走一趟日本，勸說當時遭到通緝、走避東京的郭沫若回國。達夫在日本待了將近一個月，十二月十九日從神戶搭船回國，途中曾經在台灣停留了一個星期。

映霞終於在第二年三月帶著二兒子殿春到了福州。從達夫的日記裡，映霞讀到了關於她想到福州來，卻被達夫一再阻撓的記載。幾篇相關的日記是這樣寫的：

二月二十七日　連得霞來信兩封，即作覆，告以緩來福州……

三月五日　昨晚在東街喝得微醉回來，接到了霞的一封航空信，說她馬上來福州了，即去打了一個電報，止住她來。因這事半夜不睡，猶如出發之前的一夜也。今晨早起，更為此事而不快了半天，本來想去省府辦一點事，但終不果。就因她的要來，而變成消極，打算馬上辭職，仍回杭州去……下午約了許多友人來談，陪他們吃茶點，用去了五六十元，蓋欲藉此外來的熱鬧，以驅散胸中的鬱憤之故……晚上又吃了兩處的酒，一處是可然亭，一處是南軒葵園。……

三月六日 ……午後洗澡，想想不樂，又去打了一個電報，止住霞來。晚上和薩上將鎮冰等聯名請松井石根大將吃晚飯，飲至十時始返寓。霞的回電已到，說不來了，如釋重負，快活之至，就喝了一大碗老酒……

三月七日 ……自前天到今天，爲霞的即欲來閩一信，憑空損失了五十多元。女子太能幹，有時也會成禍水。

讀了這些記載，映霞心裡非常不舒服。她並不認爲自己「太能幹」，假如硬要說她近兩年來的一些作爲比較強勢，那也是被逼出來的。譬如她要達夫把作品的版權轉給自己，譬如她做主蓋了「風雨茅廬」，又譬如她一再要求到福州來……。事實上，映霞認爲，這些原來就是爲了孩子和她自己的起碼保障；再說，如果不是達夫在婚後的某些行爲，一再讓映霞失望、怨忿，乃至於心生恐懼、完全沒有了安全感，映霞自認爲她不至於改變先前的低姿態。

更關鍵的是，依照映霞對自己的認知，無論天生的性格上或是後天的環境上，映霞不可能永遠「認命」。就像她那回告訴過沈從文的，她生長在這麼一個時代，受過新式的教育，要她完完全全做一個傳統的中國妻子，要她一輩子裝聾作啞，那是辦不到的。

從達夫的字句裡，映霞感受到他對女性的鄙視。映霞想起剛過世不久的魯迅，達夫那麼崇拜魯迅，爲什麼不學學他對女性的敬重呢？

然而映霞沒有向達夫提出抗議或表示不滿。她讓達夫陪著到福州附近的幾個名勝玩了幾天，吃了一些福州名菜，認識了一些朋友，也體驗了在日本館子裡讓東洋名妓勸酒的滋味。

四個月之後，蘆溝橋的砲聲響了，映霞又帶著殿春回到杭州。

八月初的一個深夜，映霞正準備睡了，她聽見外面門鈴聲急促地響；奶媽出去應門，進來的是達夫。

「你怎麼突然回來了？」

「待會兒再慢慢告訴妳……孩子呢？都睡啦？」

「早睡了，都幾點了？」達夫看了看手錶，十一點了。

「有沒有吃的？我好餓！爲了趕火車，晚飯也沒來得及吃。」

「我到廚房給你準備，你先去洗個澡。」

「嗯……別太麻煩了，有沒有剩菜？熱一熱就行了。家裡有沒有酒？」

「你都離家一年半了，酒也是你走之前留下的。」

「那好呀！酒是愈陳愈香。」

「人卻是愈老愈惹人嫌……」

映霞自己也不知道爲什麼會冒出這麼一句。幸好，達夫沒找碴：

「妳看妳說的，也不嫌酸，……我去洗澡了！」

餐桌上兩個人對坐，達夫大概是眞餓昏了，吃得津津有味。除了剩菜，映霞臨時還炒了盤蝦仁、做了碗魚湯。達夫並沒有吃飯，就著菜喝酒，映霞特地也給自己斟了一小杯。

「達夫，剛才你說……」

「我是到上海接郭先生。」

映霞知道達夫指的是郭沫若，她沒往下問。她知道達夫絕不喜歡自己問東問西的，她等達夫自己往下說。達夫又喝了一口酒：

「他是化了裝回來的。雖然說南京方面提出保證，只要郭先生回來，通緝令就取消；可是誰也說不準吶！……唉！」

映霞眞的不想問下去，因爲她根本不想知道這些。但自己的丈夫辛辛苦苦從福州趕到上海，爲的是接這麼一個人，映霞當然有點不甘心，而這不甘心卻又不如擔心來得嚴重。

映霞雙手握著小酒杯，沉默了很久，也考慮了很久。終於，她開口了：

「達夫！有幾句話我不知道是不是該說。」

「妳說！」

「我們先來個君子之約。如果我說的話不中聽，你就當我沒說。難得回來一趟，路上又那麼辛苦，別爲了我的幾句話又鬧得不愉快。」

達夫本來想說，「既然怕不愉快，那就乾脆別說」。但接著一想，這麼說還眞是會鬧出不愉快，於是，他讓步了：「好呀！不管妳說什麼，我絕不生氣。」

「我是說……如今時局這麼亂，戰火隨時都會燒到南方來，我知道你現在是公務員了，負的責任也挺重要的，但是……」

「我的意思是，撇開我不說，孩子都還那麼小，處在亂世，身為一個妻子，最擔心的就是全家人的安全，尤其是丈夫的安全。」

「我不會有事的，妳放心！」

「你聽我說！既然說開了，我就一定要把心裡的話照實說完……達夫！對於政治，你可不可以不要那麼關心？更不要介入太深？」

「妳在說些什麼呀！」

「也許我是辭不達意，但是我……」

「唉呀！我知道妳的意思啦……我是說，我不懂妳怎麼會有這種想法！妳知道嗎？擺在眼前的，不是妳所謂的『政治』，是『國難』！我所關心的，是國難！妳懂嗎？而且，我這不叫『介入』，是『投入』！日本人的野心窩藏了那麼多年，狐狸尾巴終於露了出來，我們中國人也終於不再忍氣吞聲，決心跟日本人拼了！這是一場民族聖戰，誰也不能置身事外！」

映霞無法接口，她知道達夫在國家民族意識方面，一直是個熱血男兒，而且，達夫說得對，這是攸關全體中國人生死存亡的一場聖戰。達夫愈說愈激昂慷慨：

「現在最要緊的就是全國上下不分彼此，不計較從民國以來的種種對立與鬥爭，只要是中國人，拿起槍桿朝著日本人殺過去就是了！」

「達夫！我懂！我懂你的意思，也確實從心裡佩服你對國家的熱愛，可是……我得說說做一個妻子的心情。你能不能辭掉福州的工作，回到杭州來？」

「辭職？回杭州來？為什麼？」

「就爲這時局啊！你想想，你離得那麼遠，萬一這兒有個風吹草動的，就算你想立刻趕回來，那也得多久？帶著三個孩子，一旦情勢危急，我怎麼辦？」

「這你放心，就在剛才回來的火車上，我已經都想過了！」

「怎麼說？」

「日本人先要拿的一定是上海，萬一上海吃緊，你千萬別猶豫，收拾必要的行李，愈簡單愈好……帶孩子先避到富陽去，養吾二哥那兒我會盡早先跟他聯絡，讓他在富陽接應，替你們暫時租一間房子……映霞！有一點我要特別交代妳。我知道妳爲這風雨茅廬花下不少心血，也知道妳必定會捨不得，但是到時候……我是說萬一剛才我講的情況發生了，妳千萬得看得開，該走的時候立刻就走，別猶豫不決！」

「我……我知道。」

「我會隨時注意情況，在公家機關，消息總比較靈通，我隨時會拍電報給妳，你再照我的意思去做……」

映霞點點頭，眼裡泛起一絲淚光。突然間，她覺得那些兵慌馬亂、離鄉背井的鏡頭像是已經逼到跟前，突然間，她覺得達夫離她從來沒有這麼近過，雖然她知道達夫很快就又要出門了。

第二十一章

富春江畔的黃昏透著一股讓人舒適的靜謐。江上白茫茫的，幾葉風帆緩緩駛過，風帆上的漁人露出潔白的牙齒，笑得好開心，不用說，一定是個豐收的下午。

映霞帶著孩子在江邊散步。陽春九歲了，殿春也已經六歲，兄弟兩在前面嬉笑奔跑，奶媽抱著還不滿週歲的建春跟在映霞身邊。

映霞的心情是平靜的。雖然她曾經爲了要獨自面對那不可知的未來而徬徨驚恐，但事到臨頭，她卻能冷靜地一件件處理得不慌不亂。這會兒映霞享受著難得的安詳。她從奶媽手裡把建春接過來，邊逗著小兒子，邊不自覺地回過頭朝那間小屋子看了一眼。

小屋子在富陽鸛山的山腳下，簡簡單單的兩個房間，加上廚房浴室，這就是映霞和孩子暫時落腳的地方。搬到富陽來已經四五天了，映霞把六十多歲的老母親也一塊兒接了出來，再就是帶著奶媽，老的小的，身邊確實需要個幫忙的人。

房子是映霞直接託達夫的二哥養吾代租的。她擔心達夫回到福州之後，公務一忙，可能會把這件事給耽擱了；而時局日緊，實在拖不得。養吾那兒一有了消息，映霞立刻就搬了過來。

這天夜裡，全家都睡下了，突然有人敲門，是二哥養吾的聲音：

「映霞！……映霞！達夫回來了！」

映霞匆匆起身披上外衣，打開大門，果然，養吾後面跟著達夫。

「達夫！」意外的驚喜讓映霞覺得自己有點淚汪汪的，嘴角卻是綻開了的笑；可是，她的笑容立刻消失了，因爲衝她直射過來的是達夫冷冷的、帶著惱怒的目光。

氣氛頓時僵住了。怎麼回事？這到底是怎麼回事？一進門就擺臉色？

「映霞，達夫是從杭州趕過來的……他累了！」

養吾邊說邊向映霞使眼色，大概是在暗示映霞，達夫正在氣頭上，然後又轉過頭去把達夫拉到椅子上坐下：

「達夫！剛才在路上我都跟你說了，映霞是怕你工作太忙，不願意讓你分心；而局勢又瞬息萬變，她這才急著讓我立刻找房子，找到了就立刻搬來，而且她也確實寫了信給你。」

養吾的話說得很技巧，一方面設法穩住正在氣頭上的達夫，另一方面也讓映霞心裡大致有了數。原來達夫不高興的是，映霞搬家搬得太早，也沒事先徵得他的同意。映霞眞是有口難言、啼笑皆非。而儘管養吾在緩頰，達夫還是壓抑不住他的情緒：

「我問妳！妳爲什麼那麼急？爲什麼不事先告訴我？」

「奇怪了！是你要我及早準備，隨時動身的！」

「我記得很清楚，我是要妳隨時注意時局的演變，等情勢不對了才搬，而二哥這邊我自己會通知。我還特別交代妳，等我的安排、等我的消息！哼，沒想到妳就這麼急！這麼擅作主張！」

「就算我急了些，又有什麼錯？兵慌馬亂的，難道你要我等到日本兵進了杭州城才搬？……而且，我先拍電報給二哥，這又犯了哪個天條了？關係著一家人的生命，這種事還要分你我、分彼此？誰做不都是一樣？」

「可是妳有沒有想到我的感覺？匆匆忙忙趕回杭州，一進門，人都不見了！我還以為走錯了地方！還得向鄰居打聽！我……我的面子往哪兒擺？自己一家大小的下落還得要別人告訴我，我以後還要不要做人？」

「我一到了就給你寫信，剛才二哥也說了，信還是託二哥到郵局寄的，誰知道你還沒接到信就回杭州了？」

「我那是臨時決定的！我是到上海出差，船在吳淞口遇到了日本軍艦，折回寧波，什麼時候再開航也沒個準，我這才偷空回杭州。……我回杭州幹什麼？還不是為了看看妳、看看孩子？」

「照你這麼說，那也是一堆的不湊巧都趕在一塊兒了，怎麼能把一切的錯都怪在我頭上？」

映霞也毫不客氣地反擊了回去，她覺得達夫太不講理了！自己絕不受這種窩囊氣！這算什麼嘛？達夫有點辭窮了：

「反正妳這前前後後的處理就是不對！別忘了，這個家姓郁！搬家是何等重要的事，當然得要我來安排，由我做主！」一頓架吵到這裡，映霞真的吵不下去了。到了最後，居然扯出誰是一家之主的問題，映霞是得收兵了。時代再怎麼不一樣，自己再怎麼受過新式教育，又如何在這上面爭？

最爲難的還是養吾，他從頭到尾眼睜睜地看著兩個人你來我往，卻無從調解。養吾心裡是偏著映霞的，因爲論情論理，映霞做的並沒錯；但他知道自己弟弟這個脾性，他怕火上加油，使事情更糟。

「好了！你們就各讓一步，不要再爭了！不要再計較了！你們都是爲了這個家好……都沒錯，你們倆都沒錯！要怪就怪我，映霞託我寄信的時候，我應該想到拍個電報給達夫的！」

聽養吾這麼一說，達夫也有點不好意思了，他沒再說什麼。

一個房間的門從裡面開了，殿春揉著眼睛站在房門口。映霞走上前，牽著殿春進去，然後把房門關上。

連富陽都靠不住了，養吾一家大小搬到了富春江南岸的環山去，那兒有一戶姓葉的人家，是養吾的妹婿、達夫的姊夫。達夫的這個姊姊多年前就過世了，但姊夫倒一直還跟郁家有來往。

映霞來富陽原是帶著點投靠養吾的成分，她當然希望跟著養吾一起搬到環山去。這一回，映霞學乖了，她讓養吾早早就把這件事通知達夫，映霞自己也拍了封電報到杭州。她希望局勢盡快明朗，免得這樣到處漂泊，映霞甚至表達了帶孩子到福州跟達夫會合的意願。

又過了兩個多月，情況更糟了，市井傳說環山早晚也不保，因爲富春江快要被封鎖了。映霞這一天特地渡江回到富陽打聽消息。

正在街上走著，迎面而來的一張熟面孔讓映霞意外極了：「欸！程廳長！您怎麼到這兒來？」

「哎呀！映霞！眞有這麼巧！我是來看你們的呀！」

「嗄?……抱歉!我們搬到環山去了!」

「怪不得!……你猜怎麼著?我是從杭州到金華去,經過富陽,想順便看看妳跟孩子。好不容易打聽到達夫二哥的診所,到了那兒才知道他們全家都搬到環山去了,又問不出妳的動向。正打算放棄,沒想到就這麼巧,在大街上碰到了。欸?妳剛才不是說,你們也搬到環山去了?」

「是啊!還是跟著二哥比較牢靠……程廳長!前面有一家茶館,我請您喝杯茶,正好有事可以向您請教!」

程遠帆是浙江省政府財政廳長,映霞和達夫在杭州住著的時候認識的。他一向很關心達夫和映霞。達夫在杭州交了不少朋友,包括一些政界人士。除了程遠帆,還有教育廳長許紹棣、省政府秘書李立民等人,連省主席黃紹竑都跟達夫常有來往。那段時間裡,夫妻倆比較相安無事,映霞常跟著達夫參加一些社交場合。

茶館裡,程遠帆聽了映霞從杭州到富陽、又從富陽到環山的經過;此外,映霞也說了自己心裡極度的不安全感,乃至於上回爲了搬家而跟達夫之間鬧過的不愉快。

「……都是多年的朋友了,我也不怕您笑話,程廳長!這麼一大段日子沒能跟達夫在一起,我整個人都快崩潰了!假如是太平盛世,那倒也無所謂,可是如今這局面……唉!你不知道獨自帶著三個孩子、上面還有一個老母親,這種沒根、又沒個依靠的日子,有多累、多苦!」

「我想像得到。映霞!長遠的事,慢慢再做打算;眼前最重要的是安全。老實說,環山還眞像你所擔心的,並不可靠!妳想想,一旦富陽丟了,富春江一被封鎖,這附近就只剩下場口。場口地方又小,容納不了多少人,到時候還是得再往別處跑!依我看……映霞!釜底抽薪之計,是離開這一帶，乾脆到金華去！到了那兒先定下來，再讓達夫找適當時機接你們去福州！」

「可是，這行得通嗎？程廳長！萬一富春江眞的被封鎖了，我們怎麼出得去？」

「妳讓我想想……這麼辦吧，如果妳這就能做個決定，趁我這會兒人還在富陽，我找縣長幫個忙，安排一條小船把你們全家連同行李接來，另外，我再替你們僱一輛車子，明天一早送你們到金華去。妳看怎麼樣？」

映霞爲難了，要她在這麼倉促之下做出決定，實在不容易，但眼前的情況又不容許她猶豫。思前想後，映霞下了決心。

程遠帆喝了一口茶：「那好，從這兒出去，我們就分頭進行。……還有，達夫那兒也由我負責通知他，免得又鬧出跟上次同樣的風波……妳放心！映霞！達夫會賣我這張老面子的！」程遠帆說完眨眨眼，露出了會心的一笑。這眞是一位熱心、周到，而又風趣的長者，映霞都不知道該如何謝謝人家了。

麗水燧昌火柴公司廠房角落裡的一排房屋，其中一間不時傳出談笑聲，是映霞請幾個朋友吃飯。

「映霞啊！妳的手藝比起以前在杭州，好像又更上一層樓了！」

「程廳長別取笑我，這哪兒算得上是什麼手藝！不過幾樣家常菜罷了！」

「欸？我這是衷心的讚美啊！紹棣！立民！你們說是不是？」

「遠公說得對，我們都是衷心的讚佩！映霞！不容易啊！現在的生活水準比起以前在杭州的時候可差多啦！物資缺乏、物價上漲，妳還能燒出這麼一桌好菜，佩服佩服！」

「對對！兩位廳長的誇讚一點也不過分，映霞！我跟許廳長一樣，好久都沒吃過這麼可口的『家常菜』啦！」

「那就謝謝你們的誇獎！既然不嫌棄，就請你們多吃一點，最好把這些菜都吃完，也省得我們家明天又得吃剩菜！」

「好說好說！哈哈……」

映霞請的客人有程遠帆、許紹棣和李立民，都是在杭州時候的老朋友；映霞是藉這個機會向程遠帆致謝，邀了其他兩位作陪。

映霞在金華沒住上幾天，又搬來麗水。那是因爲浙江省政府暫時遷到了這裡；而從麗水轉往福建的浦城比較方便，映霞這時候一心一意想到福州去。

麗水是一個小縣城，這間燧昌公司的廠房倒挺寬敞，容納下省政府主要的幾個單位，部分房屋則成了員工宿舍。映霞和達夫都跟浙江省政府沒有淵源，但透過程遠帆的幫忙，居然也騰出兩個小房間給映霞一家大小暫時住下。

「映霞呀！妳剛才聽見沒有？咱們的許廳長和李秘書都多久沒吃到這麼好吃的家常菜了！這言下之意，除了感激你這頓飯之外，還挺羨慕達夫有妳這麼一位能幹的妻子！……映霞！妳聽出這裡頭的絃外之音了吧？」

「程廳長！我不太聽得懂，您是說……」

「我說，這兩位老兄心裡有點酸溜溜的！映霞！有機會妳幫他們倆留意留意……」

「哦……！我懂了！您是……要我……」

「嗯！哈哈……」程遠帆那股風趣又出現了，對映霞眨眨眼，笑得挺詭異的。

「沒問題！就衝著程廳長這份熱心，我不幫忙都不行，反正我又不上班，明天我就在這宿舍區裡把消息放出去，讓所有的女太太們一起留意！欸？兩位是不是先把條件說說啊？」

「別聽遠公出我洋相了！我都五十好幾了！又帶著五個女兒，還想……這不像話！不像話！……不過，映霞，有機會妳倒是替許廳長留意一下！」

其實許紹棣和李立民都是中年喪偶；許紹棣的妻子方志培去年剛過世，也留下了三個女兒。愉快的晚餐吃完，幾個人意猶未盡，在映霞屋子裡又聊了好一會兒，才各自回宿舍去。臨走的時候，程遠帆興致勃勃地宣布：

「後天是星期天，我邀請各位一起到郊外走走，車子、吃的，全都由我安排……映霞！把孩子託給老太太跟奶媽，跟我們一塊兒去散散心！」

「好啊！看看我來不來得及明天就替許廳長約到一位對象……」

「哈哈……映霞！有妳的！」

程遠帆笑著大踏步走了；其他兩人朝映霞連連作揖，嘴裡謝個不停。

眞累了！映霞深深地打了個哈欠。

一九三八年三月，達夫從福州到麗水來了，他已經辭去了福建省政府的工作，決定到武漢去。這時候郭沫若當上了軍事委員會政治部第三廳廳長，他邀達夫到第三廳的設計委員會任職。

達夫這回帶了全家一起走。動身的前一天晚上，李立民來了：

「達夫！妳帶著映霞跟孩子一起走是對的，麗水不是久留之地。我有個不情之請，我的大女兒家應也要到漢口去，我就把她託給你和映霞，一路上麻煩你們多照顧，到了漢口，她就會去找我們的一個親戚。」

「沒問題！立民兄！患難時期，幫這點忙算什麼！」

於是，第二天在金華上火車的時候，全家人之外，還多了個李家應。

多了一個李家應，映霞反而有了聊天的對象；從金華到南昌這一路上，兩個人坐在一起，聊得很起勁。達夫多半的時間都在看書、要不就睡覺。

「……對了，家應！好像聽妳父親說起過，妳是南京大學畢業的？」

「是啊！伯母！我是藝術系的，學的是西畫。」

家應已經有二十八九歲了，但在禮貌上她得喊映霞「伯母」，映霞這年不過三十一歲。

「……我這次到漢口是去找工作。我父親老是說，麗水、金華這一帶早晚也要淪陷，我是家裡的老大，能早些離開、早些謀生，對家裡總是好的。」

「妳們家有五個姊妹，我們家是三個兒子，老天爺的安排還眞有趣！其實，女孩子比較聽話，又貼心……」

映霞看了看身邊的三個兒子，再看了看家應；很自然的，她想起了靜子。她那唯一的女兒，如果還活著，也都快十歲了，可是聽說在送給了上海淞江那個褓母之後不到兩年，就病死了。雖然靜子從生下來起就沒在映霞身邊待過幾天，少了那份親情，但那總是映霞唯一的女兒……

家應的聲音打斷了映霞的思緒：「伯母！這回本來有一個最要好的同學要跟我一塊兒走的，

可是她捨不得她父親，又決定留下了。」

「哦？是嗎？」

「我這個同學非常孝順，尤其是她父親多年前曾經受人拖累，坐過牢……從那以後，她從來沒離開過她父親。對了！伯母！您要是有機會，幫我這個同學做個媒，她啊……」

「怎麼？」

「反正是很多人都知道的事……我的這個同學姓孫，叫孫韻君，我們的老師，就是大名鼎鼎的畫家徐悲鴻，一直在追求她。」

「哦！」

映霞聽說過這件事，但沒想到家應是孫韻君最要好的同學。

「可是徐悲鴻有太太、有孩子，這怎麼成？所以，我一直反對……伯母！您要是眞有機會幫她介紹個男朋友，等於是救了她！」

「嗯……讓我想想！」

映霞立刻就想到了許紹棣，但……這合適嗎？

「我們認識的人也不少，可是沒結婚的一時倒想不起來……有一個好朋友許紹棣……也是妳父親在浙江省政府的同事，他是教育廳長，太太兩年前過世了……不過，他有三個女兒！」

「那……也沒關係！試試看嘛！伯母！這種事主要是看有沒有緣分！」

家應說得老氣橫秋，映霞揶揄她：

「妳倒像是挺老道的！家應！妳自己有沒有男朋友？」

家應這會兒反倒靦腆起來，臉紅了；映霞當然不好追問。

「伯母！我箱子裡有孫韻君的照片，必要的話可以寄給許聽長看看！」

「妳還眞性急！孫韻君沒白交妳這麼一個好同學……好！我試試看！」

這時候，前面隔著兩排座位上的達夫醒了，走了過來：

「妳們什麼事談得這麼起勁？才剛認識……」達夫臉上帶著幾許狐疑。不知道爲什麼，映霞想起那一回她跟劉懷瑜在旅館裡同榻而眠，引來達夫荒唐透頂的質疑。

「我們打算給許紹棣介紹女朋友……別又想歪了！」

「妳……」達夫瞪了映霞一眼，走開了。

從南昌轉九江乘輪船到漢口，在武昌定居下來的第三天，家應眞的帶了孫韻君的照片來，映霞無奈地笑著：

「那天在火車上我說妳性子急，沒想到還眞是這麼急……說吧！妳要我怎麼做？」

「那當然是寫信囉！許聽長人在麗水，只能寫信！再附上孫韻君的照片……伯母！您仔細看！孫韻君是不是長得好美？尤其是那她一股迷人的氣質！難怪……」

「難怪連妳們的老師都她被迷住了？」

「就是嘛！……唉呀！別說那件倒胃口的事了！伯母！您這就寫信，好不好？」

「妳也得讓我想想嘛！……這種信，我還眞沒寫過！不對不對！……是這種事情我根本沒做過！我不是當媒婆的料！」

「伯母……」

「不行！妳得讓我慢慢寫！」

「好吧！那我等您消息。」

映霞的信是在第二天寄出去的，可是沒回音。

李家應又來了，她纏著映霞寫了第二封信。這一次，回信來了。許紹棣在信上說，他願意「做做朋友」。家應手舞足蹈地抱著映霞直親，害得映霞臉都紅了，畢竟，家應受的教育更「新式」，見過的世面更洋派，映霞得自嘆不如了！

第二天早上，映霞送兩個大的孩子上學，順便從外面買菜回來，意外地發現達夫竟然在家裡，還沒出門上班。

「妳過來！」達夫坐在客廳裡，滿臉的氣憤，青筋暴露，面色發白，聲音顫抖。

映霞先是楞在那兒，完全摸不清是什麼狀況，然後，她緩緩地、要把菜籃提進廚房。剛邁出步子，達夫又吼了一聲：「我叫妳過來！」

「你發什麼瘋？誰得罪你了？」

映霞的一股莫名火也上來了，毫不示弱地吼了回去。她把菜籃用力往地上一扔，裡頭的菜滾了出來，散得滿地。

「妳做了什麼好事！妳還敢兇？」

映霞這下子完全獃住了，她像是中了邪，整個人僵硬了，也崩潰了！

幾秒鐘之後，映霞回過神來；她毫無表情地從嘴裡迸出幾個字：「你說什麼？你再說一遍？」

「我說妳在外頭做了什麼好事！」

「我做了什麼好事？你……你莫名其妙！」

「我莫名其妙？我倒要看看到底是誰莫名其妙！」

達夫猛一拍茶几，站起來往外衝，衝到門口，還有一記回馬槍：「咱們走著瞧！」

從這一天開始，達夫像變了個人似的。無論大小事情，他對映霞總是挑剔個沒完，什麼都看不順眼。映霞不得不一塊兒參加的應酬場合，達夫故意在人前露出和映霞貌合神離的樣子，同時卻又緊緊盯著映霞，好像生怕映霞會做出什麼出軌的事。尤其明顯的是，家裡只要接到映霞的任何信件，他總要懷疑老半天，恨不得每一封信都要由他先拆開來看……

映霞有點明白了，是達夫原來就多疑和善妒的性格在作祟。種種跡象顯示，大概有什麼事情或物品讓達夫自以爲證據確鑿，認定映霞做了什麼有虧婦道的事。映霞雖然問心無愧，但對於達夫這種異常行爲還是非常在意。她想盡辦法從每件事情、每個角度去研判，卻始終摸不清達夫葫蘆裡的藥。

此外，映霞還看出一點。達夫原就是個死要面子的人，表面上他怨映霞、氣映霞、甚至恨映霞，但骨子裡還是想要緊緊抓住映霞，甚至急切地想要映霞自認理虧，然後低聲下氣地求他接納，求他原諒那罪名叫做莫須有的過錯。

但映霞不吃這一套。她幾年前早就挺直了腰桿，這回又自認絕對沒有任何把柄抓在達夫手裡，映霞的姿態更高了。她對達夫絲毫不假以顏色，可是這麼一來，更使得達夫確信他自己的幻想是如假包換的事實。

達夫這一連串的心理反應，已經使他無法自拔。終於，家裡這顆定時炸彈爆炸了！

這一天，達夫參加臺兒莊的勞軍活動回來，剛進家門，兩個人就爲了一件根本不足一提的小事又吵了開來。

「反正你怎麼看我都不順眼！你就儘管在雞蛋裡挑骨頭吧！」

「要是沒有骨頭，我會去挑嗎？」

「什麼骨頭？你今天把話說清楚！我再也受不了你的冷嘲熱諷！你說個清楚！我到底做了什麼見不得人的事？」

「妳自己心裡明白！」

「別含血噴人！憑空誣衊，你算個男子漢嗎？」

「你還要嘴硬？哼！」

達夫說著衝進書房，拿了一張紙出來：「妳說！這是什麼？」

映霞接過來一看，那張有點發亮的紙是照相館曬印出來的影本，原文是許紹棣的那封信！映霞恍然大悟。

「這是什麼？……妳拿給任何人看，他都能告訴妳，這是一封情書！……哼！什麼『男女的感情要有一個謹愼的開始』；什麼『我很感激妳這番讓我無法拒絕的情意』……無恥！下流！虧他還是個主管教育的機關首長！」

當達夫完全失去理智地狂吼的同時，映霞已經瀕臨徹底的崩潰。天大的誤會！天大的笑話！而達夫還在繼續瘋狂地吼著：

「妳居然把這麼一張情書放在梳妝台上！妳是故意給我看的，是不是？妳是巴不得我看了之後腦充血，兩腿一伸，妳好回麗水去圓妳的夢，是不是？告訴妳！天底下沒有這麼便宜的事！」

面對這麼一個完全失去理智的人，映霞的心已死。好長一段時間，她沒有說一句話。當映霞再張口的時候，她發覺自己的聲調出奇的冷靜：「郁達夫！謝謝你讓我終於認識了你！」

說完，映霞進了房間，隨手抓起幾件衣服，塞進一個小提箱。然後，映霞絲毫沒有留戀、絲毫沒有不捨地，平穩著腳步走出大門。

達夫在背後發出又一陣狂吼：「妳走！妳走！走了就別想回來！」

映霞在喉嚨裡冷笑了一聲，繼續讓自己的腳步平平穩穩地跨出去。她心裡不斷告訴自己：絕不能在他面前倒下去！連腳底下都絕不能發軟！

沒想到達夫也衝了出來，他看見映霞攔下一部黃包車，聽見映霞邊跨上車子、邊對車夫說：

「到火車站！快！」

達夫眼看著車夫抬起車把，往前奔去。

■第二十二章

坐在黃包車上，映霞再也忍不住，眼淚不停地流下來。十年的婚姻生活，絕大多數的日子是在種種委屈裡度過。想起達夫當年對自己瘋狂般的愛戀，如今還剩下什麼？未來的路又該怎麼往下走？舊夢前程，一下子全湧上心頭。

車子就快拉到火車站了，映霞這才突然意識到，自己到火車站幹什麼？坐火車嗎？坐到哪裡去？三個孩子、一個老母親，不就是自己僅有的親人嗎？他們不都在家裡嗎？映霞還能到哪裡去？映霞得趕緊把主意拿定，她略爲思索之後告訴車夫：

「對不起！不去車站了……麻煩你拉到小朝街！」

「好的……太太！」

車夫背對著映霞點點頭，然後掉轉方向，繼續向前使勁地跑。

映霞決定了要去的地方是曹秉哲家裡。曹秉哲也是映霞和達夫在杭州時候認識的朋友，彼此非常投緣，兩家常有來往。曹秉哲是杭州有名的律師，隨著中央政府西遷來到武漢之後，名義上是軍事委員會政治部部長陳誠的秘書。

進了曹家，秉哲夫婦一看到映霞的神情和略帶紅腫的眼眶，就知道是怎麼回事了。不知道從什麼時候開始，映霞和達夫之間的風風雨雨，比較要好的朋友似乎已經司空見慣。

客廳裡有幾分鐘的靜默。秉哲夫婦看到映霞帶著行李，知道情況不妙。

曹太太給映霞沏了杯茶。聽映霞把事情大致說了之後，秉哲的眉頭微微一皺，他覺得夫妻兩這回鬧的風波確實很嚴重。

「這樣吧！妳先放寬心，好好休息一下。達夫那兒我負責勸他，讓他過兩天過來接妳回去。」

「不，不要！」映霞聲調提得好高，秉哲夫婦嚇了一跳。

「映霞？」

「曹先生！千萬不要讓他知道我在你們這兒！……至少讓我冷靜想幾天。他這次傷得我太深了！我要好好想想這條路該怎麼走下去。」

「映霞！妳既然來我們這兒，當然是把我們當成妳最信得過的朋友。妳就讓秉哲過兩天好好勸達夫……」

「不，曹太太！我求求你們！……假如你們一定要告訴他我在這兒，我馬上就走！」

看到映霞這麼堅決，秉哲沒再勉強。

「太太！暫時就依著映霞吧……妳帶她進去洗把臉，晚上讓映霞睡我們的房間，我們睡客房，讓映霞睡得舒服些。」

「曹先生……」

「妳不要跟我們客氣……我得出去了，妳好好休息。」

「謝謝……」映霞把頭一仰，靠在沙發背上，她眞是疲憊得整個人都要癱了！

曹秉哲考慮再三，還是把映霞的行蹤告訴了達夫。

「什麼？她在妳那兒？我還以爲……」

「你以爲她到麗水去了，是不是？……達夫！不是我說你，你也太神經過敏了。就衝著映霞還留在武昌這個事實，你就不該再疑神疑鬼。你想想，你們吵得這麼兇，她都離家出走了。如果眞有什麼，那她還不趁著這個機會遠走高飛？」

達夫沒說什麼，看起來挺平靜的；也許是知道了映霞下落，放心了吧？秉哲心裡想著。

但那純粹只是秉哲的猜測，他似乎完全猜錯了……達夫做了三件事：

首先，他把政治部第三廳的一些同事請到家裡，展示了許紹棣的那封信。

接著，他分別寫信給蔣介石和教育部長陳立夫，請他們「管管許紹棣」。

然後，他在《大公報》刊登了一則啓事：

王映霞女士鑒：

亂世男女離合，本屬尋常。汝與某君之關係及攜去之細軟衣飾現銀款項契據等，都不成問題。惟汝母及小孩等想念甚殷，乞告以住址。

郁達夫　啓

晚上，曹家客廳的茶几上擺著這份報紙；映霞面無表情地坐著，秉哲夫婦不知道該怎麼勸她。這一則啓事居然是在秉哲透露了映霞行蹤之後登出來的，達夫的用意已經很明顯，映霞的眼神從迷惘到茫然到怨忿。秉哲覺得有點內疚：

「……我偷偷告訴他，妳在我們這兒，還是基於那個原因，我希望能勸了他來接妳回去，沒想到……」

「曹先生，我絲毫沒有怪你的意思。這些日子給你們添的麻煩，我都不知道該怎麼謝你們才好……我看，一切都很清楚了！達夫心裡想的是什麼，我猜不透，也懶得去猜，但他這麼做，等於已經徹底斷絕了夫妻的情分。我……我也沒什麼好說的了！」

「映霞！妳也不要這麼絕望，事情應該還是有轉圜的餘地。妳是不是讓秉哲出面跟達夫再好好談談？」

「曹太太！妳的好意我知道，我也很感激，但現在已經不是他那兒的問題了，是我這兒的問題。他把事情都做絕了，難道我還是得像這十年來一樣，讓步、妥協？」

「映霞！我想我明白我太太的意思，她不是要妳讓步、要妳妥協。她是要我代表妳出面，讓達夫知道他對妳的傷害有多深，要他自己想辦法彌補！」

「彌補？曹先生！這種傷害彌補得了嗎？」

「當然，我們知道那很難，但只要有可能，我們就該試試，對不？而且，再怎麼說，看在孩子的份上，如果達夫肯認錯、肯誠心誠意彌補他的錯，我看……妳就再給他一次機會，好嗎？」

映霞沒再說什麼。一方面她這回眞的已經全然心死；另一方面她實在很難想像，所謂的「彌補」，那會是什麼？那會有用嗎？映霞想起這些年來達夫光是悔過書就不知道寫過多少次了，哪一次有用？哪一次不是當時寫得冠冕堂皇、正經八百，事後卻完全不算數？

映霞不只心死，她告訴自己，重要的是重生；而只有走出郁達夫的天地，王映霞這個女人才能重生。眞的！如今映霞所思考的，不是怎麼收拾她和達夫之間的殘局，而是怎麼重新站起來，眞正只靠自己的力量，把人生走完。映霞才三十一歲啊！

七月十日，《大公報》上又出現了一則字體斗大的啓事：

達夫前以精神失常，語言不合，至逼走妻映霞女士，並發報招辱。啓事曾誤指女士與某君的關係及攜去細軟等事，事後尋思，復經朋友解說，始知全出於誤會。茲特登報聲明，並致歉意。

此致

映霞女士

郁達夫　啓

這就是朋友們努力出來的；不僅如此，達夫又寫了信給陳立夫、朱家驊等人，鄭重地為他自己曾經做過的事道歉。映霞沒有再堅持；她聽了同一批好朋友的勸，回家了。

這一批朋友生怕為德不卒，他們代擬了一張協議書：

達夫、映霞因過去各有錯誤，而時時發生衝突，致家庭生活苦如地獄，旁人得趁虛生事，幾至分離。現經友人調解，兩人各自反省覺悟，擬將從前夫妻間之障礙與原因一律掃盡，今後絕對不提。兩人各守本分，各盡夫妻之至善，以期恢復初結合時之圓滿生活。夫妻即有一時誤解，亦當以互讓與規勸之態度，開誠布公，勉求諒解。凡在今日以前之任何錯誤事情及證據物件，能引起夫妻間情感之惡化者，概予棄置勿問。誠恐口說無憑，乃共同立此協議書，爲日後之證。

在映霞看來，這是一紙挺荒謬的協議書。因爲照字面上看來，兩個人的婚姻與感情到了今天這步田地，好像錯在雙方，而且錯的程度不分軒輊。甚至對於最近這場風波的導火線，也語焉不詳，頗有「各打五十大板」的意味。

映霞爲了這種感覺，和這批朋友僵持了一陣子，朋友們費盡口舌，才勸服了映霞，終於和達夫一起在協議書上簽了字。勸說的理由還是圍繞著已經維繫了十年的婚姻，以及三個無辜的孩子。兩位見證人也簽了字，他們是杭州市長周象賢和《東南日報》的社長胡健中。

表面上是勉強同意了，但在簽字的時候，映霞內心深處還是不以爲然的。這份協議書、以及達夫的第二則報紙啓事，還有他寫給幾位要人的道歉信，還是跟以前那些悔過書一樣，不可能起什麼作用。

映霞認爲，一個人的心要是眞誠，根本不需要任何紙上的東西當作保證。反過來說，一個人寫下了無數的文書，並不能保證他的眞誠。甚至從一開始，映霞就有這種體悟：這類東西愈是寫得多，愈是不眞誠！

烽火綿延，就在這張協議書簽了之後沒多久，武漢也危在旦夕。達夫映霞帶著一家人，從武昌逃到常德。又因爲常德的物價過高、生活不容易，再從常德轉到了湖南的漢壽。

兩個多月了，一方面連續逃難，另一方面夫妻倆的巨大風波剛過，像是都在重新調整自己的情緒，彼此都在試著重新適應對方，日子在平淡當中度過。

一九三八年九月底，陳儀拍電報請達夫回福州去；達夫有這個意願，映霞則是不置可否。對於過往的一切，映霞不想追憶；對於未來，她也沒有絲毫憧憬，只是過一天算一天，能夠如此已經很滿足。

唯一讓映霞又再心生警覺的是，經過了這麼多的折騰，達夫似乎並沒有改變他喜歡獨來獨往的習性。映霞暗示了、試探了，但達夫根本沒有考慮要帶著妻小同行，他只不著邊際地回答：「再說吧！這一路上也不知道是不是平靜……也許等我在那兒安定下來，再接你們過去。」「好吧……」映霞什麼也不能說，什麼也不願意說。那大風大浪才剛平息，她沒有餘力再去應付即使是小小的漣漪。

達夫啓程了，平安地抵達福州了，沿途他寫了幾封信回家。

但同一時間，達夫卻做了另一件事，一路上他拍了幾封電報到麗水，向那兒的老朋友打聽，映霞是不是到了麗水，是不是已經和許紹棣同居……

映霞唯一的弟弟寶堈這時候在浙江省政府工作，他聽說了這件事情，毫不考慮地寫信告訴映霞。映霞唯一的反應是，盡快到福州去。她已經沒有心情跟達夫爭辯什麼，她要讓自己在福州出現，讓達夫又一次的惡意中傷根本瓦解。

武漢淪陷了，漢壽也已經風雨飄搖。映霞這回不再等達夫的消息，她勇敢地做了決定，到長沙去，從那兒往東走。

長沙火車站裡裡外外擠滿了人，全是逃難的。映霞打從離開杭州以來，先是家鄉浙江的富陽、環山、金華、麗水；再從常德到漢壽，這一路上她是在被戰火攆著走，但這會兒才眞正嚐到了逃難的滋味。

連火車車頂上都趴滿了人，月台上、候車室裡，更是水洩不通。映霞先前把母親、孩子、奶媽先安置在車站旁邊的小旅社裡，自己去打聽狀況，好不容易擠到車站大門外，踮起腳看到車站裡面的這一幕，她只能放棄了。

回到旅社，孩子大概都累了，全睡倒在床上。母親急切地問著：

「怎麼樣？買到票沒有？」

「不可能！娘！照這樣子看，再等幾個星期都走不了！……哪是買票啊？全是擠進去的！我看到一列火車，車頂上都是人，問題是這班火車不知道什麼時候才開得出去。這班不開，下一班根本進不了站！」

「哎喲！這不是亂了嘛？火車站的人沒說什麼嗎？」

「我問了！可是他們能說什麼？一個好心的站務員告訴我，只有等，而且得到站裡頭等！除了得想辦法擠到月台上，還得擠得靠近鐵軌，愈是靠得近，愈能早上得了車！」

「那不成了比力氣、比功夫？我們哪兒成？擠得過人家嗎？……唉！怎麼辦嘍！連逃難的時候都沒有個男人在，這還像個家嗎？」

「娘！也只有試試看了！也許就因爲我們一家沒個男人在，別人會對我們讓著些也說不定……總而言之，娘！不能在旅社裡等，我們到車站去！」

「這……」

「別猶豫了！娘！愈早往裡頭擠，就愈有希望！我們走吧！……陽春！殿春！起來了！奶媽！還是跟這一路上一樣，妳就多照顧著建春！」

提起行李，一家六口朝車站走去。母親說的沒錯，這麼一大家子逃難，讓人覺得不可思議，連個大男人都沒有。好在，只有建春才兩歲，兩個大的，勉強可以照顧自己了。

或許眞是天可憐見吧，第二天下午，全家人擠了上火車。映霞在一片慌亂中倒是很冷靜，她先把大件行李全數託運，行李晚到幾天不在乎，只要人平安就行了。

沒想到，還在路上，就聽說長沙發了大火，火車站的行李房也遭了殃。映霞聽了這消息垂下頭，不知道該爲那好幾大包的行李悲哀，還是爲全家人及時擠上這列火車而慶幸。

但無論如何，到了江山，一家大小都得找裁縫做幾件衣服了；更重要的是給達夫拍電報，他要是不能來接，至少也得安排從江山到福州的交通工具。

在浙江的江山縣城等了四天，福建方面安排的車子總算來接了。映霞和陽春各拎著兩個小箱子，一家人匆匆忙忙上了車。車子到了浦城縣，這裡已經是福建省境內，映霞請司機開到電話局，接通了福州、達夫的辦公室。

「喂？我是郁達夫。」

「達夫嗎？是我！我們已經到浦城了！」

「是不是坐我派去的車子？」

「是呀！司機人很好，很照顧我們。」

「一路上還好吧……孩子呢？還有妳母親？」

「我們都很好，就是累了點……達夫！電報裡沒告訴你，我們的行李在長沙託運，結果長沙大火，火車站行李房全燒掉了，所以……」

「這些等見了面再說吧！映霞！有件事妳一定要諒解！」

「嗄？什麼事？」

「福州的情況也不太穩定，我已經想好了……你們在浦城住一晚，明天讓妳母親和奶媽把殿春跟建春帶到雲和去，請你弟弟就近照顧，我已經另外安排了車子送他們，妳帶著陽春，還坐現在這輛車子，直接到福州來。」

「達夫！你讓老人家帶著兩個小的又回頭到浙江去，這……」

「這樣比較妥當呀！……妳照著我的話去做，詳細情形來了再說！」

「達夫！……喂？喂？」

不知道是達夫把電話給掛斷了，還是長途線路出了問題？映霞很想再撥過去，但仔細想了想，她放棄了，因爲重要的話達夫已經交代清楚了。而他既然已經這麼決定，映霞絕不可能在電話裡跟他唱反調，那將徒勞無功，而且可能會爭執不休。

映霞想起了那張協議書。她默默告訴自己，一定要無條件遵守，才能在往後的日子裡站得住腳，就算達夫不把那協議書當回事。映霞神情黯然地掛了電話，準備把這個消息告訴母親。

福州到了！令映霞意外又失望的是，車子直接開到達夫的宿舍，而達夫並沒有在那兒等他們。司機用電話聯絡辦公室，達夫因公外出了。

這天晚上，達夫參加了應酬才回來。見面的第一句話又讓映霞意外極了，似乎映霞心裡盼著的，永遠追不上達夫安排好了的。

「我們後天就動身！」

「動身？到哪兒去？」

「新加坡！」

「新加坡？……達夫！這怎麼回事？你怎麼一點也沒提起？」

「昨天電話裡我不是說了嗎？等見了面再告訴妳。」

「可是，這……達夫！到底是怎麼回事？」

「妳聽我說嘛！新加坡的《星洲日報》聘我去工作，我已經答應了。而且，我也已經替妳跟陽春辦好了護照。我們後天就動身！」

「達夫！這……這太突然了！我……我一點心理準備都沒有！我娘……還有兩個小的……」

「又不是一去不回！明天寫封信告訴他們，就說是臨時決定的。另外……我拍封電報給你弟弟，讓他好好孝順妳母親，也幫著照顧兩個外甥。這樣行了吧？」

映霞能說不行嗎？除非讓上回在武昌的風波重演一次。而那時候在武昌，還有曹秉哲那兒可以去，也有幾個要好的朋友可以投訴，可以主持至少是表面上的公道，而如今呢？映霞在福州找誰去？

這是一九三八年十二月十六日，雖然福州地處偏南，但也畢竟是入冬了。這一夜，映霞沒有從達夫的詩句裡去探索什麼，倒是她自己寫了幾首詩，其中一首七絕是這樣寫的：

烽火長沙夜入吳，
殘年風歸過閩都；
一帆又渡南溟島，
海國春來似畫圖。

「嫁雞隨雞，嫁狗隨狗」，那是傳統中國女性的宿命與妻德，映霞自認做不到。但面對這麼一個幾乎沒有退步空間的處境，映霞只能幻想，也許，那南溟島、那海國，那兒的春天眞像孩提時代畫的圖，永遠都是美美的。

第三天一早，映霞帶著陽春，隨達夫在馬尾上了船；經過香港、馬尼拉，十多天之後，到了新加坡。新加坡沒有春天，一年到頭都是夏天！每當受不了燠熱的天候、企盼著熱帶經常會出現的午後陣雨帶來些許涼意的時候，映霞總會這麼告訴自己。

新加坡的生活是挺多樣的，但那不是新鮮、沒有刺激、更缺乏趣味。所謂的多樣，只是讓映霞在不同的場合裡，嚐著不同的滋味，而那些滋味並不是她想要的，卻是她所熟悉的，這些年來一直很熟悉的：彼此間的心結都還在，不只還在，而且一直沒有鬆開過……

爲了適應環境，爲了多認識些朋友，兩個人參加社交場合，但永遠貌合神離，牽著手的時候笑容都很燦爛，各自一轉過身，都把自己裝扮成木頭人……

偶爾也邀請新認識的朋友到家裡來，只有這時候，整間屋子裡才聽得見笑聲與談話聲……但也還好，至少在這個屋頂下，看起來可以相安無事。

映霞已經沒有企盼。既然連天候都千篇一律，那麼，家裡的氣氛能夠在相安無事的前提下，即使也是千篇一律，總比得隨時提防暴風雨要安穩得多。映霞沒有企盼，卻不忘祈禱；她祈禱老天爺保佑幾千里外的母親和兩個幼兒，祈禱老天爺讓她自己能擁有眼前這起碼的寧靜。

但老天爺太忙了！又是中國，又是新加坡；祂實在忙不過來，祂也難免會有疏漏……

一九三九年三月五日，香港出版的十日刊《大風》雜誌週年特大號，刊載了郁達夫的十幾首詩，題名為《毀家詩記》；達夫的詩句裡再度把他一直認定的、映霞感情出軌的那件事當作了素材！而映霞也再度崩潰了！

失眠了好幾夜，思量了又思量，映霞寫了兩封信和一篇記事體的文章〈請看事實〉給《大風》的編輯陸丹林；她希望《大風》還她公道，把她寫的這些也登出來。

兩封信裡的字句是抗議、是控訴；一篇文章則是完整的事實澄清。映霞當然猜想得到，《大風》不會登出她寫的這些。在其中一封信裡，映霞甚至無奈地揶揄編輯，也揶揄自己。她說，假如登了，說不定那個「無賴文人」會瞎指編輯「也跟映霞有什麼關係」！

映霞另外附了篇〈一封長信的開始〉，對象是達夫；很顯然的，映霞開始了對達夫的公開反擊。首先是信的上款，她對達夫用了這樣一個稱呼：我還在敬佩著的浪漫之人。

對於達夫在《大風》發表的那篇〈毀家詩記〉，映霞的評價是：

> 憑著你那巧妙的筆尖，選擇了字典中最下流、最卑賤的字句，把它聯成了詩詞，再聯成了千古不朽的洋洋大文，好使一切的同情與憐憫，都傾向於你；懷疑、怨恨與羞辱的眼光，都射向我身上來。這樣，你的目的達到了；你快活了，成功了……

接著，映霞道出了她對達夫寫〈毀家詩記〉動機的剖析：

一方面已在口頭上、文字上辱罵我、另一方面又在拼命的宣說你對我的情意是如何好，如何的堅持到底，總要說到與你的大文中相符合。你的這種手段、這種陰謀與刻薄的手段，世人是永遠都不會明白的。然而事實卻很單純，你不過想把世界上所有的每一篇小說中的壞女人，都來比成了我；而那些值得同情、值得憐恤的男人，卻都是你自己……

對於自己受了屈辱之後卻一再容忍，映霞的解釋是：

實實在在，我還是在為著這三個無辜的孩子，與想實踐十二年前我答應你結婚時候的決心。為著不願讓你聲名狼藉，才勉強再來維持這一個家的殘局。總不惜處處都委屈自己、犧牲自己、克服自己；把你的一切醜行，都淹沒了下去，想使它沉入於遺忘之海底。

然而，映霞也明確指出，她不甘一再受辱，終於要反擊了：

到了最後，到了眞正忍受不下去的時候，自然我也顧不了許多，要把你的惡德、把你那一顆蒙了人皮的獸心，詳詳細細地展現在大衆面前了……

至於達夫為什麼寧願對映霞公開地百般指責、盡情攻擊，卻不肯主動要求分手，映霞認為有兩個原因：

第一，你是怕世人把你的紙老虎的行為戳破而痛罵，負擔了始亂終棄的大罪；第二，是為了怕我與你分開後，立刻會去和你所猜妒、而全非事實的人結婚。

對於這兩個原因，映霞認為達夫是完全想過了頭：關於前者，一切自有公論，又何苦要我自動的去告發你重婚遺棄的罪名？至於後者，你把女子的結婚，一個有靈魂、有思想的女子的結婚，看得太容易了。實在說，又有誰逃出了棺材，而再即刻爬進另一口棺材去的？

最後，映霞以比較平靜的口吻作了結尾：

我的靈魂、我的心腸、我的熱情，十二年來，漸漸地，已被你磨折得乾乾淨淨。如今所餘留著的，也只有這一個不久即將消滅的肉身。但我對於你依舊是不念舊惡、不計長短。對家庭、對孩子們的一點責任心，始終還是有的；而同時也盼望你讀了我這封長信後，明白你自己一切的錯誤，痛改前非，重新做一個好人……

整篇信裡，映霞毫不客氣地用了許多狠毒的字眼形容達夫、稱呼達夫：一個欺善怕惡、得寸進尺的人，以慾念為生命的無聊者、陰險刻薄的無賴文人、無恥與下賤……

事情演變到這種地步，還有任何轉圜的餘地嗎？映霞會再一次回頭嗎？「沒有！」「不會！」映霞大聲告訴自己。

■第二十三章

廖內島的一處海灘上，映霞穿著泳衣，頭戴草帽，臉上是一副蠻流行的太陽眼鏡。映霞下海游水的時候少，躺在沙灘上沉思的時候多；沉思什麼？只有她自己知道。

「映霞！躺過來一點！太陽又曬到妳肩膀上啦！」

「我知道！我只是懶得動！……幾點了？」

「六點多！……妳餓了？」

「還沒有！」其實映霞是有點餓了；但她問時間，是想起留在新加坡跟著褓母的陽春。陽春該要吃晚飯了吧……

「我是說眞的！映霞！躺過來一點，別以爲快下山的太陽，曬了不疼！」

「謝謝妳，玉慧！」映霞挪了挪身子，讓自己的肩膀再度回到大遮洋傘的陰影下。

廖內是距離新加坡八十浬的一個小島，淸幽寧靜，眞正是度假的好地方。也許偏僻了些，但對於一個需要把自己好好沉澱一番的失意人來說，這種小島是打著燈籠都未必找得到的。映霞當年讀杭州女子師範時的女同學李玉慧在這兒的一所學校當教導主任，她的丈夫就是同一所學校的校長；夫唱婦隨，其樂融融，看在映霞眼裡格外羨慕。

映霞是特地來散心的。她把那幾封信和文章寄到香港的《大風》雜誌社之後，決定到廖內住上一陣子。玉慧先前約過她好幾次。

「映霞！聽我的話，回去之後重新振作起來。不管這條路該怎麼走下去，妳都得把自己照顧好。看妳在這兒都一個月了，沒聽見過妳的笑聲！每次做了些比較爽口的菜，妳總是說沒有胃口。唉！這樣下去，妳怎麼挺得住！」

「我挺得住！玉慧！妳放心！熬過這一陣子，等一切明朗了，有結果了，我會重新振作起來的！謝謝妳……還有，實在對不起妳！無端的把妳給扯了進來！」

「老同學了，還說這些……沒關係，我不會跟他計較的！」

「還好妳看得開……妳不知道他這個人，喜怒無常、疑心重、又好忌妒，簡直……」

「好了好了！別數落他了！他又聽不見……提起他這些，妳平白自己生悶氣，划得來嗎？」

「反正我覺得對不起妳就是了……」

「妳看妳看！又說這些！」

「好！聽妳話，不說了……」

那是前幾天的事，達夫突然寫信來，要映霞回新加坡去；更讓映霞覺得荒誕的是，達夫還寫了一封信給玉慧的丈夫，叫他們夫妻倆不要妨礙家庭！映霞自己是再也不願意去計較什麼了，但扯上玉慧、甚至玉慧的丈夫，映霞心裡很過意不去。

「映霞！妳眞的決定要離婚？」

「還有什麼決定不決定的？我告訴過妳，來這兒之前，我已經正式向他提出了。」

「這我知道！我是說……妳不再多考慮了？」

「我就敗在考慮太多！這些年來……」映霞沒有再往下說；在廖內待了將近一個月，她幾乎已經把十二年來的每一段過程都告訴了玉慧。

「我在想，映霞！妳主動提出離婚，會不會又落他一個口實？而且，旁人看起來，會不會……」

「我已經顧不了那麼多了！因爲我已經無路可退……玉慧！妳知道嗎？這最後的一仗，我一定要採取攻勢！」沒錯，這就是映霞在廖內苦思了一個月所得到的結論；在這最後一件事情上，映霞決定要採取攻勢。

明天就要回新加坡了，像是上戰場前夕的士兵，映霞裡裡外外整理著自己的武裝。

茶几上，兩份同一式樣的離婚協議書靜悄悄地躺著；客廳角落裡的電風扇有氣無力使勁吹，吹不走映霞心頭那份燥與熱。映霞明白，自己的燥與熱不全然是因爲這一年到頭沒什麼變化的南國天候。

這是一九四〇年三月裡的一個晚上。

映霞刻意坐在茶几這端的單座椅子上，留下雙座的、和另一端的那把單座的；她知道達夫如果終於坐下，連那把雙座的都會避開，而達夫此刻還是站在窗前，背對著映霞。

「你還在猶豫什麼？難道在這協議書上簽字眞有這麼難？」

映霞帶著挑釁的口吻，聲調也抬得好高；她顧不了卧室裡有一位自己特地請來的人，更顧不了另一個房間裡的陽春和女傭。映霞似乎存心要在這接近最後、但也最關鍵的時刻努力扳回一城，也扳回一些面子。面子？映霞想著想著不自覺地透出冷冷的笑；都已經到這種地步了，面子是爭給誰看的？自己嗎？

可是，映霞還要狠狠地加上幾句：

「這不是你要的嗎？……你那麼冠冕堂皇地發表了《毀家詩記》，別說你心裡想的不是這份協議書！……你寫的時候、你送出去發表的時候……還有現在！」

其實映霞自己心裡倒立刻替達夫找到了辯駁之詞；當然，她不會那麼仁慈地把這辯駁之詞教給達夫。她想起達夫多少年來一直有的脾性，達夫總喜歡拿他自己的事當作寫文章、做小說的素材；尤其是一些他自己的大事，更尤其是他生命中女人的事。說不定今天晚上的這過程，以及映霞說的每一句話，哪天又成了達夫筆下的好材料。

而達夫還是背著手、也背著身子，望著窗外。

有好一陣子的沉默，連這南國燠熱的夜晚裡微弱得根本感覺不出的風，似乎都有了聲音。

「你不覺得任何的考慮都是多餘的嗎？」

映霞放低了聲調，然後她緩緩地站起身，到廚房去爲自己已經空了的茶杯續上涼開水，這是她壓低心頭那份燥與熱的唯一方法。映霞聽見達夫在移動腳步。

果然，回到客廳的時候，她看見達夫坐下了；也果然，達夫選了茶几另一端的單座椅。

「妳一定要我簽字？」達夫頭也沒抬起，眼睛盯著兩份攤開的離婚協議書。那是律師樓裡印好現成的；映霞自己先前已經在上面簽了字。

達夫一直盯著協議書。映霞心裡明白，他只是在避開兩人對望時的眼神，那眼神必然是很難看、一點也不美的；而十幾年前，當達夫卯起來追求她的時候，每一次見面總是讚嘆映霞的眼神好美。

看達夫一直盯著協議書，映霞腦海裡突然泛起了一幕。那回在武昌，當這檔子風波剛鬧起來的時候，映霞氣得出走；後來被朋友們勸回家，兩個人也簽了一份協議書。不同的是，那回的協議書是朋友們代擬的；而這回是律師樓裡制式的，省事得多。另外，上回是達夫先痛痛快快地簽了字，映霞則是朋友們勸了好幾天才點了頭；而這回，映霞主動痛痛快快地簽好了字，達夫卻猶豫不決。還眞奇怪！達夫究竟在猶豫什麼？……

不去想了！有什麼好想的？映霞試著在凝重的空氣中抓穩自己的聲音：

「你我都已經盡過力了！不是還有過那幾個朋友努力充當和事佬嗎？……夠了！大家都盡過力了！」

映霞眞弄不清楚自己在說些什麼，像是處理別人家事情似的。

而映霞確實像是在處理別人家事情般地冷靜：

「我絕沒有任何條件，我不會要求任何東西，你知道我指的是什麼……不過，你應該把我的居留證還給我。我不想在新加坡再待下去；簽了字之後，我就要去辦回國的文件。」

「妳……要回國？」

「怎麼？你不讓我回去？笑話！」

「我不是那個意思，我只是……我只是順口問問。」

老實講，兩個人都不知道自己在說些什麼，都語無倫次的。

又是一大段的沉默。映霞突然學乖了，她從先前的盛氣凌人，到後來的放低聲調，這會兒則突然想收起所有的攻勢。她覺得，也許不再說任何話才是上策，也許不再說話反倒可以逼達夫簽字，或者……

這都因爲映霞自己的意向也並不完全那麼堅決。畢竟，當初兩人曾有過那段瘋狂絕頂的熱戀；結婚也已經十二年了，何況還有了三個兒子。假如一切重新來過，就像一年多以前來到新加坡時或多或少曾經期盼過的，且不用把時光倒轉，只要一切能重新來過……

但，慢著！有動靜了！就在這持續的沉默中，達夫從上衣口袋裡掏出了自來水筆。似乎有幾秒鐘的躊躇，然後，他在協議書上簽下了名字！簽了一張，輕輕推開，再簽下另一張。

映霞一下子感覺到自己的呼吸停止了，心跳停止了，生命停止了，時間停止了，一切都停止了。映霞的錯愕只有一刹那，接著下來像是全身的血都衝到了腦門，腦門都快要炸開了，然後，全身的血又往下回流，流得腦袋裡連一滴都不剩。那一定是眞的，因爲她腦子裡這會兒確確實實一片空茫茫的。

可笑啊！輪著映霞遲疑了！但一切發生得那麼快，不容許映霞再去多想些什麼，她只能在遲疑中掩飾遲疑，帶著眞實的親情、也帶著幾許埋藏在心底的試探：

「孩子呢？孩子怎麼處理？……如果你肯負擔他們的教養費用，是不是由我……」

「孩子當然跟著我！別忘了他們都姓郁！」

明知道達夫的回答必然如此，但映霞不放棄哪怕是一絲絲的希望，她這會兒才把目光投向達夫：「孩子都還小，我是母親，母親才懂得怎麼……」

「我說了，他們都姓郁！」

達夫打斷映霞的話，映霞再度低下頭；三個兒子幾乎是兩人之間僅剩下的牽連了，而看來達夫鐵了心，連這僅有的牽連都要切斷。

真的沒什麼好說的了。映霞過去打開臥室的門，她請來的那個人現身了，從裡面走了出來。

「這位是金女士，是新加坡的執業律師，替我們見證的。」

達夫連頭都沒抬起來，更別說跟人家打招呼。

金律師很快地也在協議書上簽了字；映霞謹慎地拿起兩份協議書仔細看了看，然後遞給金律師：「麻煩妳了！」「不客氣！明天一早我就送去辦公證手續；辦好了送來給妳和郁先生。」

「謝謝！」「那我走了，再見！」「再見！」

金律師前腳剛走，沒幾分鐘達夫也出去了；去哪兒？什麼時候回來？映霞不想過問，也無權過問了！就是這樣，離婚手續一辦，整個都不一樣了。兩個人從此沒有任何關聯，映霞心頭說不出是什麼感覺。

家裡請的女傭這時候從房間裡出來，她憨直的個性是映霞領教過、也挺欣賞的。剛才跟達夫的這番陣仗，女傭當然是聽得一淸二楚，就像先前待在映霞臥室裡的金律師。

「陽春睡了？」

「睡了！……太太！妳太善良了！妳怎麼什麼也不要，就這樣回唐山？」

女傭是映霞託人找的，平日裡跟映霞相處得多，自然偏著映霞；她對他們夫妻倆的事多少知道一點。映霞勉強笑了笑：「張嫂！那妳說我該怎麼樣？」

「要換做是我，我一定跟先生把帳算清楚！……我會要他補償損失，我還會要他付給我這十二年的工資！」

「工資？」

「是呀！十二年，妳替他管教孩子、做家事，那值多少錢！」

張嫂眞是憨憨的，一副替映霞抱不平的樣子；映霞苦笑了：

「算了！我要是肯跟他計較這些，大概也不至於走到今天這個地步了！」

「太太！妳太老實，也太不中用了！妳爲什麼要便宜他？」

「張嫂！很多事情，第三者是不會懂的！」

張嫂翹起嘴，一臉的不服氣。映霞沒再說話，她得把思緒拉回來；太多太多的事等著她思考、等著她處理。今後，一切眞的得靠自己了！………

五月裡，達夫才把映霞的護照和居留證交給她；一位在新加坡中華書局工作的黃先生，很熱心地替映霞跑腿，辦好了回國手續。黃先生還一直送映霞到船艙裡……

甲板上的風很大，映霞刻意轉向了迎風面，她讓海風把自己吹得好舒服。眞的，許久許久沒這麼舒服過了。除了上船的時候，那個嫁了馬來丈夫的中國女人的那番話，曾經帶給她一陣愕然與些許感傷之外，映霞沒有太多愁緒。該有的，在過去這十二年裡全有過了，也都嚐盡了。

映霞再仔細琢磨內心深處的感覺，她有點驚訝，自己眞的沒有太多的感觸與悲傷。更讓她難以置信的是，自己心裡只剩下了難以壓抑的仇與恨。

回到國內將是十天以後的事，映霞像是有點懼怕什麼，她再一次嚴峻地警告自己：往後的這十天，心底留著的，就只許是這股仇與恨，絕不許摻雜任何其他的！要哭，也得等自己完全重新站起來之後再哭！

船到了香港，映霞所做的第一件事情是，把擬好了的一份啓事交給三個老朋友：戴望舒、程滄波、劉湘女，請他們替她在《星島日報》、《中央日報》和《東南日報》刊登：

王映霞離婚啓事：

郁達夫年來思想行動浪漫腐化，不堪同居，業已在星洲無條件協議離婚，脫離夫妻關係。兒子三人，統歸郁君教養。此後生活行動，各不相涉。除各執有離婚協議書外，特此奉告海內外諸親友。恕不一一。

王映霞　啓

該落幕了，這段苦戀。

就像是一場戲，劇作者常常喜歡在落幕的時候，藉由主角最後的台詞，把一些事情交代清楚，做個了結。該怎麼交代呢？……對了！映霞離開新加坡之前，留了一封信給達夫：

我馬上要上船了，一切手續也都辦妥；你們報館裡知道我缺少路費，聽說預備送二百元來，這是我首先該向他們表示謝意的。以前的家用中所存下的二十多元，我留下了給你。你我結婚十二年多，至少到今天爲止，我還未做出一件於心有愧的事情，今後如何，那就要看我的家庭出身，要看我的本質如何了。

當你我剛開始共同生活的時候，你不但沒有固定的收入，而且還給了我許多未曾清償的債務。就是後來的十二年裡，在家庭的經濟上，我也曾做過許多東湊西補的安排。而今天我所留下給你的，是沒有任何債務，而你也已經有了足夠開支的固定收入。

你是飽受過經濟苦楚的，當你在盡情揮霍之時，希望你總要顧到三個孩子的生活和教育費用。雖然他們都是從艱苦儉樸裡成長起來，但畢竟他們都還在學齡階段，沒有自立的能力。父親若不以身作則管教，又讓誰來管教？

你的日常用品和衣服之類，全都放在原處未動。另外還有幾套新的衣褲，是我在前些日子裡為你趕做成的。我只帶了幾件自己的替換衣服走，留著的，隨你安排。對這些身外之物，我是向來不加以重視的。

我是中國人，忘不了中國，一定得回中國去，你大概是願意永遠留住在南洋的了。三個兒子，既然堅決說要由你撫養，我也不想硬把他們奪走，但希望你要把他們教養得像個「人」的樣子……

■尾聲

都一個多月了，重慶仍然籠罩在一片歡騰之中，從八月十五日日本天皇宣布無條件投降開始，重慶就一直這麼熱鬧。一個多星期前的九月九日，何應欽將軍代表中國政府在南京正式受降，更掀起另一個慶祝的高潮。

劉懷瑜搭上從重慶開往萬縣的車子時，似乎還聞得到街上這些日子堆積下來的鞭炮硝煙氣味。懷瑜的心情是極度欣喜的，跟所有的中國人一樣。此外，她還感染到另一股喜氣，那是映霞和鍾賢道又添了一個女兒。

手裡提著奶粉，那是特地給映霞準備的禮物；想起不過才幾個月前，去看另一位產婦朋友；母親奶水不夠，嬰兒喝的是米湯。懷瑜搖搖頭，笑了。不一樣了呀！抗戰勝利了，任誰都想隨時找個藉口揮霍一下、奢侈一下，何況是最要好的朋友又做了媽媽？

一間挺雅致的屋子裡，映霞抱著小女兒，臉上看得出是一份難掩的喜悅和滿足。那該不只是為這女兒，還有別的；懷瑜心裡替映霞想著。

「怎麼樣?這孩子好帶嗎?」

「好帶!不怎麼哭,看來是個乖丫頭……而且,我們一直有請著褓母和奶媽;賢道他……挺體貼的。」

懷瑜又仔細看了看屋裡的擺設;除了體貼,賢道工作的待遇應該也不錯。

從香港到了重慶,映霞靠著在那兒的懷瑜幫她撫平了傷口,前後整整三個月。換過兩份工作,輾轉進了外交部。在前任部長王正廷的有意安排之下,映霞和當時擔任華中航業局經理的鍾賢道交往了一段時間;結婚的時候好熱鬧,一連辦了三天的喜筵。

「他還是招商局在萬縣的分局經理?」

「嗯,聽說又要調到宜昌分局了。」

「他說過的那些話,兌現了沒有?」

「至少到目前為止,兌現率維持百分之百。」

這是指賢道在知道了映霞那麼多的故事之後,慨然而又憐惜地告訴映霞,他要讓映霞在後半輩子得到補償。

「映霞!妳眞的是苦盡甘來了!」

「大概吧……」

「嗯!待會兒我們的鍾大經理回來,我可得好好誇誇他……映霞!眞不容易啊!」

「這都是緣分!誰想到我會再婚!連我自己都不相信……可是,懷瑜!最該感謝的還是妳。妳不知道,剛到重慶的時候,我眞的只剩下一個完全空了的軀殼,不只是心靈,連生命都像是隨時會飄走、會消逝。要不是妳陪我走過那最難的頭三個月……」

「好了好了，別又婆婆媽媽的了！妳呀！有時候跟個老太婆似的！」

「也不年輕了啊！一轉眼，我們都快四十了！」

「我才不管它呢！四十？就到了八十歲，我也還是一樣！」

「這就是不結婚的好處……不過，妳眞打算當一輩子老小姐？」

「套妳剛才說的話，是緣分！……沒緣分，一切都白搭！」映霞咀嚼著這句話：是她自己先提到這兩個字的，可是她實在無法解釋這兩個字。太抽象、太玄！

奶媽來抱女兒餵奶了；懷瑜盯著那紅通通的小臉蛋：「取了名字沒有？」

「叫嘉利。」

「佳麗？好啊！映霞！眞有妳的！長大了非得是個美人不可！」

「不對！是嘉許的嘉、利益的利。」

「哦！……大的呢？該有一歲半了吧！」

「嗯，一歲半了。」

「映霞！不是我說妳，妳……還眞能生！一個接一個！從前不也是？」

映霞沒接詞，這詞不好接。事實上，在兒子嘉陵上頭，本來還有個女兒，但一歲多就夭折了。映霞算了算，養活了的，前面三個加後面兩個；沒活下來的，兩個加一個。懷瑜沒冤枉自己。

「說到緣分，懷瑜！不僅是夫妻，連父母子女之間也要有緣分！……」

懷瑜當然明白映霞指的是什麼;她停了一會兒。

「映霞!……我實在不該提的,我是說,陽春他們……」

「最近沒有消息……說起來慚愧,眼前我所能做的,就只是替那三個兒子祈禱。也許有一天,他們會怪我這個做母親的。」

「他們現在不成了孤兒嗎!哼!日本鬼子眞齷齪!戰爭都結束了,他們還能殺人!」

前幾天傳來的消息,郁達夫在南洋被殺了;因爲戰爭末期他在日本機關做事,日本人懷疑他知道的太多,不能留下他。

「也怪達夫自己!寫他的文章就是了,好端端的,偏要去冒那個險!」

「這一點我倒能理解,……懷瑜!他血液裡一直流著比一般人多一些的愛國衝動,他替日本人做事,爲的就是暗地裡幫中國人的忙,南洋許多華僑都知道的。」

「我也知道呀!我是說,他死得太冤枉;天皇都宣佈投降了,還槍斃人,我剛才說了,這就是鬼子齷齪!」

「聽說是日本憲兵隊堅持的……跟運氣也有關係;他都用了化名,最後還是被日本人發現,這是命!」

懷瑜看著映霞,好一會兒,她換了語氣,輕柔的:

「……老同學了,告訴我,聽了達夫的這個消息,妳有什麼感覺?」

「剛才我說了,他愛國、他熱誠,這是我欣賞的。」

「還有呢?」

「還有……就是懷念他在文學上的成就吧！」

「可是他從一開始，就拿你們之間的事做文章，最後妳跟他離婚，不也是爲了這個原因？」

「沒錯，我怨過，更恨過，但奇怪的是，欣賞跟懷念竟然可以從這怨與恨裡面抽離出來！」

「這是妳新的體悟？」

「也許吧！……我有了新的家，新的兒女，更有一個新的伴侶無微不至地照顧我，我爲什麼不能有新的體悟？」

「我……不太懂！」

「我只告訴妳，有了這層新的體悟，我才能坦然，對過去的坦然，對現在的也坦然。於是，我才算重新活了過來，我才又是『我』了……這麼解釋，妳是不是懂了些？」

「……」

「妳慢慢想吧！有一天妳會懂的！」

奶媽把小女兒抱了回來。吃飽了，紅通通的小臉更紅了，一雙小手朝上直揮著，像是想抓住什麼。孩子！抓吧！抓住了可千萬別再鬆手！天底下有很多東西，是不容易抓得住的！

望著沉思中的映霞，懷瑜心裡想，其實達夫那句詩也沒錯，就是因爲達夫的情多，累了映霞，也累了他自己。

窗外，一抹斜陽把天際照得那般殷紅。

當代名家

多情累美人

2000年12月初版　　定價：新臺幣250元

著　　者　袁　瓊　瓊
　　　　　潘　寧　東
發 行 人　劉　國　瑞

出版者　聯經出版事業公司
臺北市忠孝東路四段555號
電　話：23620308・27627429
發行所：台北縣汐止市大同路一段367號
發行電話：26418661
郵政劃撥帳戶第0100559-3號
郵撥電話：26418662
印刷者　世和印製企業有限公司

責任編輯　顏　艾　琳
封面設計　張　小　娟

行政院新聞局出版事業登記證局版臺業字第0130號

本書如有缺頁，破損，倒裝請寄回發行所更換。
ISBN　957-08-2161-2（平裝）
http://www.udngroup.com.tw/linkingp
e-mail:linkingp@ms9.hinet.net

國家圖書館出版品預行編目資料

多情累美人 / 袁瓊瓊、潘寧東著 . --初版 .
--臺北市：聯經，2000 年
面；　　公分 .（當代名家）

ISBN　957-08-2161-2(平裝)

857.7　　　　　　　　　　　　　89017295

聯副文叢系列

●本書目定價若有調整，以再版新書版權頁上之定價為準●

(1)鹽田兒女	蔡素芬著	180
(2)邊陲的燈火	楊蔚齡著	180
(3)散文的創造(上)	瘂弦主編	150
(4)散文的創造(下)	瘂弦主編	150
(5)飛翔之光——聯合報文學獎1994卷	瘂弦主編	250
(6)人生是一條不歸路	王邦雄著	170
(7)紅顏男子	李岳華著	150
(8)天下第一村幹事	陳介山著	120
(9)未來世界	王小波著	140
(10)讓高牆倒下吧	李家同著	170
(11)新極短篇——全民寫作(一)	陳義芝主編	180
(12)我寫故我在——聯合報文學獎一九九五卷	瘂弦主編	250
(13)陳瑞獻寓言	陳瑞獻著	130
(14)膜	紀大偉著	180
(15)每個人都有大智慧	趙衛民編	160
(16)站在巨人肩上	瘂弦、陳義芝編	220
(17)扶桑	瘂弦主編	200
(18)真女人紀事	陳義芝、黃秀慧編	150
(19)新極短篇——全民寫作(二)	黃秀慧主編	180
(20)美麗新世界——聯合報文學獎一九九六卷	瘂弦主編	250
(21)雙身	董啟章著	200
(22)眾神的花園	瘂弦主編	380
(23)大漠魂	郭雪波著	150
(24)人生散步	瘂弦主編	140
(25)向時間下戰帖——聯合報文學獎一九九七卷	陳義芝編	250
(26)陌生人	李家同著	170
(27)橄欖樹	蔡素芬著	180
(28)閱讀之旅（上卷）	陳義芝編	200
(29)閱讀之旅（下卷）	陳義芝編	200
(30)智慧100	聖嚴法師著	200
(31)人與海：台灣海洋環境	賈福相著	240
(32)迴旋	張讓著	250
(33)默	杜修蘭著	180
(34)沉雪	李晶、李盈著	200

(35)台灣現代小說史綜論	陳義芝主編	480
(36)華年放異采——聯合報文學獎一九九八卷	陳義芝主編	250
(37)一個人的聖經	高行健著	280
(38)看海的人	賈福相著	250
(39)台灣文學經典研討會論文集	陳義芝編	420
(40)惡寒：第廿屆聯合報文學獎中篇小說評審獎	張惠菁著	220
(41)金色海灘：第廿屆聯合報文學獎中篇小說評審獎	樊小玉著	180
(42)新的寫作時代——聯合報文學獎一九九九卷	陳義芝編	250
(43)消失的海岸	孫寶年編	250
(44)二十世紀文學紀事	鄭樹森編著	280
(45)李喬短篇小說精選集	李喬著	250
(46)再現文學垂天大翼——聯合報文學獎一九九九卷	陳義芝編	220
(47)藍色運動：尋回海洋的生物	邵廣昭等著	280

當代名家系列

白水湖春夢	蕭麗紅著	300
千江有水千江月(長篇小說)	蕭麗紅著	280
不歸路(中篇小說)	廖輝英著	220
殺夫(中篇小說)	李　昂著	200
桂花巷(長篇小說)	蕭麗紅著	280
法網邊緣	黃喬生譯	380
狂戀大提琴	利莎等譯	350
海灘	楊威譯	350
台北車站	蔡素芬著	180
回首碧雪情	潘寧東著	250
臥虎藏龍	薛興國改寫	180

人生新境

●本書目定價若有調價，以再版新書版權頁上之定價爲準●

(1)缺憾的超越	李翠玲著	150
(2)行為的新境界——理論與應用	游伯龍著	350
(3)心戰——現代人的掙扎與突破	張小鳳等著	160
(4)解開愛的情結	林芳瑜譯	150
(5)愛情劊子手——心理治療故事	呂健忠譯	250
(7)相愛一生——談夫妻相處之道	梁竹君譯	250
(8)改變思維改變你	李普生譯	250
(9)富而好理	黃美姝譯	180
(10)生活一〇一	李普生譯	180
(11)腳冷時別買帽子——做自己生涯的決策者	吳傑民譯	180
(12)拒絕的真諦	李鴻長譯	100
(13)邱吉爾演講術	方美玲譯	150
(14)如何快速掌握資訊	何灣嵐譯	編印
(15)給兒女的一封信	彭淮棟譯	150
(16)財富一〇一	彭淮棟譯	250
(17)活出自己的如來	鄭石岩著	170
(18)心的挑戰	傅佩榮著	170
(19)四十不晚：中年追夢族的故事	李梅蘭著	180
(20)生活贏家：成功的 118 條策略	莊安祺譯	250
(21)情緒的管理——如何增進你的 EQ	何灣嵐譯	200
(22)打開心中死結	鍾尚熹譯	250
(23)生機換生機	李秋涼口述	200